Lotte Römer
Strandkorbliebe

Das Buch

Die erste Liebe bleibt unvergesslich. So geht es auch Antje, die sich nie von diesen Wunden erholt hat. Schon als sie den Nachnamen ihrer großen Liebe in den Buchungen ihrer Pension auf Norderney liest, verkrampft sie innerlich. Als Michael dann tatsächlich wieder in ihrem Leben auftaucht, versucht Antje alles, um ihm aus dem Weg zu gehen.

Warum müssen Michaels Eltern ausgerechnet auf Norderney ihren Hochzeitstag feiern? Michael ist gar nicht begeistert, dorthin zurückzureisen und all die mühsam verdrängten Erinnerungen zu wecken. Doch als er Antje begegnet, treffen ihn seine Emotionen wie ein Blitz.

Warum ist ihre Beziehung damals gescheitert? Können sie nun, Jahre später, einen Weg in ein Miteinander finden? Tatsächlich sieht es zunächst so aus, als würde ihre Liebe gewinnen, doch dann überschlagen sich die Ereignisse …

Die Autorin

Lotte Römer, Baujahr 1979, lebt mit zwei Kindern und einem Auto namens »Wanderdüne« im südlichen Bayern. Hier versucht sie, Familie und Schreiben unter einen Hut zu bringen und dem täglichen Chaos Paroli zu bieten. Und manchmal klappt das sogar. Dann entstehen Bücher und Geschichten.

LOTTE RÖMER

Strandkorb-liebe

ROMAN

Deutsche Erstveröffentlichung bei
Montlake Romance, Amazon Media EU S.à r.l.
38, avenue John F. Kennedy, L-1855 Luxembourg
Juni 2019
Copyright © der deutschsprachigen Ausgabe 2019
By Lotte Römer

Umschlaggestaltung: bürosüd⁰ München, www.buerosued.de
Umschlagmotiv: © Jorg Greuel / Getty; © Kryvenok Anastasiia /
Shutterstock; © Vrutti / Shutterstock; © Putida Supakarn / Shutterstock;
© emka74 / Shutterstock; © Volker Rauch / Shutterstock;
© wacharaklin / Shutterstock
Lektorat und Korrektorat: Verlag Lutz Garnies, Haar bei München,
www.vlg.de
Gedruckt durch:
Amazon Distribution GmbH, Amazonstraße 1, 04347 Leipzig /
Canon Deutschland Business Services GmbH, Ferdinand-Jühlke-Str. 7,
99095 Erfurt /
CPI books GmbH, Birkstraße 10, 25917 Leck

ISBN 978-2-91980-489-4

www.montlake-romance.de

Kapitel 1

Antje floss der Schweiß in Strömen den Rücken hinunter. Ihre Pulsuhr verriet ihr, dass sie das selbst gesetzte Zwölf-Kilometer-Pensum fast erfüllt hatte, als sie in die Fußgängerzone einbog. Hier würde es allerdings schwer sein, weiter zu rennen. Wie immer drängten sich im Einkaufsbereich der Innenstadt Urlauber wie Einheimische, um Notwendiges einzukaufen oder sich einfach treiben zu lassen, eine Waffel zu genießen oder sich ein Fischbrötchen zu genehmigen. Gerade jetzt im Sommer schoben sich die Menschen regelrecht durch das Stadtzentrum von Norderney.

Antjes Magen knurrte. Schon draußen auf dem Deich hatte sie gemerkt, dass es nicht ihre beste Idee gewesen war, das Mittagessen einfach ausfallen zu lassen, um eine Runde laufen zu gehen. Ihr Körper rächte sich jetzt mit drohendem Hungerast und sie hatte das Gefühl, energetisch am allerunterstem Level zu sein. Fast war sie dankbar für die Menschentrauben, die das Weiterlaufen verhinderten und sie zwangen, ihr Tempo auf schnelles Gehen zu drosseln.

Sie entschloss sich spontan, noch rasch Nina in ihrem Laden *Süße Träume* einen Besuch abzustatten. Vielleicht hielten sich die Kundenströme ausnahmsweise mal in überschaubaren

Bahnen und ihre beste Freundin hatte Zeit für einen kurzen Klönschnack. Außerdem gab es dort mit Sicherheit irgendeine neue Pralinenkreation zu verkosten, wie sie Nina kannte.

Das hübsche Schild mit den rosa Blumen fiel Antje wie gewohnt schon von Weitem ins Auge. Immerhin standen die Leute nicht bis raus auf die Straße. Das war tatsächlich in letzter Zeit ab und zu vorgekommen. Der Laden brummte – zum Glück. Antje gönnte ihrer Freundin den Erfolg von Herzen, auch wenn neben dem Geschäft wenig Zeit für ihre Freundschaft blieb – umso mehr, seit Nina mit Finn zusammen war. Einer frischen Verliebtheit hatte Antje einfach nichts entgegenzusetzen – und wollte es auch gar nicht. Außerdem war es für Antje wie ein Wunder, ihre Freundin endlich einmal mit einem Mann glücklich zu wissen, auch wenn es in ihr selbst, dem ewigen Single, manchmal einen kleinen Stich verursachte. Schnell schob Antje den trüben Gedanken beiseite. Sie hatte so viel mit den Ferienwohnungen zu tun – da blieb eh kaum Freizeit. Aber Antje kannte es nicht anders. Sie war so sehr in den Familienbetrieb involviert, dass meistens ohnehin keine Zeit für Grübeleien blieb.

Antje öffnete die Ladentür und trat in das Süßigkeitenparadies, wie sie das kleine Geschäft insgeheim nannte. Der Duft der Schokoladen ließ ihr schlagartig das Wasser im Mund zusammenlaufen. In den Regalen waren die kunstvollen, handgestalteten Leuchttürme aus Marzipan arrangiert. Die Türme waren Ninas Geschäftsidee gewesen und fanden reißenden Absatz. Sie hatte mittlerweile zwei Frauen eingestellt, die ihr halfen, das Pensum an Türmen zu bewältigen, die es anzufertigen galt, um die stetig steigende Nachfrage zu befriedigen.

»Hallo, Antje!«

»Moin, Jonas. Na, bist du auch wieder mal im Einsatz?«

»Klar, ist ja Samstag.«

»Stimmt.« Jonas war ein »Zugezogener«, ein bald zehnjähriger Junge, der mit seiner Mutter wegen deren Arbeit auf die Insel gekommen war und eine Schwäche für den Laden hatte – oder für seine Besitzerin, das ließ sich nicht so genau sagen. Nina hatte ihn sozusagen teilzeitadoptiert und seit das neue Schuljahr begonnen hatte, half er an den Samstagen im Laden. Während der Ferien war er sehr oft hier gewesen. Er war eher ruhig und Nina hatte Antje verraten, dass sie ein wenig für den Jungen hoffte, dass er, da die Schule wieder losgegangen war, langsam ein paar Freunde fand.

Gerade saß er mit einer Schüssel Marzipan hinter dem Verkaufstresen und rollte daraus Kugeln, die er in Kakao wendete und in einer Reihe auf einem Holzbrett anordnete.

»Das machst du prima«, lobte Antje.

Der Junge nickte. »Ich weiß. Marzipankartoffeln sind meine absolute Spezialität.«

Antje musste lachen. Der Knilch war längst nicht mehr so verschüchtert und vorsichtig, wie sie ihn kennengelernt hatte.

»Heute muss ich mich beeilen«, fügte er noch hinzu. »Ich treff mich später noch mit Alex zum Fußballspielen.«

»Das klingt ja super.«

Jonas nickte eifrig. »Ja. Wir sind Freunde.« Jedes Wort hatte Gewicht.

»Klasse.« Das war es wirklich. Offenbar gelang es Jonas so langsam tatsächlich, Anschluss bei den Inselkindern zu finden.

»Wie siehst du denn aus?« Ninas Stimme riss Antje aus ihren Gedanken.

Sie wandte sich Nina zu, die gerade aus der Küche gekommen war.

»Ich war laufen.«

Nina lachte. »Ja, das sehe ich. Du kannst sicher was zu trinken vertragen, oder? Ich hab noch Saft hinten.« Ohne Antjes Antwort abzuwarten, verschwand Nina wieder in der Küche, um Augenblicke später mit einem großen Glas Apfelschorle wieder aufzutauchen.

»Hier, trink.«

»Du bist ein Schatz.«

»Ich weiß.«

Antje schaute von Nina zu Jonas und zurück. »Na, hier sind ja alle sehr von sich überzeugt.« Sie grinste und nahm einen großen Schluck. Köstlich kalt! Antje fühlte sich schlagartig besser.

»Hast du Hunger?«, fragte Nina.

»Kannst du Gedanken lesen?«

Nina grinste. »Ich hab gerade etwas Neues ausprobiert. Du darfst mein Versuchskaninchen sein, wenn du magst.« Sie winkte Antje nach hinten in die Küche. »Ruf mich, wenn was ist, Jonas.«

»Na klar.«

»Heute Morgen ist es hier zugegangen, das kannst du dir nicht vorstellen, aber gerade ist es etwas ruhiger.« Just in diesem Moment klingelte zwar die Ladenglocke, doch Nina machte keine Anstalten, in den Verkaufsraum zu gehen. »Jonas schafft schon total viel«, erklärte sie Antje auf deren fragenden Blick hin. »Und er freut sich immer so«, fügte sie noch hinzu.

Die beiden Freundinnen wechselten einen Blick, lächelten. Antjes Magen knurrte wieder vernehmbar.

Nina musste lachen. »So schlimm schon?«

»Schlimmer.«

»Dann bist du reif für meine neueste Kreation.« Nina ging zu dem riesigen Kühlschrank im Eck.

»Das hier ist es.«

Sie stellte einen kuchenstückgroßen Strandkorb vor Antje auf die Arbeitsfläche des Küchenblocks.

»Oh wow!« Antje konnte es nicht fassen. Das süße Kunstwerk wirkte nicht so, als ob man es essen konnte. Aber natürlich war es essbar. Alles, was Nina verkaufte, war essbar.

Die Details des Strandkorbs waren so exakt, dass man nicht fassen konnte, wie genau sie modelliert worden waren. Das Korbgeflecht wirkte filigran und verwoben, auf den rot-weißen Sitzbezügen auf den Kissen zogen sich exakte Streifen, sogar die kleinen Griffe, mit denen man den Korb auf dem Strand ausrichten konnte, waren perfekte kleine Replikationen eines Original-Strandkorbs.

»Möchtest du eine Gabel?«

»Also … Ich bin überhaupt nicht sicher, ob man diesen Strandkorb essen sollte. Nina, der ist ja perfekt!«

Die Freundin lief vor Freude rot an. »Ach was, das geht noch besser, schau, hier zum Beispiel.« Sie zeigte auf eine stecknadelkopfgroße Stelle, an der etwas rote Farbe verlaufen war, wie immer selbstkritisch bis ins kleinste Detail.

Antje verdrehte die Augen. »Stimmt. So kannst du das natürlich nicht verkaufen. Ist ja ekelhaft.« Nina knuffte Antje gegen den Arm und grinste, die Ironie natürlich sofort verstehend.

»Jetzt probier schon. Ich bin mir irgendwie unschlüssig mit der Nugatmasse und … Ach, teste einfach.«

Das ließ Antje sich nicht noch mal sagen. Vorsichtig hob sie das süße Wunder hoch und biss in das Sitzpolster des Strandkorbs.

»Oh – mein – Gott.« Sie schloss die Augen. Orangenaroma, Nugat, Marzipan, zarter Biskuitteig. »Es ist ein Traum.«

»Ja?« Die Freude färbte Ninas Wangen rot.

»Absolut. Was für eine Schweinerei. So was sollte es gar nicht geben dürfen. Das ist eine absolute Unverschämtheit. Ich werde mich vermutlich in Kürze von diesen Strandkörben ernähren, fett werden und nie wieder laufen gehen.« Antje nahm einen weiteren Bissen. Es war die reinste Geschmacksexplosion.

»Wer wird fett?« Eine tiefe, männliche Stimme sorgte dafür, dass sowohl Nina als auch Antje sich umdrehten.

»Oh, hallo!« Ninas Röte vertiefte sich noch. »Das ist ja eine schöne Überraschung.«

Finn trat herein, seine Locken standen in alle Richtungen ab – anscheinend hatte der Wind aufgefrischt.

»Moin, Finn«, grüßte Antje, aber Finn war schon mit zwei Schritten bei Nina und küsste sie mitten auf den Mund.

Erst als er sich löste, nickte er Antje zu. »Hey!«

Antje biss wieder in den Korb. Noch zwei Bissen und sie hätte das Ding einfach vernichtet, inhaliert quasi.

»Antje befürchtet, von meiner neuen Kreation dick zu werden.« Nina kicherte.

»Ausgerechnet du!« Finn lachte. »So viel, wie du rennst, bleibt doch an dir nichts hängen.«

Es stimmte. In letzter Zeit lief sie wirklich viel. Und natürlich blieb das auf einer kleinen Insel wie Norderney niemandem verborgen. Man kannte sich und seine Gewohnheiten unter den Einheimischen. Man war sich vertraut und passte sozusagen auch immer ein wenig aufeinander auf. Das vermittelte eine Geborgenheit, die es in anderen Städten nicht gab. Gleichzeitig war es natürlich manchmal auch eine Einschränkung, weil man sich ständig unter Beobachtung fand.

Antje hatte festgestellt, dass es ihr guttat, regelmäßig zu rennen. Dabei spürte sie sich selbst. Die frische Luft, die Bewegung, das Gefühl, etwas zu tun, das nichts mit ihrem Alltag zu tun hatte. Das brauchte sie mehr und mehr als Ausgleich zur Arbeit. Sie fragte sich oft, ob die Urlauber tatsächlich anstrengender wurden oder ihre Nerven dünner, aber manchmal wollte sie angesichts der stetig wachsenden, teils extravaganten Bedürfnisse der Touristen an die Decke springen und …

»Also, du würdest den Korb so lassen? Das Nugat ist nicht zu wenig nussig?«, riss Nina sie aus ihren Gedanken.

Antje schüttelte den Kopf. »Das Nugat ist wunderbar so. Keine Sorge.«

»Sehr gut. Dann stell ich die anderen raus. Mal sehen, ob sie gut ankommen.« Nina ging zum Kühlschrank zurück und holte ein riesiges Tablett voller Strandkörbe heraus.

»Und was, wenn ich gesagt hätte, dass er mir nicht schmeckt?«, wollte Antje angesichts der Menge Körbe wissen.

Nina zuckte mit den Schultern. »Keine Ahnung. Vermutlich hätte ich sie verschenkt.«

Antje schüttelte den Kopf. »Du bist einfach unverbesserlich.«

Bevor Nina etwas sagen konnte, küsste Finn sie erneut innig auf die Lippen, über das Tablett hinweg, das kurz ins Schwanken kam. »Finde ich auch.«

Das Paar strahlte sich an. Meine Güte, musste Liebe schön sein, dachte Antje bei sich und wie immer verdrängte sie alle Gefühle, die in ihr aufkeimten, wann immer sie ein glückliches Paar sah. Sie war schon so lang allein, dass sie die Jahre nicht mehr zählte. Außerdem war sie nicht für die Liebe gemacht, das wusste sie aus sicherer Erfahrung, zu viele Schmerzen, zu viel Kummer – zu viel Risiko, letztendlich enttäuscht zu werden, das einzugehen sie nicht mehr bereit war. Liebe konnte so weh-tun, dass Antje es nicht aushielt. Deshalb hielt sie sich von den Männern fern. So einfach war das. Sie hatte ihre Arbeit, ihre Eltern und den Sport. Das war mehr, als die meisten Menschen hatten.

Aber wenn sie ein Paar wie Nina und Finn sah, das so offen-sichtlich füreinander gemacht war, dann verspürte sie zuweilen eben diesen Stich, diese Sehnsucht nach … ja, nach was? Sie hätte es gar nicht genau sagen können.

Antje ließ den letzten Bissen des Konfiserie-Kunstwerks in ihrem Mund zergehen. Sie schaute auf ihre Uhr. Elfkommafünf Kilometer, eine Stunde zehn, 13.12 Uhr.

»Oh Mann, ich muss los. Bald reisen die ersten Gäste an und ich muss noch eine Wohnung fertig vorbereiten – und dringend duschen, damit ich präsentierbar bin.« Außerdem wollte sie weg von dieser Demonstration des Glücks. Es berührte sie an einer Stelle, die sie lieber unberührt hielt.

Sie wischte sich mit dem Ärmel über die Stirn, einen letzten Schweißtropfen einfangend, der sich dort noch verirrt hatte. Tatsächlich war es zeitlich ganz schön knapp geworden, Antje hatte nicht gelogen. Außerdem fühlte sie sich eh gerade wie das fünfte Rad am Wagen.

»Wir sehen uns ja vielleicht später, oder?«, fragte sie ihre Freundin.

Nina nickte. »Na klar!«

Alle drei gingen hinaus in den Verkaufsraum, wo Jonas gerade vier verschiedene Marzipan-Leuchtturmmodelle vorsichtig in einen Karton legte. Ein alter Herr wartete geduldig auf seinen Einkauf, während der Junge die Türme in zartrosa Seidenpapier verpackte, als ob er nie etwas anderes getan hätte.

Nina begann sofort, Türme zur Seite zu rücken, um Platz für ihre Strandkörbe zu schaffen, und Finn ging ihr wie selbstverständlich zur Hand, was ihm einen dankbaren Blick seiner Freundin einbrachte. Stilles Einvernehmen, ein Lächeln, Fingerspitzen, die sich winzige Momente berührten. Und da war er schon wieder, der kleine, fast unmerkliche Stich. Es war wirklich Zeit, dass Antje wegkam. Es gab noch viel zu tun heute.

»Bis dann!« Antje winkte in die Runde und war schon aus der Tür, bevor noch jemand etwas erwidern konnte.

Die zwölf Kilometer würde sie bis zu Hause locker noch vollkriegen.

* * *

Zehn Monate waren schon vergangen, wenn Michael richtig rechnete. Sunny blähte die Nüstern und stupste mit ihrem Maul gegen seine Hand. Er strich der Stute über die Blesse, ging an ihrer Flanke entlang und streichelte sie mit geschlossenen

Augen, um noch genauer zu fühlen. Nein, die typischen Ödeme, die mehr oder weniger ausgeprägt die Geburt ankündigten und sich in der Regel im Bereich der hinteren Gliedmaßen und in der Eutergegend ansiedelten, hatten sich noch nicht gebildet. Ein paar Tage blieben ihnen noch, vielleicht zwei Wochen.

»Sehr gut machst du das, mein Schatz, sehr gut.« Michael klopfte der Stute die Flanke und kraulte dann kräftig ihren Hals, bevor er ihre Box verließ. Der Hof hatte nur vier Pferde, die allesamt mehr Michaels Hobby waren als zum Ertrag der Landwirtschaft beizutragen. Es gab ein Mädchen mit einer Reitbeteiligung für Rain, den hübschen Wallach, und eine kleine Kutsche, mit der ab und zu Touristen fuhren oder die für Hochzeiten gebucht wurde. Diese Termine waren eine schöne Abwechslung, die ein nettes, kleines Zusatzeinkommen einbrachten. Sunny zog sie normalerweise. Aber jetzt, wo sie hochträchtig war, ließ Michael das Pferd damit in Ruhe.

Ansonsten gab es den temperamentvollen Mooney, der hier sein Gnadenbrot erhielt, weil er sonst verwurstet worden wäre, wie das Pferden, die Zuchterwartungen nicht gerecht wurden, so oft geschah, und Cloud, das weiße Pony, das schon so alt war, dass es keinen Reiter mehr tragen konnte, das aber noch immer die beste Freundin von Mooney war. Früher, als Junge, war er auf Cloud geritten, er erinnerte sich noch genau. Heute dagegen bestand ihre Hauptaufgabe darin, ihre Tage mit Mooney im Stall oder auf der Koppel zu genießen. Die zwei waren ein seltsam anmutendes, aber sehr glückliches Paar. Er, der stolze Wallach, und sie, das kleine Pony. Vielleicht glichen sie sich in ihren Eigenschaften aus, dachte Michael, wie so oft, wenn er an der Box des ungleichen Paares vorbeiging, Cloud mit ihrer Ruhe und Mooney mit seinem Temperament. Michael schmunzelte, als er sah, dass die beiden Tiere auch jetzt wieder Flanke an Flanke standen und einträchtig das frische Heu verspeisten, das er gerade in den Stall gebracht hatte. Er hoffte, dass Cloud uralt würde, allein schon, damit Mooney sich weiterhin wohlfühlte.

»Michi? Michi, wo bist du?« Die Stimme seiner Mutter schallte über den Hof, laut und fordernd. Er hasste die Abkürzung seines Namens, aber für seine Mutter würde er wohl immer der kleine Michi bleiben, zumal es ja noch seinen Vater mit dem gleichen Namen gab. Der war ganz selbstverständlich ein Michael.

»Ich komme!« Er schaute noch kurz zurück, ein Kontrollblick. Zufrieden mit seiner Arbeit schloss er die Tür des kleinen Pferdestalls und lief quer über den Hof zum Wohnhaus hinüber. Es hatte eine Gewitterwarnung gegeben, drum ließ er die Pferde heute lieber drin.

Sein Neufundländer stand schon neben der Tür und wartete. Der Hund folgte seinem Herrn in der Regel auf Schritt und Tritt, war aber so gut erzogen, dass er seine Grenzen kannte. Und der Pferdestall war ein klares Tabu. Jetzt tat das Tier allerdings so, als hätte es seinen Herren seit Monaten nicht gesehen, und feierte das Wiedersehen aufs Überschwänglichste.

»Komm, Hund!«, sagte Michael nur und der Vierbeiner folgte ihm schwanzwedelnd. Es klang fürchterlich lieblos – aber für Michaels Ohren auch noch immer witzig. Als er den Neufundländer als Welpen bekommen hatte, hatte er lange wegen eines Namens überlegt und übergangsweise damit begonnen, den Hund »Hund« zu rufen. Dabei war es letzten Endes geblieben. Hund war ein riesiges Tier, braun, langhaarig und auf den ersten Blick schon allein wegen seiner Größe bedrohlich. Wenn man ihn aber kennenlernte, merkte man schnell, dass es sich bei Hund um ein ausgesprochen liebevolles und ausgeglichenes Wesen handelte, das mehr einem überdimensionalen Teddybären glich als einem Untier. Auf Spaziergängen ernteten sie dennoch so manchen irritierten oder ängstlichen Blick, aber Michael und auch seine Familie hatten sich längst daran gewöhnt, den Leuten zu erklären, dass Hund ein liebenswerter Fellträger war – zumal sie ihn eh an der Leine führten, wie sich das gehörte. Als er jetzt zum Haus vorausrannte, erahnend, dass es Zeit für die Raubtierfütterung war, musste Michael angesichts von so viel Lebensfreude schon wieder grinsen. Er liebte seine Tiere. Ohne Frage war die Landwirtschaft genau der richtige Arbeitsbereich für ihn. Auf dem Hof gab es vierzig Kühe, dazu zwanzig Hühner, die vier Pferde und die Obstplantage, die ebenfalls noch ordentlich zum Familieneinkommen beitrug. Sie machten keine riesigen Sprünge, aber ihr Auskommen war gesichert, obwohl sie auf biologische Landwirtschaft umgestellt hatten. Und was die Tiere anging, so kannte Michael jedes einzelne. Für ihn waren sie mehr als ein Mittel zur Einkommenssicherung. Für ihn waren sie Lebewesen, die auf ihre ganz eigene Weise dachten und fühlten.

»Michi!« Seine Mutter streckte schon wieder ihren Kopf aus dem Fenster. »Das Essen wird kalt und dein Vater ungeduldig. Wo bleibst du denn wieder?«

»Ich komm doch schon.« Man konnte Gertrud, der alten Bäuerin, viele Eigenschaften auf den Kopf zusagen, aber Geduld gehörte ganz klar nicht dazu. Die Person, die es nicht abwarten konnte, dass man zu Tisch ging, war vermutlich eher sie selbst als der Vater.

Während Michael vor der Tür aus den Gummistiefeln stieg, schlüpfte der Hund gleich mit ins Haus und lief zu seinem Napf im Flur, wo er begeistert feststellte, dass dieser bis zum Rand gefüllt war. Sein Schwanz bewegte sich beinahe wie ein Propeller, sodass es Michael nicht gewundert hätte, wenn Hund einfach abgehoben hätte.

»Schmeckt's?« Natürlich schaute der Hund nicht einmal kurz von seinem Fressnapf auf, sondern widmete sich seinem Futter, als ob er noch nie in seinem Leben etwas zu fressen bekommen hätte.

15

Michael ging ins Bad, um sich die Hände zu waschen. Sein Vater stand am Waschbecken und tat das Gleiche.

»Ich dachte, du bist schon halb verhungert? Die Mutter meinte, du stirbst bereits schier vor Ungeduld, weil ich so langsam bin.«

Michael senior brummelte einen unverständlichen Laut und schüttelte den Kopf dazu. »Meine Güte. Was hat sie denn wieder?«

Es war fast jeden Tag das gleiche Schauspiel. Die Mutter hatte Hunger, der Vater und er kamen nicht so schnell an den Tisch, wie sie es sich wünschte, und entweder ihr Sohn oder ihr Ehemann waren diejenigen, die es nicht mehr aushielten, auf das Essen zu warten. Jedenfalls war das die offizielle Begründung und fast schon so etwas wie ein Ritual.

»Dann wollen wir mal, oder?« Sein Vater reichte ihm das Handtuch und lächelte nachsichtig. »Sie meint es ja gut«, sagte er noch, wie zur Verteidigung, »aber manchmal regt sie sogar mich auf.«

Auch das war nichts Neues. Die Eltern, die ihr Leben lang zusammengehalten hatten wie Pech und Schwefel, kabbelten sich hin und wieder wie ein sehr unglückliches, altes Ehepaar – das sie allerdings nicht waren, wenn Michael sich nicht sehr täuschte, und in dem bäuerlichen Familienverbund, in dem sie lebten, blieb ihm denkbar wenig Privates verborgen.

Einträchtig gingen die zwei Männer in die Küche hinüber, wo es nach Eintopf duftete.

»Endlich. Da seid ihr ja.«

Stühlerücken, die Mutter, die den Deckel vom Topf nahm, und heißer Dampf, der daraus hervorquoll, Essensduft, und hingehaltene Teller. Es war ein ganz normaler Mittag auf dem Hof, so ging Heimat.

»Das sieht sehr gut aus, Mama.«

»Ich hoffe, es schmeckt.« Sie griff nach einem zweiten Topf, holte zwei Würste heraus und legte sie in den Suppenteller des Vaters. »Und du?«

Michael schüttelte den Kopf, wie er fast jeden Tag den Kopf schüttelte. Er hatte aufgehört, Fleisch zu essen, seit er einmal beim Schlachten dabei gewesen war. Er war überzeugt davon, dass die Tiere eine Seele hatten, und brachte es einfach nicht mehr übers Herz – gerade weil er sie alle als so starke Individuen erlebte.

»Wirst du denn satt von dem ganzen Grünzeug?« Seine Mutter stellte auch diese Frage jeden Tag, Michael nickte jeden Tag und sie gab ihm noch einen zusätzlichen Schöpflöffel Suppe auf seinen Teller – oder eine besonders große Portion der Beilage, die fleischlos auf den Tisch kam. Der Vater, der alte Traditionalist, legte nämlich Wert auf sein tägliches Stück Fleisch. Daran war nichts zu rütteln für ihn.

Gertrud Huber war ein bayerisches Original mit Hochsteckfrisur und Schürze, mit knochigen Händen, die es gewohnt waren, zuzupacken, und sehnig-schlank von der vielen körperlichen Arbeit, die sie trotz ihrer sechzig Jahre noch leistete. Sie war geradeheraus und pragmatisch, wie ihr Leben. Als sie sich jetzt setzte, wischte sie sich ungeniert die Hände an ihrem Schurz ab.

Die Männer in der Familie hießen seit Generationen gleich, wie es eben im Chiemgau auf dem Land Brauch war. Der Vorname wurde an den ältesten Sohn vererbt. Michael fand die Tradition albern. Aber darüber ließ sich mit den Eltern nicht diskutieren, die bayerischen Gepflogenheiten wurden gehegt und gepflegt. Es war schon schwierig genug, dass der Sohn sich nicht für den Trachtenverein interessierte.

Michael steckte seinen Löffel in den dicken Eintopf. »Sehr gut, Mama.«

Seine Mutter lächelte. Freundliche Fältchen bildeten sich um ihre Augen und gaben ihrem Blick etwas Gütiges. Er wusste, sie würde später darauf bestehen, dass er einen zweiten Teller davon aß, damit er bei Kräften blieb, wie sie es formulierte.

»Ja, schmeckt gut, Mutter«, bestätigte der Vater. Wann er wohl angefangen hatte, sie nicht mehr beim Vornamen zu nennen? Vermutlich mit Michaels Geburt.

Sie nickte ihm zu und schöpfte sich erst jetzt selbst Suppe in ihren Teller. Fast trotzig warf sie eine Wurst dazu, sodass ihre Schürze ein paar Tropfen Suppe abbekam, die sie mit dem Finger wegwischte, welchen sie sich dann in den Mund steckte.

Am Tisch herrschte einvernehmliches Schweigen, während alle aßen.

Als sie satt waren, stellte die Mutter die Teller zu einem Stapel zusammen.

»Michael, wir müssen dir noch was erzählen, der Vater und ich.«

»Was denn?« Er schaute überrascht auf, war gerade drauf und dran gewesen, aufzustehen, um nach den Apfelbäumen zu sehen.

»Wir verreisen.«

»Ihr verreist?« Das war mal wirklich eine Neuigkeit. Die letzte Reise war wie lange her? Fünfzehn Jahre? Ja, das musste hinkommen, damals war er dabei gewesen, aber … Er wollte nicht daran zurückdenken.

»Nein, wir. Wir drei.« Der Ton der Mutter war sehr entschlossen.

»Ach.«

»Ja. Wir feiern unseren Hochzeitstag. So wie damals auch schon. Es ist ja wie eine Tradition, quasi, und das soll auch so bleiben.«

Alles in Michael sträubte sich. Das durfte ja wohl nicht wahr sein! Seine Eltern und ihre bescheuerten Traditionen. »Auf keinen Fall mit mir, ich komme nicht mit.«

»Doch, natürlich mit dir. Wir feiern unseren vierzigsten Hochzeitstag, dein Vater und ich.«

Natürlich! Er erinnerte sich. Damals waren sie anlässlich der Silberhochzeit seiner Eltern nach Norderney gereist. Es war eine ganz große Sache gewesen, weil es für den Hof eine Vertretung brauchte, die sich um alles kümmerte, und weil man trotzdem wusste, dass während ihrer Abwesenheit viel liegen blieb. Eine eigene Landwirtschaft zu betreiben, war wie eine Versicherung, dass man nicht nur eigenhändig und ständig arbeitete, sondern eigenhändig, ständig und dazu noch sehr viel. Um das, was in einer Woche liegen blieb, nachzuarbeiten, brauchte man zwei Wochen, bis alles wieder auf Stand gebracht war. Trotzdem war es für Michael, der gerade dem Teenageralter entwachsen gewesen war, etwas Besonderes, an die Nordsee zu fahren. Für ein Bauernkind war es nicht selbstverständlich, zu verreisen. Nur war es damals dann überhaupt nicht schön auf dieser verfluchten Insel gewesen, wirklich nicht!

»Ich bleib daheim. Jemand muss auf Hund schauen.« Zugegeben, eine wirklich miese Ausrede.

»Hund kann mit, das hab ich schon geklärt.« Gertrud schenkte ihrem Sohn ein triumphierendes Lächeln. Mist! Seine Mutter kannte ihn viel zu gut.

»Außerdem ist es nicht mein Hochzeitstag. Ich hab also gar nichts damit zu tun«, argumentierte Michael weiter.

»Du bist unser Sohn. Und es tut dir gut, wenn du mal was anderes siehst.«

»Beim letzten Mal hat mir das kein bisschen gutgetan.«

Sein Vater mischte sich ein. »Hab ich es dir nicht gesagt? Es ist nicht gut für den Jungen.«

»Ach, so ein Schmarrn!« Mit einer Handbewegung wischte die Mutter alle Argumente weg.

»Und wo wohnen wir?«, fragte Michael.

»Da, wo wir beim letzten Mal gewohnt haben.«

Noch immer führte die Mutter das Gespräch, der Vater beobachtete, wie so oft, alles schweigend, bis auf den kleinen Einwand, den er gebracht hatte. Er war ein ruhiger Mann, der nur sprach, wenn er etwas zu sagen hatte, das die Mutter nicht ohnehin schon sagte.

»Vergiss es, Mama. Ich komme nicht mit.« Allein der Gedanke – auf keinen Fall würde er dort wieder hinfahren!

Seine Mutter schenkte ihm einen ihrer Blicke. Einen von diesen mütterlich-forschenden, tiefen Blicken, die Michael hasste.

»Du glaubst, sie ist noch dort? Die Frau ist mittlerweile Anfang dreißig. Die bleibt doch nicht auf so einer kleinen Insel als junger Mensch.«

Durchschaut! Warum, verdammt, durchschaute sie ihn immerzu?

»Außerdem dachte ich, du könntest Susanne mitnehmen. Die Wohnung hat drei Schlafzimmer und Hund braucht ganz sicher kein eigenes.«

Susanne. Das auch noch. Nicht, dass er sie nicht mochte, nein. Aber das ging einfach zu weit, das war zu viel Einmischung in seine Privatangelegenheiten. Er musste sich erst einmal über die Frau klar werden, und über seine eigenen Absichten mit ihr. Ja, es gab keine andere Frau in seinem Leben – nicht, dass er es nicht versucht hätte, fünfzehn Jahre waren schließlich seit Antje vergangen. Aktuell jedoch war er wieder Single – aber ob das reichte, um sich fest an Susanne, die liebe, gutmütige Susi, die er seit Kindertagen kannte, zu binden?

»Mama …«

»Es ist eine gute Idee. Ihr könntet euch besser kennenlernen.« Gertrud schenkte ihrem Sohn ein aufmunterndes Lächeln. »Und wegen dieser Anja machst du dir doch nicht ernsthaft noch Gedanken? Das ist doch ewig her! Und es war doch mehr ein Flirt.«

»Antje heißt sie«, korrigierte Michael und schüttelte widerstrebend den Kopf. Nein. Keine Gedanken. Oder doch? Er wusste es nicht. Er spürte nur den Widerwillen, auf die Insel zu fahren. An Antje hatte er lange nicht mehr gedacht. Erst jetzt, wo die Insel so sehr ins Zentrum der Aufmerksamkeit katapultiert wurde, spürte er einen Nachhall der Emotionen, die ihn damals über ein Jahr lang so fest im Griff gehabt hatten.

»Ich würde auch jetzt nicht sagen, dass sie ein Flirt war«, fügte Michael noch hinzu.

»Wie auch immer. In jedem Fall ist es lange vorbei.«

Zweifellos. Es war ein halbes Leben her. Michael drohte in den Erinnerungen zu versinken. Wie Antje inzwischen wohl aussah? War sie noch immer so hübsch oder hatten die Jahre Spuren hinterlassen? Und sofort tauchte auch die Frage nach dem Warum auf, auf die er nie eine Antwort erhalten hatte. Bis heute konnte er nicht fassen, wie tief greifend ihn diese Liebe, die eigentlich kaum mehr als ein Urlaubsflirt hätte sein dürfen, geprägt hatte.

Dass Michael nichts erwiderte, nahm seine Mutter zum Anlass, weiter zu insistieren. »Na, siehst du. Dann ist es also abgemacht und du kommst mit. Wir fahren am Samstag.« Gertrud klatschte erst in die Hände, dann tätschelte sie die Schulter des Vaters, eine der wenigen zärtlichen Gesten, die sie ab und an machte.

Der Vater griff nach ihrer Hand und hielt sie kurz fest. »Ich freu mich, Gerti. Und dass der Michael mitkommt, freut mich noch mehr.«

Für einen Moment verschränkten sich die Finger der Eltern, dann griff Gertrud nach dem Stapel leerer Teller und ging in Richtung Spüle, ihren überrumpelten Sohn ignorierend, der das Gefühl hatte, völlig überfahren worden zu sein – und ausgetrickst noch dazu!

Er konnte sich ja schlecht weigern, den Hochzeitstag der Eltern mitzufeiern – noch weniger, nachdem die zwei gerade so sehr ihre Freude über seine Begleitung bekundet hatten. Außerdem würde er einen Teufel tun und zugeben, dass seine Jugendliebe, seine enttäuschende, traurige Jugendliebe nie aufgehört hatte, ihm zu schaffen zu machen. Ihm blieb nur, darauf zu bauen, dass Antje die Insel verlassen hatte. Denn eines wusste er ganz sicher: Er wollte diese Frau nie mehr wiedersehen.

Kapitel 2

»Heeey, Schwesterchen!« Katjas Stimme dröhnte regelrecht aus dem Telefon. Antje hielt das Mobilteil auf Armesweite von ihrem Ohr weg und verzog das Gesicht. Typisch. Dieser Frau fehlte es einfach an Feingefühl. Das würde sich wohl nie ändern.

»Antje? Bist du noch da?«, rief Katja jetzt.

»Ja, aber gleich taub. Wenn du weiter so schreist, höre ich dich ganz ohne Telefon – egal wo auf der Welt du gerade herumspringst«, beschwerte sich Antje bei ihrer Schwester.

»Australien, Baby. Ich bin in Australien, im Outback. Unglaublich, das kannst du dir gar nicht vorstellen.« Antje konnte sich das tatsächlich nicht vorstellen. Sie hätte nicht für viel Geld an einen Ort reisen wollen, wo sie jederzeit damit rechnen musste, dass tödliche Spinnen, Krokodile und Schlangen ihren Weg kreuzten. Nein, da lobte sie sich ihre kleine, beschauliche Insel. Ihre jüngere Schwester Katja war das glatte Gegenteil von ihr – Abenteurerin durch und durch. Es gab wohl kaum noch einen Flecken auf der Welt, den sie noch nicht erkundet hatte. Nicht, dass Antje sie nicht auch manchmal um eine Prise Abenteuer beneidete – und um ihre Freiheit. Das Ausmaß, in dem ihre Schwester ihre Abenteuerlust allerdings lebte, war für sie eine Spur zu groß.

Auch jetzt erzählte Katja, wie sie diversen Stieren auf einer australischen Farm die Hoden abgeschnitten hatte – Details, die Antje wirklich nicht gebraucht hätte, um einen befriedigenden Tag zu verleben.

Sie stand hinter der Rezeption und wartete auf Familie Huber. Daran, dass ihr Vater nicht mehr zu der Buchung dazugeschrieben hatte, erkannte sie seine zunehmende Vergesslichkeit. Es kam in letzter Zeit häufiger vor, dass er oder auch die Mutter vergaßen, wichtige Details zu notieren, und sie dann am Anreisetag das ausbügeln musste, was die Eltern vergeigt hatten.

Ohnehin war der Name Huber ein rotes Tuch für Antje. Es gab unendlich viele Familien mit diesem Namen, besonders in Bayern. Sie hatten jedes Jahr andere Gäste, die so hießen, was eigentlich keine große Sache war. Aber für Antje war dieser Nachname noch immer speziell und sie verband mit ihm unschöne Erinnerungen. Während Katja eine weitere haarsträubende Geschichte, diesmal über eine Brownspider in ihrem Schuh, zum Besten gab, bemühte Antje, das Telefon zwischen Ohr und Schulter geklemmt, den PC.

Aber natürlich stand da nichts. Ihr Vater, der nicht in die Generation Computer hineingewachsen war, arbeitete nach wie vor mit einem völlig unzureichenden Zettelsystem. Das musste sie dringend mit ihm besprechen, es sorgte nämlich jedes Mal für Chaos, wenn niemand wusste, wie viele Gäste anreisten, zu welcher Uhrzeit sie kamen und ob sie irgendwelche speziellen Wünsche hatten. Die Information über die erwarteten Gäste beschränkte sich auf Namen und Datum auf einem winzigen Notizzettel. Vermutlich durfte Antje noch froh sein, dass das Datum vermerkt – und hoffentlich korrekt – war.

»Und bei dir so?« Katjas Frage kam wie aus dem Nichts.

»Och. Alles wie …«

Sie schloss das Buchungsprogramm, während sie sprach, und blickte auf, weil sie einen Luftzug von der Tür her spürte. In diesem Moment überschlugen sich die Ereignisse. Das Telefon rutschte aus der Umklammerung von Schulter und Wange, während drei Menschen eintraten, begleitet von einem riesigen Hund, einem wahrhaft bedrohlichen Vieh, braun und riesig. Doch sie registrierte das Tier nur am Rande, denn sie erkannte diese drei Menschen wieder, natürlich erkannte sie sie wieder. Sie hätte die Leute unter hunderten wiedererkannt, besonders den großen, schlanken Mann, der hinter den beiden älteren Leuten herging und den Hund neben sich an einer kurzen Leine hielt. Dunkelblonde Haare, die ihm glatt in die Stirn fielen und die er, das wusste sie noch wie gestern, mit einem Pusten aus seinen Augen hob, ein klein wenig zu lang – genau wie damals. Die Augen, grün, ein klares, helles Grün, mit einem Blick, der Schalk und Humor verriet. Augen wie ein Dschungel, in dem man sich verlaufen und dessen Dickicht einen für immer gefangen nehmen konnte.

Sie spürte ihr Herz, einem Presslufthammer gleich, gegen ihre Brust poltern, spürte, wie es stolperte, aus dem Rhythmus kam und unruhig weiterschlug, orientierungslos und durcheinander wie sie selbst.

»Grüß Gott.« Der Vater von Michael lächelte sie an, sein Gesicht hatte sich kaum verändert, es war nur älter und ein wenig zerfurchter. Er streckte ihr seine Hand hin und begrüßte sie mit einem festen Händedruck.

»Moin.« Antje mühte sich um ein Lächeln, obwohl ihre Wangen davon schmerzten. Sie wollte weg, sich verkriechen, sich in Luft auflösen können, wegfliegen und in Australien Stieren die Hoden abschneiden. Irgendetwas, egal, was es war, Hauptsache weg, nur weg. Stattdessen blieb sie natürlich der Profi, der sie war, wenn auch mit zitternden Händen. Für irgendetwas mussten ihr Tourismusstudium und die jahrelange praktische Erfahrung ja gut sein.

»Familie Huber, nicht wahr? Sie haben das Möwennest gebucht.« Antje versuchte, so souverän wie möglich zu sein, bemühte sich, ihrer Stimme einen ruhigen Klang zu geben.

»Ganz genau.« Die Mutter von Michael trat heran. »Antje, nicht wahr? Wir hätten gar nicht gedacht, dass Sie noch auf der Insel sind.«

Antjes Wangen brannten wie Feuer, sie waren mit Sicherheit so puterrot wie vorhin Ninas, nur aus einem anderen Grund. Freude war das letzte Gefühl in ihrem momentanen Repertoire. »Doch. Ich bin noch da«, sagte sie.

Sehr geistreich. Aber sie konnte sich gerade einfach auf nichts anderes konzentrieren als darauf, Michael so wenig wie nur irgend möglich zu beachten. Sie wollte ihn nicht wahrnehmen, wollte ihn nicht sehen. Dass er es überhaupt wagte, hier noch mal aufzutauchen! Aus dem Augenwinkel nahm sie wahr, dass er im Türrahmen lehnte, die Arme verschränkt, die Augen auf einen Punkt hinter Antjes Kopf fixiert. Arschloch! Dass er sich überhaupt anmaßte, hier reinzuschneien, als ob nichts zwischen ihnen vorgefallen wäre! Am liebsten hätte sie ihn geschüttelt, ihm mit den Fäusten gegen die Brust getrommelt und ihn angeschrien. Dieser Mann hatte so großen Einfluss auf ihr Leben gehabt wie kein anderer und jetzt stand er da, ohne eine Emotion zu zeigen, während sie das Gefühl hatte, zu sterben. Sie kochte innerlich und tat doch das einzig Mögliche. Sie lächelte verbissen.

»Ich hab den Schlüssel hier. Wir haben umgebaut, kommen Sie mit, ich zeige Ihnen, wo die Wohnung ist.« Antje verzichtete darauf, sich nach der Anreise zu erkundigen, das Wetter zu kommentieren oder sonst irgendwie Small Talk zu betreiben. Das war im Moment einfach jenseits ihrer Fähigkeiten. Als sie vorausging, glaubte sie, Michaels Blick im Nacken zu spüren, und widerstand nur mühsam dem Impuls, sich umzudrehen.

Das Telefon fiel ihr ein, und dass das Mobilteil in der Rezeption noch immer auf dem Boden lag. Aber auch das war ihr egal. Katja würde ohne Zweifel wieder anrufen, wenn sie nach Timbuktu weitergereist war. Und Antje musste diese Situation beenden, bevor sie entweder vor Wut platzte oder in sich zusammenfiel wie ein vom Wind gestreiftes Kartenhaus.

»Hier, bitte«, sagte sie, als sie an der Tür mit der hübschen Aufschrift ankamen. »Drinnen finden sie einen Ordner mit allen wichtigen Infos. Wir bieten auch einen Brötchenservice und natürlich WLAN.« Antje leierte das Wichtigste herunter, schaute dabei abwechselnd Vater und Mutter Huber in die Augen, Michael und das Hundevieh mit aller Kraft ignorierend. Das Tier wedelte wie verrückt mit dem Schwanz, sie sah es aus dem Augenwinkel. Und es zog an der Leine, was ihm ein leises Kommando seines Herrn einbrachte. Die noch immer vertraute Stimme zu hören, tat Antje körperlich weh. Er klang wie früher, genau wie früher. Allerdings reagierte der Hund so gut wie gar nicht, er zog weiter in Richtung Antje, als ob eine ganz besondere Magie von ihr ausginge, der er sich einfach nicht entziehen konnte. Ein Vieh in dieser Größenordnung, und dann so unerzogen. Aber was konnte man von so einem Typen wie Michael auch erwarten?

Hastig sprach sie weiter und gab noch das WLAN-Passwort und den Code für die Eingangstür bekannt. Sie wollte weg – so schnell wie möglich.

»Und falls Sie noch irgendwelche Fragen hätten, wissen Sie ja, wo Sie mich finden.«

Gertrud Huber nickte. »Vielen Dank. Wir waren ja schon mal da.«

Vor genau fünfzehn Jahren, richtig. Antje erinnerte sich genau, zu genau. Aber natürlich sagte sie auch dazu nichts, sondern nickte nur. »Schön, dass Sie uns wieder beehren.« Eine Floskel, nur eine armselige Floskel fiel ihr ein.

Dann lächelte sie wieder ihr maskenhaftes, bemühtes Lächeln und ging an den Eltern Huber vorbei. Dahinter stand Michael, mitten im Flur, den Riesenhund zu seinen Füßen und machte gar keine Anstalten, zur Seite zu treten. Die beiden füllten den Gang ganz aus. Als wollte Michael sie zwingen, ihn anzusehen, so wirkte die Szene auf Antje. Aber den Gefallen tat sie ihm nicht. Antje schaute auf ihre Fußspitzen. Sie spürte ganz genau, dass sie nicht mehr lang durchhalten würde. Gleich würde ihre mühsam aufrecht erhaltene Fassade in sich zusammenfallen und sie würde weinen – oder Michael anschreien.

»Darf ich?«, presste sie hervor. Und noch bevor er ganz zur Seite getreten war, hatte sie sich schon an ihm und dem Monsterköter vorbeigedrückt, der am Halsband zerrte, um zu ihr zu gelangen und an ihr zu schnüffeln.

Antje konnte nicht vermeiden, ihn zu berühren, ihr Arm an seinem Hemd. Die Stelle schien lichterloh zu brennen. Aber sie hatte es geschafft, an ihm vorbeizukommen. Es fühlte sich an wie die Überwindung eines gigantischen Hindernisses. Mit eiligen Schritten, gerade so schnell, dass sie nicht rannte, ging Antje in Richtung Rezeption.

Michael Huber. Sie betastete ihre Haut am Unterarm, da, wo sie sich berührt hatten. Michael Huber. Er war tatsächlich wieder da, noch dazu in ihrem Haus!

Sie lauschte in Richtung ihres Herzens, das nur langsam wieder in den Normalzustand zurückfand, spürte, wie schmerzlich vernarbte Wunden wieder aufbrachen. Die erste große Liebe ihres Lebens, der Mensch, der sie so tief enttäuscht hatte, dass sie sich nie voll davon erholte.

Von allen Menschen auf der Welt war er der letzte, dem sie begegnen wollte.

Ausgerechnet Michael Huber!

* * *

Ein riesiges Tuch, das die beiden zusammengeschobenen Strandkörbe zu einer Höhle verband, in die niemand hineinschauen konnte. Ein einzelnes Teelicht in einer Laterne und ein Piccolo mit zwei Plastikgläsern. Damals war es Antje unheimlich aufregend vorgekommen, nachts am Strand Sekt zu trinken.

Michaels Gesicht, das sich ihrem näherte, seine Augen, die im Kerzenlicht blitzten und dunkler wirkten, als sie tatsächlich waren. Seine Hände, die über ihre Schlüsselbeine strichen, unsicher, ob sie ihren Weg weitergehen durften, um sich in andere Körperregionen vorzutasten.

Antje spürte, wie seine streichelnden Hände die Innenseiten ihrer Schenkel erreichten, bemerkte es mit der Überraschung der ersten Male, zog sich nicht zurück, sondern bog sich der Liebkosung entgegen, forderte mit jeder Faser ihres Körpers mehr. Der erste Kuss drei Tage vorher, das Wissen um die beschränkte Zeit, das sie beide antrieb und Antje das Gefühl gab, jeden Moment auskosten zu wollen. Michaels romantische Idee für den letzten Abend miteinander: das Zelt aus Strandkörben, in dem sie jetzt saßen und einander im Kerzenschein küssten, windstill an einem Ort jenseits von Zeit und Raum, mit dem Rauschen des Meeres im Hintergrund. Michael hatte auch eine dicke Wolldecke aus der Ferienwohnung mitgenommen, die er Antje fürsorglich um die Schultern gelegt hatte, auch wenn sie demnächst zu Boden gleiten würde. Seine Aufmerksamkeit ihr gegenüber imponierte Antje.

Als seine Lippen ihren Hals fanden und kurz darauf an ihrem Ohrläppchen saugten, während sein Atem ihren Körper elektrisierte, entfuhr ihr ein leises Stöhnen. Wieder flammte das süße Gefühl zwischen Antjes Beinen auf, noch intensiver als zuvor.

»Michael.« Sie flüsterte seinen Namen, der ihren Mund bis in den letzten Winkel ausfüllte, dieser Name, der ihr so viel bedeutete. »Michael.«

Er küsste weiter, sie bot sich ihm dar, bog ihren Rücken durch. Er küsste ihre Brust durch den Pullover hindurch, ließ seine Hand endlich darunter gleiten, fand nackte Haut, wanderte empor und umfasste ihre Brüste schließlich mit der wilden Entschlossenheit der Jugend. Es hätte emotionslos wirken können, war aber jugendlicher Sturm, denn da war so viel Wollen, so viel Begehren, dass die Luft knisterte, und sie spürten es beide. Antje wollte ihn. Es würde ihr erstes Mal sein, ja. Aber alles fühlte sich richtig an, als ob es so sein müsste, *genau* so. Zwischen Strandkörben und am Meer: Antjes erstes Mal mit einem Mann. Als er begann, mit seinen Fingern sanft ihre Brustwarzen zu umkreisen, hatte Antje das Gefühl, jeden Moment den Verstand zu verlieren.

Dann waren sie nackt. Es war schnell gegangen, gierig hatten sie einander der Kleidung entledigt, ungeschickt, kichernd, sich immer wieder küssend. Antje hatte sich unsicher gefühlt. Das erste Mal mit einem nackten Mann zusammen. Sie schämte sich, ohne zu wissen, wofür, und sie hatte ein wenig Angst, nur eine Nuance. Aber Michael spürte sie trotzdem.

»Bist du dir sicher?« Hingehauchte Worte, die sie mit einem Nicken an seiner Halsbeuge beantwortete, ihm sanft mit ihren Fingerkuppen über den Rücken streichend, vorsichtig in ihren Bewegungen, hinunter bis zum Ansatz seines Hinterteils, was ihn leise aufstöhnen ließ und ihren Händen Mut gab, sich nach vorne zu tasten, seinen Bauchnabel zu finden und weiter nach unten zu wandern. Michael keuchte auf, bäumte sich ihren Fingern entgegen.

Er begann, an ihrer Brust zu saugen, zärtlich, ein sanftes Knabbern, das sie fast wahnsinnig werden ließ. Seine Hand wanderte währenddessen zwischen ihre Beine, machte kreisende, kleine Bewegungen, die wahre Explosionen in ihr auslösten.

Sie wollte ihn ganz, jetzt. Es gab keinen Zweifel. Und sie fanden sich, sie fanden sich blind, Haut an Haut. Da war kein Schmerz, nur Vorwärtsdrängen, Vereinigung und zwei Rhythmen, die zu einem wurden, sanft erst, ruhig, sich dann aber steigernd. Ein Rhythmus, dessen Takt immer mehr an Tempo gewann und sich am Ende mit einem Tusch entlud, der Antje ungläubig und schwer atmend zurückließ, in Michaels Armen, die sich fest um sie schlangen. Die Kerze brannte noch, flackerte leicht.

Dann schaute Michael auf, mit seinen wilden Dschungelaugen. »Ich glaube, ich habe mich in dich verliebt.« Seine Stimme, ganz weich, wie dickflüssiger Honig. Und Antje wusste, ja, spürte genau, was Michael empfand.

Sie schnaubte aus, voller Verachtung. Tatsächlich, sie erinnerte sich noch an jedes Detail, als wäre es erst gestern gewesen, konnte die Erinnerung an das Erlebte hervorholen wie einen Gegenstand und es von allen Seiten genauestens betrachten. Antje goss sich noch einen Schluck aus der Rotweinflasche ein, die sie geköpft hatte. Das war ihr drittes Glas. Sie starrte in das Kaminfeuer, das sie sich anlässlich dieses Horrortages gegönnt hatte, obwohl eigentlich Spätsommer war. Ein gemütliches Feuer hatte sie schon immer als tröstlich empfunden.

Verliebt, von wegen! Michael war einfach von der Insel verschwunden. Er hatte sie umschmeichelt, sie ausgenutzt, sie auf billigste Weise ins Bett gekriegt, mit Plastikgläsern und Sekt aus dem Supermarkt. Und sie war auf den bayerischen Charmebolzen hereingefallen, wie es siebzehnjährige Schulmädchen eben tun.

Es hatte sie mehr als nur ihre Jungfräulichkeit gekostet, viel mehr. Sie hatte mit ihrem Vertrauen bezahlt. Und das war viel schlimmer.

Sie nahm einen weiteren Schluck Wein.

»Ich glaube, ich habe mich in dich verliebt.« Der Satz war ihr damals durch Mark und Bein gegangen, hatte sie direkt ins Herz getroffen, das sie wie auf einem Tablett – ungeschützt und frei sichtbar für Michael – vor sich hergetragen hatte.

Worte wie Seide waren das gewesen, wie reinstes Glück. Und dann war er einfach verschwunden und hatte ihr damit jede jugendliche Naivität, jede Gutgläubigkeit geraubt. Wunden zugefügt, die nur langsam geheilt waren. Fünfzehn Jahre war das her! Und trotzdem hatte der Anblick von Michael gereicht, um ihr den alten Schmerz wieder in Erinnerung zu rufen. Dabei wollte Antje nichts weiter, als ihn endlich zu vergessen, für immer und ewig. Aber offenbar konnte sie so viel Wein gar nicht trinken, dass die Erinnerungen sie nicht doch wieder einholten.

Sie hatte keine Ahnung, wie sie eine ganze Woche mit ihm unter einem Dach leben sollte, denn selbst wenn zwei Stockwerke sie trennten, kam er ihr unerträglich nah vor. Eine einzelne Träne rann unbemerkt über ihre Wange. Sie trank ihr Glas mit einem großen Schluck aus. Das Feuer knisterte. Sie konnte ihm ja nicht ausweichen, schließlich arbeitete sie hier. Sie lebte zu allem Überfluss auch noch in diesem Haus. Es gab keine Möglichkeit, sich zu verstecken.

Schon jetzt sehnte sich Antje danach, Familie Huber endlich wieder verabschieden zu können. Allein diesen ersten Tag rumkriegen zu müssen, weil sie die Rezeption besetzen musste, immer in dem Wissen, dass Michael gleich auftauchen konnte, war die Hölle gewesen. Sie musste sich dringend etwas überlegen, um diesem Kerl auszuweichen. Sonst würden die Tage sich ziehen wie das zähste Kaugummi der Welt. Vielleicht konnte sie einen Infekt erfinden und ihren Vater oder die

Mutter mit einem Notizblock an die Rezeption setzen – quasi als Notdienst. Aber wenn sie das tat, hätte sie anschließend umso mehr Arbeit mit Doppelbuchungen und fehlenden Infos. Außerdem: War es wirklich eine Lösung, sich vor der Realität zu verstecken?

Grübelnd griff sie nach ihrem Handy und tippte eine Nachricht an Nina. Wenn jemand Rat wusste, wie sie möglichst unbeschadet durch die Woche kommen würde, dann ihre beste Freundin mit der im Vergleich zu ihr geradezu ausufernden Männererfahrung. Wobei ausufernd natürlich völlig übertrieben war – aber Antje hatte nach Michael keinen Mann mehr so nah an sich herangelassen, wild entschlossen, nie wieder so verletzt zu werden. Damals war sie voller Hoffnung auf Glück gewesen, hatte ihr Herz schutzlos auf einem Silbertablett vor sich hergetragen, und es war einfach zerquetscht worden. Danach war sie nie wieder bereit gewesen, sich so zu öffnen.

Sie schaute auf die drei Worte, die auf ihrem Display aufleuchteten. »Michael ist da.«

Mehr schrieb sie nicht. Nina würde ohne Frage wissen, was das bedeutete. Antje drückte auf »Senden«. Jetzt konnte sie nichts tun, als die Antwort ihrer Freundin abzuwarten.

* * *

Auf der Fähre hatte er sich noch selbst beschworen. Beruhig dich, Michael, sie wird nicht mehr auf der Insel sein. Sie hatte Träume gehabt damals, wollte studieren, sich ein Leben jenseits der Insel aufbauen. Was macht man mit einem Studium auf Norderney? Nichts, genau!

Auf der Insel hätte Antje ohnehin nur schwer einen Job gefunden, also war sie schon allein deshalb bestimmt aufs Festland gezogen. Michael hatte Hund gekrault, der gar nicht damit fertig wurde, die Möwen zu beobachten, und hin und wieder leise kläffte, so leise, wie man es ihm bei seiner Körpergröße gar nicht zugetraut hätte. Für Hund war jedes andere Lebewesen pauschal ein Freund und er konnte gar nicht fassen, dass die in der Luft ihre Kreise ziehenden Seevögel ihm nicht mehr Beachtung schenkten.

Immer wieder sprang er auf, wedelte mit seinem Schwanz und Michael musste ihm beruhigend den Kopf tätscheln, damit er sich wieder hinlegte. Vielleicht spürte der Neufundländer auch die Nervosität seines Herrn. Hund war ein sensibles Wesen, ohne Frage.

Michael war in der Tat ein Nervenbündel gewesen. Er hatte sich erinnert, viel zu gut. Obwohl die Sonne aus allen Knopflöchern gestrahlt hatte und die See fast glatt dalag, hatte er ein flaues Gefühl im Magen bekommen. Einzig der Gedanke, dass Antje der Insel mit an Sicherheit grenzender Wahrscheinlichkeit den Rücken zugewandt hatte, half ihm, sein Mittagessen bei sich zu behalten.

Und dann war sie ihm gegenübergestanden, hinter dem Tresen. Sie wirkte reifer, trug die Haare kürzer, aber er wusste trotzdem noch, wie es sich angefühlt hatte, ihr die dicken braunen Strähnen hinters Ohr zu streichen. Ob sie verheiratet war? Ein seltsamer Gedanke, dass sie womöglich mit einem Mann zusammenlebte. Hatte sie einen Ring getragen? Er verfluchte sich, weil er nicht auf ihre Hände geschaut hatte. War sie weitergezogen? Wobei, was hieß da »weitergezogen«? Es waren fünfzehn Jahre vergangen. Natürlich war sie längst über ihn hinweg. Ob sie ihn überhaupt erkannt hatte? In jedem Fall hatte sie es nicht zu erkennen gegeben, wenn dem so war. Sie war an ihm vorbeigehastet wie an einem Fremden.

Michael lag im Dunklen, drehte sich um, wälzte sich auf seiner Matratze hin und her. Es war weit nach Mitternacht, aber es war nicht daran zu denken, einzuschlafen. Er drehte sich seit Stunden um seine eigene Achse, gejagt von der Vergangenheit.

Doch egal wohin er sich wandte, Antjes Gesicht blieb vor seinem inneren Auge haften. Die Stupsnase, die dunklen Haare, die vollen Lippen, braune Augen voller Wärme, die immer mitlächelten und ihm das Gefühl gegeben hatten, ihr blind vertrauen zu können, jedenfalls damals. Heute wusste er, dass ihr das Lächeln einfach so gegeben war und kein Zeichen eines besonderen Charakters.

Er dachte daran, wie sie sich verabschiedet hatten, an der Fähre, am Tag nach – nein, er wollte sich nicht wieder damit auseinandersetzen, wie er sich ihr offenbart, ihr seine Verliebtheit gestanden hatte. Damals hatte sie den Satz, sein Geständnis, für das er allen Mut hatte zusammennehmen müssen, einfach hingenommen und ihn geküsst, vielleicht nur, um ihn zum Schweigen zu bringen.

Das war ihm allerdings erst im Nachhinein aufgefallen. In dem Augenblick selbst, kurz nach ihrem ersten Mal, war er viel zu emotional gewesen, um es zu bemerken. Es schmerzte dafür rückwirkend umso mehr, als ihm das alles klar wurde, nachdem er wochenlang nichts von ihr gehört hatte, keine Nachricht, keine Postkarte, nichts.

Wieder wälzte Michael sich herum. Drehte sich in Richtung Zimmer. Hund schaute auf, um sich sofort wieder auf dem Bettvorleger einzurollen. Der Neufundländer schnarchte leise.

»Ich schreib dir.« Das hatte sie versprochen, am Fähranleger, die Haare vom Wind ganz verstrubbelt. Und natürlich hatte er ihr geglaubt, als sie ihn mit ihren Rehaugen anschaute, diesen betrügerischen Augen.

Er hatte sie geküsst, ganz zart, und bloß nicht weinen wollen, die Tränen schwer geschluckt. Antje dagegen verschwamm der Blick und sie verbarg ihr Gesicht an seiner Schulter, wie sie es so oft tat, eine Geste, die schon nach zwei Tagen etwas Vertrautes gehabt hatte. Und Michael hatte Antje an sich gedrückt.

»Anni. Wir sehen uns wieder.« So hatte er sie genannt. Anni. Weil er das schön fand, den Klang, das Leben, das in der Abkürzung steckte, das Sprudeln.

»Meine Anni.«

Und als sie aufschaute, hatte sie gelächelt. Ha! Wie scheinheilig! Vermutlich war sie froh, als er endlich auf die Fähre verschwand.

Michael klopfte voller Emotion auf sein Kopfkissen und warf sich erneut herum. Er fand einfach keine bequeme Liegeposition! Dazu kam, dass er die ganze verdammte Woche in diesem Bett schlafen sollte. Wenn er sich durchweg so fühlte wie heute, dann würde er auf dieser unseligen Insel keine ruhige Minute finden.

Er sah sich selbst als jungen Mann oben an der Reling der Fähre stehen, unten Antje, winkend, und er spürte das Gefühl dazu noch. Das Gefühl, ein Teil von ihm würde auf Norderney bleiben, unwiderruflich, bis er Antje wiedersah. Und es war tatsächlich so geschehen.

Die Jahre hatten die leere Stelle überwuchert, die sie in ihm zurückgelassen hatte. Aber unter dem Dickicht, das über die Sache gewachsen war, lag die Erde noch immer brach. Niemand hatte den Platz einnehmen können, keine Frau an das idealisierte Bild von Antje herangereicht. Michael dachte an Susanne, die langen blonden Locken, das fröhliche Lachen, die zupackende, griffige Art der jungen Frau, die er schon seit Kindertagen kannte. Er mochte sie von Herzen – aber war das Gefühl, das er für sie empfand, Liebe? Vielleicht eine andere Art von Liebe als die, die er für Antje empfunden hatte?

Hatte! Vergangenheit, ermahnte er sich. Das ist vorbei, noch mal würde sie ihn nicht so tief verletzen, das würde er nicht zulassen!

Er würde daheim wirklich Susanne eine Chance geben, ja, genau das würde er tun. Die Vergangenheit würde dann endlich ruhen. Vermutlich hatte die Mutter recht und wusste besser, was gut für ihn war, und Susi war eine gute Frau, daran gab es keinen Zweifel.

Michael drehte sich auf den Rücken und starrte zur Zimmerdecke hinauf. Hund schmatzte im Schlaf. Und endlich, endlich schlossen sich auch Michaels Augen und er fiel in leisen, unruhigen Schlaf.

Kapitel 3

Antjes Lunge brannte, sie lief nicht ganz in ihrem gewohnten Rhythmus, sondern hatte das Tempo angezogen. Heute war sie bis weit hinter den Nacktstrand gerannt. Sie lief einen Kilometer in sechs Minuten. Das war ziemlich gut, zumal wenn man bedachte, dass sie am Strand entlangrannte, wo sie weiter vorne, an der *Weißen Düne,* immer wieder Menschen ausgewichen war und der Sand unter den Füßen mehr nachgab, als man glaubte. Es war nicht leicht, unter diesen Bedingungen ein gutes, konstantes Tempo zu finden. Sie liebte es hier draußen, wo Norderney sich auch von seiner weiten, wilden Seite zeigen konnte, während es im Ort und dort, wo sich die Touristenströme aufhielten, oft eng zuging. Sie beschloss, am Wasser entlang bis zum Startpunkt der Wrackwanderung zu laufen, dann zum Parkplatz hinaufzugehen und einfach mit dem Bus zurück ins Dorf zu fahren.

Dort hinten würde der Strand noch weiter werden, noch herrlicher ausschweifen und ihr ein Gefühl von Unendlichkeit vermitteln.

Ihr Atem stabilisierte sich, nahm langsam einen gleichmäßigen Rhythmus an, jetzt, wo sie konstant dahinlaufen und ihre Schritte mit Bedacht setzen konnte. Antje dachte an ihr Gespräch mit Nina.

»Sei professionell«, hatte die Freundin gesagt und mit Schmackes in ihr Brötchen mit Sanddornmarmelade gebissen, während Antje kaum in der Lage war, über Essen nachzudenken. Sie, die sonst fraß wie ein Schleuderaffe.

»Wenn du ihm keine Angriffsfläche bietest, kann er auch nicht angreifen.« Nina kaute, schluckte, biss erneut ab, während sie Antje Tipps gab.

Ja, das klang in der Theorie schon logisch.

»Aber … Boah, Nina, er hat mir damals echt mein Herz gebrochen. Und wenn ich ihn anschaue, dann ist das, als wäre es gestern gewesen.« Antje nippte an ihrem Tee, um des Kloßes in ihrem Hals Herr zu werden. Nina, die ihr Brötchen gerade wieder zum Mund führen wollte, hielt inne.

»Ich weiß. Ich finde nicht, dass er das Recht hat, deine Erinnerungen wieder aufzuwühlen. Du hast so gelitten damals. Und bis heute keinem Mann mehr getraut.«

Nina traf den Nagel auf den Kopf. Michael hatte nachhaltig dafür gesorgt, dass Antje die Menschen, denen sie bedingungslos traute, stark eingeschränkt hatte, als da wären: sie selbst, na gut, und ihre Familie, zu der sie Nina einfach dazuzählte. Ein neuer Mann war tatsächlich nie wieder ernsthaft infrage gekommen. Nicht in Köln beim Studium und auch nicht auf der Insel. Es hätte den ein oder anderen durchaus interessanten Mann gegeben, der ihr über die Jahre begegnet war, natürlich, aber sie wagte nie den entscheidenden Schritt in die Nähe, den es brauchte, um auf jemanden zuzugehen, bei jemandem zu sein, ging keine Beziehung ein aus Angst, wieder verletzt zu werden. Es tat ihr zu weh, drum vermied sie von Haus aus ein gewisses Maß an Nähe.

»Vielleicht ist die Tatsache, dass Michael aufgetaucht ist, auch eine Chance für dich, mit ihm abzuschließen. Als Peter hier aufgeschlagen ist, da war das für mich letzten Endes eine gute Sache. Mir wurde sofort so klar wie nie zuvor, dass ich ihn nicht mehr will. Das war echt gut.«

Nina war nach ihrer Trennung von Peter von Wuppertal auf die Insel übergesiedelt, um sich hier mit ihrem Süßwarenladen selbstständig zu machen. Peter war nach ein paar Wochen auf die Insel gekommen in einem halbherzigen Versuch, sie zurückzugewinnen. Finn war aufgetaucht und eine ganze Reihe Missverständnisse hätte fast dafür gesorgt, dass Finn und Nina nicht zu dem Traumpaar geworden wären, das sie jetzt waren.

Antje musste sich allerdings eingestehen, dass sie jenseits des Schmerzes auch nie aufgehört hatte, von Michael zu träumen. Typisch. Die erste Liebe vergaß man nie – sagte man das nicht so? Sie verfluchte sich selbst für den sentimentalen Mist und ihre unzähmbaren Emotionen. Ihn dann heute zu sehen, eine etwas gereifte, kräftigere Version des damaligen Michael, hatte nicht nur ihre Enttäuschung neu angefeuert, sondern auch all die Zuneigung, die sie für ihn empfunden hatte – als ob er sie nicht genug verletzt hätte damals! Aber diesen Teil ihrer Reaktion behielt sie für sich, den verriet sie nicht einmal Nina, den würde sie niemandem jemals verraten, schon weil sie sich deshalb so armselig und ausgeliefert fühlte. Sie wünschte, sie wäre nicht der emotionale Mensch, der sie nun mal war.

Antje lief wieder schneller, spürte, wie ihr Herzschlag beschleunigte. Professionalität. Vielleicht würde sie Michael ja gar nicht so oft über den Weg laufen in der Woche. Heute Morgen beispielsweise war er weit und breit nicht zu sehen gewesen, als sie über den Gang hinüber in Ninas Wohnung gehuscht war. Die Freundin hatte sich als Übergangslösung in einer der Ferienwohnungen von Antjes Familie eingemietet, als sie auf der Insel angekommen war, und es deutete vorerst nichts darauf hin, dass sie in absehbarer Zeit auszog, was Antje mehr als begrüßte. So hatte sie die Freundin, von der sie jahrelang so viele Kilometer getrennt hatten, endlich um sich.

Sie würde ihn mit »Herr Huber« ansprechen, so tun, als hätte es nie ein Zusammentreffen zwischen ihnen gegeben und nachher noch mit ihrer Mutter reden, vielleicht konnte die für zwei Tage die Rezeption voll übernehmen. Im Moment sprang sie zwar stundenweise ein, arbeitete aber eigentlich nicht mehr ganztags in der Pension. Sie war mittlerweile siebzig, die beiden Töchter hatte sie verhältnismäßig spät bekommen. Und Antjes Vater war zwar mit seinen fünfundsiebzig Lenzen noch recht guter Dinge, aber auch er genoss seinen wohlverdienten Ruhestand. Dazu kam, dass er neuerdings manchmal ein wenig verwirrt war – mal ganz abgesehen von der Zettelwirtschaft. Während ihre Schwester Katja das Weite gesucht hatte, hatte Antje die Pension übernommen. Sie war ihr mehr oder weniger in den Schoß gefallen. Da war nicht viel Entscheidungsspielraum gewesen, denn das Lebenswerk ihrer Eltern nicht weiterführen zu wollen, kam nicht infrage. So wuchs sie in ihre Rolle hinein und übernahm die Verwaltung der Ferienwohnungen, ohne dass ihre Eltern ihre Erwartungen je verbalisieren mussten.

Doch manchmal wog die Last auf ihren Schultern schwerer, als ihr lieb war, und sie verfluchte Katja für ihre unbeschwerte Freiheit, während sie selbst alle Verantwortung für das Familienunternehmen zu tragen hatte – auch wenn sie natürlich von Natur aus nicht so ein Zugvogel wie ihre Schwester war.

Antjes Gedanken kreisten heute in alle möglichen Richtungen, anders als sonst, wo das Meer und der Strand oft dafür sorgten, dass ihr jegliche Grübelei aus dem Hirn gepustet wurde und sie klar denken konnte. In sich selbst versunken hatte sie gar nicht gemerkt, wie der Strand immer weitläufiger wurde. Ringsum war es menschenleer. Fast niemand fand seinen Weg hier raus.

Sie genoss die Einsamkeit und die unberührten Weiten, liebte den Anblick der zentimeterhohen Muschelbänke, die unter den Turnschuhen knirschten, wenn man drauftrat. Manchmal sah man sogar eine Robbe, die in der Brandung spielte und dem unerwarteten Besuch am Strand neugierige Blicke zuwarf. Antje suchte das Wasser ab, aber heute war weit und breit keines dieser liebenswerten Tiere zu sehen.

Sie verlangsamte ihre Schritte, holte tief Luft. Dann schlenderte sie gemächlich den Strand hinauf. Der Wind blies ihr die Haare aus dem Gesicht und erfrischte sie auf angenehme Weise. Es würde nicht lang dauern, bis sie zu frösteln begann, aber noch empfand sie die Brise als angenehm.

Antje schaute sich die Dünenlandschaft an, die vor ihr lag. Ihre Heimat war der schönste Ort der Welt, keine Frage. Da konnte Katja noch so vielen Stieren die Hoden abschneiden, gegen diese Landschaft kam das niemals an.

Sie zog die dünne Laufjacke enger um ihren Körper. Mittlerweile hatte sie die Ausläufer der Dünen erreicht und hielt Ausschau nach dem kleinen Trampelpfad, der zum Parkplatz hinaufführte.

Mist! Ihr Schnürsenkel war aufgegangen. Antje beugte sich hinunter. Hatte sie keinen Doppelknoten gemacht? Sie runzelte die Stirn und begann, eine Schleife zu binden. Plötzlich, wie aus dem Nichts, prallte ein Schlag auf ihren Rücken, der sie nach vorne warf, der Länge nach in den Sand. Gesicht voran landete sie im Sand. Antje erschrak sich schier zu Tode und ein Schrei entfuhr ihr. Vor Angst drehte sie zwar den Kopf zur Seite, blieb jedoch reglos liegen.

»Hund! Nein! Bist du verrückt geworden?«

Eine nasse Zunge leckte über Antjes sandiges Gesicht. Eine schwere Pfote stand auf ihrem Rücken. Antje wagte noch immer nicht, sich zu rühren, hielt ganz still, spürte, dass aufkommende Panik sie fest wie eine Faust umklammerte.

Ein schriller Pfiff, dann, endlich, wurde das riesige Tier von ihrem Rücken gezogen.

»Sind Sie eigentlich noch ganz bei Trost?« Antje fand schlagartig ihre Stimme wieder und sprang auf die Füße. »Sie müssen Ihre tollwütige Bestie gefälligst anleinen und …«

Michael. Da stand Michael, mit diesem Monstervieh, das er am Halsband festhielt und das wie verrückt mit dem Schwanz wedelte. Na großartig.

Antje fand keine Worte mehr. Sie verstummte schlagartig, wollte sich abwenden, weggehen – total professionell. Aber sie konnte nichts davon. Stattdessen starrte sie in Michaels Augen, wie hypnotisiert, während der Hund nach wie vor in ihre Richtung zog und Michael sich damit abmühte, das Tier von ihr wegzuhalten.

»Es tut mir leid. Eigentlich ist der Hund nicht so aufdringlich. Er ist ein ganz lieber Batzi, ich meine, ein braver Hund. Ich vermute, er hat dich einfach wiedererkannt von gestern und … na ja, wenn er sich freut, dann ist er manchmal etwas stürmisch.« Michael pustete sich völlig erfolglos eine Haarsträhne aus der Stirn, wie früher. Aber der Wind tat sofort seine Arbeit und blies sie zurück, was Michael etwas Hilfloses verlieh.

»Das mit dem ›stürmisch‹ habe ich gemerkt. Der Rest … na, da seid ihr Hundehalter euch ja alle ähnlich, nicht wahr? *Der tut ja nichts.* Hab ich gerade gemerkt.« Antje versuchte, sich mit ihrem Ärmel den Sand aus dem leicht feuchten Gesicht zu wischen, und verschlimmbesserte damit die Lage noch, indem sie einige Körner in ihre Augen beförderte. Verdammt!

»Kann ich dir irgendwie helfen?« Michael ging überhaupt nicht auf ihre zickige Anschuldigung ein! Stattdessen zog er ein Taschentuch aus seiner Jacke und hielt es ihr hin. Aber Antje griff nicht danach. Stattdessen schleuderte sie eine weitere bissige Bemerkung in Michaels Richtung.

»Du könntest deine Bestie anleinen. Dann wäre allen geholfen.«

»Ich dachte, hier draußen ist niemand und Hund kann ein wenig laufen.« Er zuckte hilflos mit den Schultern. »Er ist ein großer Hund.«

»Das allerdings sehe ich.«

Das Tier, von dem die Rede war, wedelte wild und aufgeregt mit dem Schwanz und schaute von einem zum anderen, als ob er jedes Wort verstehen könnte.

»Bitte, Hund, mach Platz.«

Der Hund setzte sich tatsächlich auf seine vier Buchstaben. Bei genauerer Betrachtung war er ein schönes Tier. Das dunkle Fell, der liebe Blick, die treuherzigen Augen – er wirkte nicht wie eine Bestie.

»Hat er einen Namen?«, fragte Antje unweigerlich, sich im nächsten Moment schon für ihr Interesse verfluchend.

Michael wurde rot. Er wurde tatsächlich rot. »Hund. Er heißt Hund.«

Antje schaute von ihm zu dem imposanten Fellträger. Dann musste sie unweigerlich lachen. Der Name war perfekt. Und witzig. Aber das würde sie nie zugeben.

»Hund. Du bist ja sehr kreativ.« So viel zur Professionalität – das klappte ja alles ganz und gar nicht wie am Schnürchen!

Sie würde gehen. Ja, sie würde einfach gehen und ihn und Hund stehen lassen, bevor sie noch mehr mit ihm redete. Eigentlich wollte sie nämlich gar nicht mit ihm reden, seine Stimme nicht hören, seine Gesten nicht sehen, seine Nähe nicht spüren.

»Ich muss los. Wenn du schlau bist, hältst du das Monster hier an der Leine, zumindest bis ich weg bin.« Endlich hatte ihre Stimme die Färbung, die sie sich seit Beginn ihres Gesprächs wünschte: kalt und ohne Gefühl.

Sie wartete seine Antwort nicht ab. Ohne ein weiteres Wort drehte sie sich um und stapfte durch den Sand davon. Ihr Auge brannte wie Hölle, aber für den Moment musste sie es ignorieren. Antje glaubte, Michaels Blicke im Rücken zu spüren, zwei brennende Punkte. Aber sie würde sich für kein Geld der Welt umdrehen und ihm noch einen Blick schenken.

* * *

Warum genau starrte Michael ausgerechnet jetzt auf Antjes Hintern, der sich mit jedem ihrer Schritte leicht zur jeweiligen Seite wiegte, nur ein kleines bisschen, gerade so, dass ihr Gang zu einem unwiderstehlichen erotischen Ereignis wurde?

Er kam sich selten dämlich vor, weil Hund Hund hieß, weil sie ihm sehr genau die Verachtung gezeigt hatte, die der Name in ihr hervorrief. Dabei verdiente er eigentlich eine Entschuldigung, keinen Spott. Sie war es gewesen, die sich nicht gemeldet hatte. Stattdessen fühlte er sich wie ein Schuljunge, der abgeurteilt worden war.

Als Antje aus seinem Blickfeld verschwunden war, fühlte er sich wie ein angeschalteter Mixer. Sie hatte so getan, als gäbe es nichts zu sagen, und sein Kopf war wie verstopft vor lauter Worten, die sich ihren Weg nach draußen bahnen wollten. Er merkte erst jetzt, wie sehr all die Fragen in ihm brannten, die er nicht stellte, nie gestellt hatte. Ja, damals mit neunzehn hatte er überlegt, auf die Insel zurückzukommen, Antje zu konfrontieren – und war zu feige gewesen.

Seine Mutter hatte seine Traurigkeit beobachtet und etwas von Sommerliebe und Vergänglichkeit gefaselt. Und wahrscheinlich entsprach das der Wahrheit. Vergänglichkeit. War nicht – ganz pathetisch gesprochen – alles vergänglich?

Antje war mit Sicherheit weitergezogen, hatte ihn vergessen für irgendeinen Kerl von der Insel, eine Beziehung, die einfacher war als Briefe und Telefonate. Bei ihrem Aussehen war es ein Leichtes, sich einen neuen Kerl zu angeln. Er, der blöde, gehörnte junge Mann, der sein Herz auf Norderney gelassen hatte, war da mit Sicherheit schnell ersetzt worden.

»Komm, Hund.« Michael beugte sich zu dem Neufundländer hinunter und machte die Leine wieder los. Erst machte der Hund zu seinem Schrecken Anstalten, hinter Antje herzurennen, aber auf einen kurzen Pfiff reagierte er zum Glück gehorsam, wie Michael es eigentlich von ihm gewohnt war, und trabte in Richtung Meer. Überhaupt war es so gar nicht Hunds Art, sich auf fremde Frauen zu stürzen. Wenn das öfter vorkam, würde er mit seinem vierbeinigen Freund zu Hause einige Lektionen in der Hundeschule auffrischen müssen. Er seufzte. Dabei war er normalerweise so ein gehorsames Tier. Schon seltsam. Vielleicht die andere Luft?

Gedankenverloren folgte Michael seinem Hund zum Wasser.

Antje hatte getan, als würde sie ihn nicht einmal erkennen. Konnte es sein, dass dem tatsächlich so war? Oder gab sie nur vor, ihn nicht zu erkennen? Wenigstens das wollte er wissen: ob er eine so unbedeutende Episode gewesen war, dass sie ihn nicht einmal mehr in ihrem Bewusstsein trug. Er wollte Antworten. Er hatte es satt, nicht zu wissen, warum sie sich nie mehr gemeldet hatte.

Und während Michael hinunter ans Wasser lief, wo Hund schon bis zum Bauch im Meer stand und die Wellen anbellte, reifte in ihm ein Entschluss, der überhaupt nichts mit seinen Überlegungen der gestrigen Nacht zu tun hatte. Denn Susanne war bei Antjes Anblick sofort vergessen gewesen.

KAPITEL 4

»Natürlich, Sie können sehr gern Ihren Hund mitbringen.«
Antje horchte ins Telefon. Die alte Dame, die sie am Apparat
hatte, erzählte ihr ausschweifend die Vorzüge ihres Dackels, die
bei der Körpergröße begannen und im Liebreiz des Charakters
ihre Vollendung fanden.

»Wie wundervoll. Das versteh ich, dass Sie ihn als Begleiter
jedem Menschen vorziehen.« Antje lachte bemüht und dachte
an das vierbeinige Monster, das ihr am Morgen ins Kreuz
gesprungen war. Sie selbst hatte von Hunden erst mal die
Schnauze voll. Ihr Auge brannte noch immer und hatte sich
zwischenzeitlich auch noch gerötet, sodass sie sich vorkam wie
ein Zombie. Das brauchte sie so schnell nicht wieder. Sie war
dabei schier zu Tode erschrocken.

Als sie auflegte, war alles geklärt. Antje würde, als besonderen Service des Hauses, natürlich herzlich gern die vor-
ausgeschickte Kiste Hundefutter entgegennehmen und in
der Wohnung bereitstellen, kein Problem. Der Allergie des
Dackels gegen reguläres Futter musste man schließlich ent-
sprechen. Und natürlich war es auch nicht schlimm, dass die

leicht gehbehinderte Frau Funke bei der Fähre abgeholt werden musste. Das bot ihr Haus ganz selbstverständlich an, wenn es irgendwie möglich war. Das Ergebnis des besonderen Services waren wiederkehrende Gäste. Es gab ein paar Pensionen, die es ihnen gleichtaten, die von Finn Schüttes Mutter beispielsweise bot einen ähnlichen Service an.

Antje notierte alle Extrawünsche auf dem entsprechenden Kalenderblatt im Buchungskalender in ihrem Computer.

Die Haustür ging auf. Antje schaute auf. Nicht schon wieder! Michael Huber kam auf sie zu, den Hund an der Leine, immerhin das. Er pustete sich eine Haarsträhne aus den Augen und trat entschlossen näher. Antje straffte ihre Haltung. Hund wedelte schon wieder wie verrückt mit dem Schwanz und begann, in ihre Richtung zu ziehen. Michael hielt ihn mit eisernem Griff fest. Die Muskeln an seinem Unterarm traten hervor, aber es kostete ihn keine Mühe, ihn zurückzuhalten.

»Geht es dir besser?« Er machte keine Umschweife. Seine Dschungelaugen schauten sie forschend an.

Antje lächelte säuerlich, dachte an ihren guten Vorsatz (Höflich bleiben! Profi sein!). »Danke. Es passt.«

»Dein Auge …« Michael beugte sich ganz nah zu ihr herüber, zu nah.

»Danke. Es passt«, wiederholte Antje ihre Worte mit mehr Nachdruck.

»Ich wollte mich noch mal entschuldigen und dich fragen, ob wir vielleicht zusammen auf eine Waffel gehen. Schadenersatz, sozusagen.« Michael fixierte noch immer ihre Augen. Antje wand sich innerlich. Da war er schon wieder, ihr Fluchtreflex.

Die Waffelbäckerei auf der Insel war eine große Sache. Kein Tourist, der Norderney besuchte, kam an den leckeren Waffeln vorbei, deren Duft durch die ganze Fußgängerzone zog. Der Laden war eine Goldgrube – mit jedem Recht und Antje liebte besonders die köstlichen Schokowaffeln am Stiel.

»Nein, danke. Das möchte ich nicht.«

»Nur das eine Mal. Komm, gib dir einen Ruck. Besonders Hund kann gar nicht fassen, dass du ihm die kalte Schulter zeigst.«

Antjes Mundwinkel zuckten. Aber sie blieb dabei. »Ich möchte nicht.«

»Dann frag ich morgen wieder. Und übermorgen.« Täuschte Antje sich, oder lauerte da ein Grinsen in seinen Mundwinkeln?

Sie verdrehte die Augen.

»Warum bist du so hartnäckig, hm?«

»Weil. Ich habe ein paar Fragen. Und ich möchte mich wirklich für Hund entschuldigen. Er hat sich nicht gut benommen.« Hund schien aufzuhorchen und sich ein wenig zu ducken. Ja, tatsächlich! Als ob er jedes Wort seines Herren verstünde. Beinahe hätte Antje ihn niedlich gefunden. Sie riss sich zusammen.

»Fragen? Du hast Fragen?« Sie wusste nicht, ob sie das witzig finden sollte. »Ich glaube, das wäre eher mein Part.«

Michael lächelte sie an, die grünen Augen blitzten. »Dann haben wir einander wohl beide etwas zu fragen.«

Er hatte sich wieder ein wenig vorgebeugt und Antje roch ihn. Heublumen und frisch gemähtes Gras, nur ein Hauch. Und ein sehr dezentes Aftershave, das er damals noch nicht getragen hatte, das seinen eigenen Geruch aber eher betonte als verdeckte. Ihre Nase erinnerte sich an seinen Duft und die damit verbundenen Gefühle. Da war noch immer Sehnsucht, auch wenn sie es hasste, das zuzugeben.

»Scheint so«, gab sie widerwillig zu. Eine Waffel, nur eine Waffel, um mit der Vergangenheit aufzuräumen, um mit der

Sehnsucht aufzuräumen und Michael Huber ein für alle Mal aus ihrem Leben zu tilgen und endlich eine Zukunft zu haben. Michael abschließen. Das klang alles schon sehr verlockend in ihren Ohren.

»Also, wann treffen wir uns? Am Nachmittag?« Diese Selbstsicherheit! Am liebsten hätte Antje ihn schon wegen dieser unverschämten Selbstsicherheit auflaufen lassen. Auf der anderen Seite wirkten gerade diese Selbstsicherheit und diese Ruhe, die er ausstrahlte, sehr maskulin und attraktiv.

»Morgen Vormittag?«, schlug sie vor, denn zumindest den Termin würde sie sich nicht diktieren lassen, auch wenn sie sich darüber im Klaren war, dass das nicht viel mehr als kindischer Trotz war.

»Gut. Das geht. Am Nachmittag laufe ich mit meinen Eltern und Hund zum Wrack raus. Aber bis dahin habe ich frei. Sagen wir halb zehn, dann gehen wir gemütlich rüber?«

»Mit deinen Eltern?« War er etwa über die Jahre ein Muttersöhnchen geworden?

»Ja. Sie feiern auf der Insel Hochzeitstag – mal wieder. Nur deshalb bin ich überhaupt mitgefahren.«

Antje nickte. Natürlich – wegen ihr war er nicht hergekommen. Warum nur war der Gedanke so schmerzhaft?

»Also morgen Vormittag?«, fragte Michael noch mal nach.

»Du weißt ja, wo du mich findest. Und jetzt habe ich noch zu arbeiten.«

Michael nickte ebenfalls. »Gut. Sehr gut.«

Ohne einen Gruß verschwand er in Richtung der Wohnung, die er mit seinen Eltern bewohnte, und Antje starrte ihm hinterher.

War das gerade wirklich passiert? Hatte sie sich mit Michael verabredet? Erst jetzt realisierte sie, wie atemlos sie sich fühlte. Seine Augen, sein Duft, seine Hände, diese etwas zu großen, festen Hände, die kräftig und zärtlich zugleich waren, seine glatten Haare, die sich so weich angefühlt hatten. Sie wusste alles noch, sie wusste einfach noch viel zu viel.

Vielleicht war es gut, dass sie sich treffen würden. Denn alles, was Antje jetzt, wo sie Michael wiederbegegnet war, noch wollte, war ein Schlussstrich, ein ehrlicher Schlussstrich in ihrem Kopf, um endlich ein neues Kapitel in ihrem Liebesleben aufschlagen zu können.

* * *

Gertrud und Michael senior saßen schon gemütlich beim Frühstück, als Michael in die Küche kam.

»Michi! Setz dich doch!« Seine Mutter rückte ihm einen Stuhl zurecht.

Michael schaute auf die Uhr. Er hatte noch eine Viertelstunde, bis er sich mit Antje traf.

»Hier, nimm dir eine Semmel.« Sein Vater hielt ihm das Körbchen mit den frischen Brötchen hin, aber Michael winkte ab.

»Nein, danke. Ich hab gleich eine Verabredung.« Energisch rührte er seinen Kaffee um, nachdem er einen Zuckerwürfel so schwungvoll hineingeworfen hatte, dass es über den Tisch spritzte. Meine Güte, er war wirklich aufgeregt. Vorsichtig führte er seine Tasse zum Mund.

»Eine Verabredung?« Gertrud hob fragend die Augenbrauen.

»Die Butter, bitte.« Sein Vater zeigte auf die Butterdose und Michael reichte sie ihm.

»Michi?«

Er hätte ja wissen können, dass er seiner Mutter so leicht nicht vom Haken kam.

»Mit Antje. Der Frau an der Rezeption?«

»Oh, ich hab sie sofort wiedererkannt! Da brauch ich keine Erklärung.« Gertrud nahm ein weiteres Brötchen und spießte ihr Messer seitlich hinein, als ob sie es umbringen wollte.

Michael nahm noch einen Schluck Kaffee. Seine Hand zitterte leicht.

»Bist du sicher, dass sie dir guttut?« Dass Michaels Vater ihn das fragte, war ungewöhnlich.

»Warum nicht?«

Die Mutter mischte sich ein, bevor ihr Mann antworten konnte. »Weil du damals so traurig warst. Ich weiß noch, wie gern du sie hattest. Und dann hat sie dich sofort abgeschossen. Noch dazu einfach so. Ich finde nicht, dass das die feine Art ist.«

»Zugegeben. Aber ich will ja nichts mit ihr anfangen, sondern nur eine Waffel essen gehen.«

»Eine Waffel?«

»Ja. Ich will Antje nur ein paar Sachen fragen.«

»Und ich will, dass du auf dich aufpasst. Susanne ist eine Gute, weißt du. Das würde ich mir an deiner Stelle nicht so einfach zerschießen und …«

»Meine Güte, Mama, jetzt mach aber mal einen Punkt. Ich gehe mit ihr eine Waffel essen und nicht aufs Standesamt. Außerdem ist mit Susi gar nichts gelaufen und am Ende wirst du die Entscheidung schon mir überlassen müssen.«

Seine Mutter zog die Mundwinkel nach unten, ein sicheres Zeichen dafür, dass sie sich angegriffen, wenn nicht gar beleidigt fühlte.

»Es wird nur ein kurzes Treffen. Ich muss wissen, warum sie sich damals nicht mehr gemeldet hat. Ich hab mich fürchterlich gefühlt.«

»Eben drum wäre mir lieber, wenn du dich von der Frau fernhalten würdest.« Die Stimme seiner Mutter war weicher geworden, sie griff über den Tisch nach seiner Hand und drückte sie.

Der Vater nickte, wie zur Bestätigung, während er Honig auf eine Brötchenhälfte strich.

»Keine Sorge. Ich hab mich im Griff. Außerdem hat Antje keinen Zweifel dran gelassen, dass sie sich nicht für mich interessiert.« Michael schaute auf die Kaffeespritzer auf dem Tisch und versuchte, diese mit der Fingerspitze wegzuwischen.

Gertrud wollte etwas sagen, aber eine Geste von Michael senior ließ sie schweigen. »Dann ist es ja gut, Bub. Mach keinen Schmarrn, das ist alles.«

»Ja.« Michael trank seinen Kaffee leer. »Ich lass Hund bei euch. Antje und er haben ein gespaltenes Verhältnis. Außerdem ist die Fußgängerzone nicht der perfekte Platz für ihn.«

»Gespaltenes Verhältnis?«

»Das erkläre ich dir später.« Michael stand auf, beugte sich zu seiner Mutter hinunter und gab ihr einen Schmatz auf die Wange. »Organisiert ihr die Räder?«

Sie würden mit Fahrrädern hinausfahren und dann zu Fuß weiter zum Wrack wandern. Für Michael war der östliche Teil der Insel, der Nationalpark, der schönste.

»Das übernehme ich.« Der Vater biss in sein Honigbrötchen.

»Sehr gut, danke. Dann bis später.«

Michael war schon aus der Tür, als er die Mutter zum Vater noch etwas sagen hörte. »Hoffentlich passt der Bub auf sich auf.«

Die Worte hallten in seinen Ohren nach. Und er wusste, dass er genau das tun musste, wenn er nicht aufs Neue tief verletzt werden wollte.

»Wo ist die Bestie?«

Na, das war ja eine nette Begrüßung.

»Hund ist bei meinen Eltern geblieben.« Michael bemühte sich um einen freundlichen Ton, auch wenn ihm Hund wirklich am Herzen lag und er es hasste, wenn jemand ihn falsch einschätzte, nur weil er eben ein liebevoller Riese war. Die Tatsache, dass er Antje angesprungen hatte, war als Ausdruck seiner Zuneigung und des Wiedererkennens zu verstehen. Michael war selbst überrascht gewesen. Sonst war Hund nüchterner und auch sensibler im Umgang mit Menschen, vor allem mit fremden Leuten. Allerdings konnte er die Begeisterung des Tiers für Antje durchaus verstehen.

Die kurzen, dunklen Haare und die leicht gebräunte, auffallend ebenmäßige Haut. Antje hatte einen kleinen, fast unsichtbaren Höcker auf der Nase, das Einzige, was nicht perfekt war, und genau dieser kleine, vermeintliche Makel ließ sie umso schöner wirken. Sie war nicht besonders groß, reichte ihm nicht mal bis zur Schulter. Dieses Zarte, das so sehr im Kontrast zu der starken Persönlichkeit stand, hatte Michael von Anfang an zu ihr hingezogen. Dass er sie in den Arm nehmen und beschützen wollte und sich zugleich auf Augenhöhe mit ihr empfand.

Jetzt lehnte Antje an der Rezeption, wie ein Ausrufezeichen, streng und ein wenig unnahbar, dezent, aber perfekt geschminkt. Michael kam das ein wenig wie eine Maske vor, die leicht rötlichen Lippen, die Wimperntusche. Eigentlich war Antje ein sehr natürlicher Typ, der gar keine Farbe im Gesicht nötig hatte.

»Ich glaube allerdings, dass er dich mag. Im Ernst«, fügte Michael noch hinzu.

»Dann hat er eine sehr eigenwillige Art, das zu zeigen. Aber vielleicht liegt das ja in der Familie.« Sie lächelte säuerlich.

Wie meinte sie das? Michael wollte aufbrausen, etwas sagen. Ihre Aussage war ein Schlag in die Magengrube. Wer hatte denn nicht geschrieben? Wer hatte denn etwas, das er für Liebe hielt, mit Missachtung behandelt?

Stattdessen atmete er tief durch. Er wollte mit ihr reden, richtig? Er wollte genau das herausfinden. Wenn sie sich jetzt schon bekriegten, würde das wohl nicht klappen. Außerdem wäre eine solche Reaktion völlig entgegen seinem Vorsatz, gut auf seine Gefühle achtzugeben. Er brauchte Antworten. Mit wütenden Fragestürmen erreichte er vermutlich nur das Gegenteil.

»Wollen wir erst mal los?«

Antje wirkte überrascht, weil er auf ihren Einwand nicht einging. Sie nickte. »Na gut. Gehen wir. Du bist mir mindestens eine Kirschwaffel mit Sahne schuldig.«

Michael lachte. »Na, die kann ich mir gerade noch leisten.«

Früher, ja, früher, da war das anders gewesen. Er war neunzehn gewesen und hatte Antje beeindrucken wollen. Damals noch in der Schule, war das Taschengeld knapp und sein Bedürfnis, bei Antje einen guten Eindruck zu machen, umso wichtiger gewesen.

»Früher war das nicht so einfach«, sagte er, diesem Gedanken nachhängend.

»Was meinst du?« Antje und Michael waren aus der Pension hinaus auf die Straße getreten.

»Na, das mit dem Geld. Weißt du noch, wie wir miteinander an der Milchbar saßen?« Damals war sie noch nicht renoviert gewesen.

Antje nickte.

»Ich hab wirklich Bammel gehabt, dass uns das Geld für die Getränke nicht reicht«, gab Michael zu.

»Echt?« Sie hob die Augenbrauen.

»Echt.«

»Warum hast du nichts gesagt?«

»Weil ich ein neunzehnjähriger Junge im Hormonrausch war, der partout einen guten Eindruck bei der Frau seines Herzens machen wollte.« Michael griff sich an die Brust, machte bewusst ein theatralisches Gesicht, um seinen Worten, die ihm entflohen waren, bevor er über sie nachgedacht hatte, die Schwere zu nehmen.

»Jaja … Frau deines Herzens, schon klar.« Antjes Ton triefte nur so vor Ironie.

Michael setzte an, etwas zu seiner Verteidigung zu sagen, aber er wusste nicht, wo anfangen, und schwieg. Er hätte sagen können, wie schön sie damals für ihn gewesen war mit der Jeanslatzhose und den Flipflops. Dass er das Bild noch immer vor Augen hatte. Er hätte sagen können, dass sein Herz zu einem ungestümen, wilden Monster geworden war, wann immer er sie gesehen hatte, ja, dass es ihn selbst jetzt, nach so vielen Jahren, etwas kostete, dieses Monster nicht aus seinem Dornröschenschlaf aufzuwecken. Aber er sagte das alles nicht. Stattdessen ging er im Gleichschritt neben Antje in Richtung Waffelladen.

Antje konnte ihn körperlich spüren neben sich. Die Wärme, die sein Körper abstrahlte, glaubte sie zu fühlen und allein die Art, wie er ging, erinnerte sie an früher. Es war wie wachgerüttelt zu werden. *Ah, das ist Michael!* Eine Art Wiedererkennen des Vergangenen.

Sie gingen schweigend nebeneinander her. Die vielen Worte, die nie gesagt worden waren, schienen hinter einem Damm aufgestaut, der jeden Moment brechen konnte. Dann würden alle Worte herausgeschwemmt werden und Antje würde aufpassen müssen, nicht in ihnen zu ertrinken.

Als sie ihre Waffeln hatten und an einem der Tische draußen vor dem Laden saßen, so ein kleiner, wackeliger Kaffeetisch, rund, mit gerade genug Platz für die Waffelteller und zwei Cappuccino-Tassen, war es Michael, der das Schweigen brach.

»Und, was hast du so getrieben in den letzten Jahren?«

Schwierige Frage. Antje überlegte, wo sie den Faden aufnehmen wollte. Es war eigentlich nicht schwer. Sie war weder weit gereist wie ihre Schwester, noch hatte sich ihr Privatleben aufregend entwickelt. »Ich war zum Studieren auf dem Festland und anschließend hier. Nichts Aufregendes.«

»Was hast du studiert?«

»Tourismus. Und ein bisschen Wirtschaft. Was man hier so gebrauchen kann.«

»Ah. Und war es interessant?« Michael trank einen Schluck seines Kaffees.

»Na ja. Ich … doch, schon.« Sie dachte an Köln und wie verloren sie sich dort vorgekommen war im Lärm der Großstadt und ohne ihr vertrautes Umfeld, wie schwer sie sich getan hatte mit sozialen Kontakten. Die wenigen Männer, es waren genau genommen zwei, mit denen sie zumindest ein Date gehabt hatte, bevor sie ihnen die Rote Karte zeigte, und zugleich, wenn sie ehrlich war, die Sehnsucht, die sie immer wieder überkam, wenn Mitstudentinnen von ihren Freunden erzählten.

Wie erleichtert war sie schließlich gewesen, sich der Mischung aus Stadt, Fremden und einem bocklangweiligen Studium nicht mehr stellen zu müssen, als sie mit dem Diplom in der Tasche auf ihre Insel zurückkehrte.

»Ich kann das Studium halt hier auf Norderney super gebrauchen.« Das stimmte zwar. Sie wagte allerdings zu bezweifeln, dass sie es ohne Studium nicht geschafft hätte, wie ihre Eltern die Ferienwohnungen zu verwalten. Es war nur schwer, sich das einzugestehen, und noch schwieriger, jemand Außenstehendem etwas Derartiges zu sagen.

»Ja. Natürlich.« Michael nickte. »Aber du bist gern hierher zurück?«

»Klar.« Antje klang nicht so fest, wie sie gern geklungen hätte. Ja, das Studium war ein Reinfall gewesen. Sie hatte sich unwohl gefühlt. Aber es war auch die Zeit gewesen, in der Katja ausgebrochen war. Ihre Schwester hatte Ney ohne mit der Wimper zu zucken den Rücken gekehrt und die Eltern mit der Pension allein gelassen, fest davon ausgehend, dass Antje schon einspringen würde. Wie immer, wenn die Erinnerung an Katjas Ausbruch aufkam, spürte Antje, wie Wut in ihr hochkochte. Ihre Schwester hatte in ihrer typischen »Nach-mir-die-Sintflut«-Art gehandelt, die Antje ihr in diesem Fall wohl für immer übel nehmen würde. Sie erinnerte sich noch genau an das Telefonat, keine drei Monate, nachdem Antje mit ihrem Studium begonnen hatte.

»Heeey, Antje, ich bin in Dubai und weißt du, wo es hingeht?« Und dann ein Wortschwall, in dem ganz Asien einen Platz fand.

Sie selbst dagegen war nicht einmal gefragt worden, ob sie auf der Insel bleiben wollte. Kein Wunder, dass sie die Studienzeit so schnell wie möglich hinter sich gebracht hatte, war doch klar gewesen, dass ihre Familie sie brauchte, nachdem Katja einfach abgehauen war. Bis heute war ihr nicht ganz klar, ob sie sich besser in Köln etabliert hätte, wäre da nicht das Wissen darum gewesen, dass sie zurückmusste, um sich dem Lebenswerk ihrer Eltern zu widmen – und das so schnell wie möglich.

»Es ist ja auch wirklich schön hier.« Michael atmete tief ein. Antje schaute ihn an, wie er sich gerade wieder über seinen Teller beugte und genüsslich ein Stück Waffel verspeiste.

»Ja, das ist es wirklich.« Es war ja nicht so, dass Antje die Insel nicht mochte. Sie kannte hier jedes Sandkorn. So ging Heimat, nicht wahr?

Sie lächelten einander zu. Es war das erste aufrichtige Lächeln, seit sie losgegangen waren. Das erste richtige Lächeln seit … Antje spürte, dass die Gabel in ihrer Hand leicht zitterte, nur wegen dieses Lächelns, und gleichzeitig merkte sie, dass sie sich gegen das Gefühl wehren wollte, das es auslöste, diese Vertrautheit, die sie damals innerhalb von drei, vier Tagen aufgebaut hatten. Aber da war es wieder, entgegen allen guten Vorsätzen, das Gefühl, einander schon ewig zu kennen.

»Warum hast du nicht geschrieben?«, fragte Michael.

»Warum hast du nicht geantwortet?«

Sie stellten ihre Fragen gleichzeitig, die Worte legten sich übereinander. Das Lächeln war ihnen aus den Gesichtern gefallen. Antje spürte, wie ihre Enttäuschung sie traf wie ein Blitz. Wollte Michael sie für dumm verkaufen?

Sie erinnerte sich an die Tränen, daran, wie schwer es gewesen war, die richtigen Worte zu finden.

Michael hatte sie gebeten, sie auf dem Bauernhof im Chiemgau zu besuchen, und sie wollte sparen, für das Zugticket. So war es vereinbart. In der Folge hatte sie für ihre Mutter die Wohnungen geputzt, hatte ihr Sparschwein geschlachtet und war schnellstens bei der Summe gewesen, die sie brauchte. Aber Michaels Antwort auf ihren Brief blieb aus.

Sie wollte ihn so dringend wiedersehen und fühlte sich so einsam, so verlassen und leer. Ihr geschundenes Herz schien förmlich nach Michael zu schreien.

Siebzehn. Ist man jemals wieder so mit ganzem Herzen verliebt wie mit siebzehn? Die Frage hatte sie später, beim Studium, als keiner der Männer ihr gut genug vorkam, vertrauenswürdig genug, oft gestellt. Man liebte nie wieder so wie den ersten Mann. Das sagte man doch, oder?

Jetzt saß sie da, mit Michael neben sich, dessen Gegenwart sie körperlich spürte, seine Wärme an ihrem Arm. Und sie wusste noch, dass sie ihm mitgeteilt hatte, wann sie kommen konnte, ein Datum vierzehn Tage später. Vierzehn viel zu lange Tage. Aber dann war keine Antwort auf ihren Brief gekommen. Und auch kein Anruf von Michael. Kein einziger Anruf. Und Antje war viel zu stolz gewesen, um ihn nach ihren hingebungsvollen und doch unbeantworteten Zeilen noch anzurufen. Sie hatte ihm schriftlich ihre Liebe gestanden. Da brauchte es eine Antwort von ihm, irgendeine Reaktion auf ihre blank gelegte Emotion. Aber nichts kam zurück, weder eine Antwort von ihm noch ihr Brief, was noch eine magere Hoffnung von Antje gewesen war. So musste sie davon ausgehen, dass sie ihm keine Antwort wert gewesen war.

Jetzt spürte sie Wut in sich aufflackern. Hielt Michael sie für so blöd?

»Ich habe dir geschrieben.« Ihr Ton ließ keinen Widerspruch zu. Der Ton war hart und schneidend.

Michael schaute sie an. Antje vermochte seinen Blick nicht zu deuten.

Dann nahm er seine Kaffeetasse in die Hand und trank sie in einem Zug leer.

»Das verstehe ich nicht. Weißt du, ich mochte dich wirklich«, sagte er schließlich.

Und Antje konnte sich nicht wehren. Tränen traten in ihre Augen, ohne dass sie es hätte beeinflussen können. Schnell stand sie auf. »Ich muss auf die Toilette.«

Sie glaubte, Michaels Blick im Rücken zu spüren, als sie den kleinen Laden betrat. Plötzlich lag ihr die Waffel wie ein Stein im Magen.

»*Ich mochte dich wirklich.*« Antje spürte ihren Herzschlag, das Brennen ihrer Augen und die Atemlosigkeit. Schnell verschwand sie in das winzige Bad und spritzte sich kaltes Wasser ins Gesicht. Sich am Waschbeckenrand festhaltend holte sie tief Luft. »*Ich mochte dich wirklich.*«

»Ich dich auch.« Ihre leisen Worte hallten von den Fliesenwänden wider.

Antje fühlte sich verwirrt von der Widersprüchlichkeit ihrer Empfindungen. Log Michael, was den Brief anging? Und warum, verdammt? Oder war alles nur ein Missverständnis gewesen?

Konnte es tatsächlich sein, dass das Schicksal sich so gegen sie und ihn gewandt hatte, dass der Brief seinen Adressaten einfach nie erreicht hatte? Und würde sie es je herausfinden können?

Antje spritzte sich eine weitere Ladung Wasser ins Gesicht und atmete nochmals tief durch. Dann öffnete sie die Tür und ging zurück an den Tisch, wo Michael ihr schon erwartungsvoll entgegensah.

Kapitel 5

Sie saßen wortlos nebeneinander am Strand beim Hotel Georgshöhe und Antje hatte die Hände links und rechts von sich im weißen, pulvrigen Sand vergraben. Michael beobachtete, wie sie ihn durch ihre Finger rieseln ließ. Er wollte nach ihrer Hand greifen, sie halten, die Linien ihrer Adern nachzeichnen. Fest verschränkte er seine eigenen Hände über den angezogenen Knien, um genau das zu verhindern.

Das Schweigen stand zwischen ihnen wie ein Riese. Samt einer Unzahl aufgestauter Gedanken, die laut auszusprechen sie nicht vermochten. Und so saßen sie hier und schauten aufs Meer hinaus.

Michael dachte darüber nach, dass Antje behauptete, ihm damals geschrieben zu haben. Sollte am Ende die Post das Problem gewesen sein? Ab und zu hörte man doch von verloren gegangenen Briefen. Und von solchen, die nach Jahren noch ankamen. War es nicht früher sogar ein allgemein bekanntes Phänomen gewesen, dass Postkarten aus südlichen Ländern oft Monate brauchten, bis sie schließlich ihren Weg zum Empfänger fanden? Nun ja, Monate. Aber keine Jahre, und schon gar keine fünfzehn, nicht wahr?

Hörte man nicht auch vom falschen Stolz mancher Männer, die sich zu gut waren, um nachzufragen? Oder einfach zu sturköpfig oder zu verletzt? Innerlich fluchte Michael. Vielleicht wäre alles anders gekommen, wäre er nicht so ein sturer Bock.

Und so war es schließlich er, der das Schweigen brach. »Es tut mir leid, in Ordnung?«

Antje wandte ihren Blick vom Meer ab und schaute ihn an. »Was genau?«

Michael zuckte mit den Schultern. »Keine Ahnung, um ehrlich zu sein. Vielleicht einfach, dass irgendetwas an der Kommunikation zwischen uns schief gegangen ist?«

»Hm.«

»Na ja, ich weiß es auch nicht so genau. Ich weiß nur, dass ich mich wirklich freue, dich wiederzusehen.« Ehrlichkeit. Michael wollte einfach nur ehrlich sein. Welchen Sinn hätte es für einen Mann Anfang dreißig, sich hinter irgendwelchen Spielchen zu verstecken?

Antje schaute noch immer aufs Wasser. Auf ihrem Gesicht lag eine Mischung aus Verletztheit und Verbissenheit, Protest vielleicht. Michael hätte sie gern in den Arm genommen und gehalten. Nur das. Aber er ahnte, wie sie reagieren würde, wenn er sie anfasste.

»Wie wäre es, wenn wir Freunde werden? Der alten Zeiten willen?«, fragte Michael also stattdessen. Antje wandte sich ihm zu. Schaute ihm prüfend in die Augen. Er hatte das Gefühl, sie könnte bis zum Grund seiner Seele schauen. Aber er hielt ihrem Blick dennoch stand. Schließlich erschien auf ihrem ernsten Widerstandsgesicht ein Lächeln, ein ganz kleines Lächeln.

»Na gut. Wenn du mir sagst, wie du dir das vorstellst.«

Michael grinste und zuckte mit den Schultern. »Ich hab keine Ahnung. Was machst du gern?«

»Rennen.«

»Was?«

»Ich laufe gern. Ich laufe überall auf der Insel herum. Tempoläufe an der Aussichtsdüne, Strandläufe, zum Wrack hinter. Das ist mein Hobby«, erklärte Antje.

»Ach so. Jetzt fällt der Groschen.« Michael lachte.

Antje schaute wieder zum Wasser, wo gerade ein alter Mann sehr langsam vorbeilief. Er ging fast, aber offiziell konnte man es wohl Joggen nennen, wie er die Arme mitschwang und seine Beine mit dem seinem Alter entsprechenden Schwung abdrückte.

»Dann laufen wir zusammen. Morgen früh?«, schlug Michael vor. Er war kein Läufer, nein, ganz und gar nicht. Er wusste nicht genau, ob er dazu taugte, durch die Gegend zu rennen. Er war ein Bergsteiger. Gemeinsam mit Hund erklomm er die Gipfel des Chiemgaus in jeder freien Minute, aber auf der Ebene gerannt war er noch nie.

Doch Antje hatte ihm die Tür einen Spalt weit aufgemacht. Das bot die wertvolle Gelegenheit, alte Geister zu jagen. Er würde nicht darauf verzichten, diese Chance zu ergreifen. Immerhin Freundschaft mit der Frau, die ihn noch immer auf eigenartige Weise berührte, musste doch möglich sein! Und wenn er dafür hinter Antje herhecheln musste wie Hund hinter einem Stock, dann war das ein Preis, den er gern bezahlen wollte!

* * *

»Du mit deinem Sportlerfrühstück.« Antjes Vater, Herr Visser, rümpfte die Nase beim Anblick der Schüssel Porridge, die vor seiner Tochter stand.

Sie liebte ihre Haferflocken, aber ihre Eltern würden das wohl nie verstehen: Sport und gesunde Ernährung gehörten einfach zusammen und sie wollte Michael heute in Grund und Boden rennen, das war der Plan.

»Nun lass doch das Kind.« Die Mutter schritt ein und Antje verdrehte innerlich die Augen. Das Kind. Alles klar.

Antje nahm einen weiteren Löffel des warmen Haferbreis.

»Habt ihr schon aus dem Fenster geschaut? So ein Schietwetter!« Die Mutter griff nach einem Brötchen. »Und da willst du raus?«

»Ja, da will ich ganz sicher raus. Wie immer, Mama.« Manchmal war Antje der Familienanschluss zu viel. Die sich wiederholenden Gespräche, die ewig gleichen Themen. Es konnte ein richtiger Genuss sein, ein Heimatgefühl vermitteln. Aber eben nicht immer.

»Hab ich schon das Neuste erzählt?« Die Mutter hatte plötzlich ganz rote Backen bekommen. Vermutlich wurde eine ihrer Freundinnen zum dritten Mal Oma.

Antje nahm einen weiteren Löffel vom Porridge und sparte sich eine Antwort. Ihre Mama würde eh weiterreden.

»Wird wer Großmutter?« Antjes Vater zwinkerte ihr zu und sie kam nicht umhin, zu grinsen. Das freche Lächeln, halb verborgen unter seinem Oberlippenbart, sprach Bände.

Antjes Mutter winkte mit dem Eierlöffel ab und schlug dann energisch ihr Frühstücksei an. »Niemand wird Großmutter, also wirklich!« Sie tat so entrüstet, als ob ihr Mann die abwegigste Frage der Welt gestellt hätte.

Antje kicherte und ihr Vater stieß sie unter dem Tisch mit dem Fuß an, ganz leicht nur. Sie waren alte Verbündete, sie zwei.

»Nein, Katja kommt heim.« Die Wangen der Mutter glühten noch mehr auf.

»Ach was. Wie schön, Rosa.« Der Vater tätschelte der Mutter die Hand. »Das sind ja tolle Neuigkeiten!«

»Ja, sie hat ein paar Tage Zeit, bevor sie weiter nach Südamerika reist – oder war es Kasachstan? Ich habe irgendwie den Überblick verloren …«

»Kein Wunder, bei ihrem Länderverschleiß.« Antje schnaubte und schob den Teller mit dem Porridge von sich. Plötzlich war ihr der Appetit vergangen. Es war wie immer, wenn Katja kam. Antje fühlte sich sofort an den Rand gedrängt und leise Wut flammte in ihrem Magen auf.

»Also wirklich. Sie reist um die Welt und schreibt ihre Reiseführer. Ich finde das bewundernswert.«

»Ja, das weiß ich.« Antje wusste, dass ihre Mutter nie etwas auf die Schwester kommen lassen würde, obwohl Katja sie alle im Stich gelassen und die Verantwortung Antje aufgebürdet hatte, um sich selbst zu verwirklichen. Was an Antje bewundernswert war, hatte sich noch niemand überlegt.

»Antje! Was ist denn los mit dir?« Jetzt auch noch der Vater. »Freust du dich denn nicht?«

Sie dachte an ihre Schwester, die Dreadlocks und die Tattoos, die dunkel umrandeten Augen und die klimpernden Armreife an ihrem Handgelenk. Sie dachte auch an früher, an riesige Sandburgen in ihrer Kindheit und bunte Drachen am Himmel. Auch sie waren einmal Verbündete gewesen, Katja und sie.

»Doch, schon. Natürlich freue ich mich auf das wilde Huhn.«

Sie konnte es den Eltern nicht sagen. Sie wollte es ihnen nicht erklären, sicher hätte es sie traurig gemacht. Aber Antje war es oft eine Last, die Verantwortung für das Familienunternehmen allein zu tragen. Trotzdem waren dieses Haus und die Apartments nun mal das Lebenswerk ihrer Eltern, das es mit Respekt weiterzuführen galt. Gleichzeitig war Katja ihre Schwester und natürlich liebte Antje sie. Blut war nun mal dicker als Wasser.

»Sicher wird das super, wenn Katja erst mal da ist.« In Gedanken fügte Antje noch hinzu: und den Laden aufmischt. Antje kratzte das restliche Porridge in ihrer Schüssel zusammen, aß den letzten Löffel davon und stand dann auf.

»Entschuldigt mich, ich muss noch eben ein paar Sachen an der Rezeption checken und dann gehe ich laufen.«

»Erkälte dich nicht, ja?« Der Vater lächelte ihr zu und sie nickte. Die Eltern meinten es ja gut, ohne Frage.

»Wir kochen Labskaus, wenn sie kommt, ja?« Antjes Mutter war mit ihrer Aufmerksamkeit schon wieder bei Katja, natürlich. Sie und der Vater vertieften sich sofort wieder in das Gespräch über die Weltreisetochter.

Antje schob ihren Stuhl ein wenig zu heftig an den Tisch. Wie sie es hasste, immer an zweiter Stelle zu stehen, obwohl sie es war, die alles hier in Schuss hielt.

Ohne einen Blick zurück verließ sie die Küche und stieß auch die Tür heftiger als notwendig zu, gerade noch so, dass es auch ein Versehen hätte sein können.

* * *

Es war regnerisch, windig und kalt. Michael, der bei gekipptem Fenster schlief, spürte die Kälte sofort beim Aufwachen und zog die Bettdecke enger um seinen Körper. Er lauschte dem prasselnden Regen und den Windböen, die an dem kleinen Baum vor seinem Fenster rissen. Gerade fand er es richtig gemütlich, sich noch mal umzudrehen, den Luxus zu haben, nicht aufstehen zu müssen wie zu Hause, wo ihn die Kühe schon in den frühen Morgenstunden aus dem Bett trieben. Dann, als er langsam wacher wurde, realisierte er mit einem Mal, dass er zu einem Morgenlauf mit Antje verabredet war. Er sprang so schnell aus dem Bett, dass Hund, der wie immer auf dem

Bettvorleger eingerollt lag, erschrocken aufblickte, als wollte er fragen: Spinnst du?

Michael tätschelte ihm den Kopf. Dann ging er zum Kleiderschrank. Er hatte wirklich nur eine dürftige Auswahl Klamotten dabei. Ein paar Ersatzhosen, drei T-Shirts, eine warme Strickjacke. Leise fluchend durchforschte er die wenigen Kleidungsstücke. Nein, Sachen, die sich zum Laufen eigneten, waren da nicht dabei. Immerhin hatte er einfache Sneakers. Die und seine Jeans würden es tun müssen.

Michael schlüpfte in ein T-Shirt und ging ins Bad, um sich fertig zu machen.

»Na los, Hund. Steh auf. Wir gehen Gassi.« Hund streckte sich träge und gähnte geräuschvoll. Er war ein Musterbild der Demotivation. Offenbar gefielen ihm die Witterungsbedingungen genauso wenig wie seinem Herrn.

»Na los, komm!«

Michael klopfte dem Hund seitlich an den Bauch und das Tier setzte sich in Bewegung.

Antje stand schon an der Rezeption. Sie trug Funktionsleggins und eine Regenjacke, Laufschuhe und ein Stirnband, das farblich mit den Schuhen harmonierte. Pink stand ihr wirklich gut. Und die Beine, diese Beine! Michael war vom Anblick ihrer perfekt geformten, muskulösen Beine in der hautengen Hose wie gefesselt.

Andere Männer standen auf Brüste. Er hatte schon immer eine Schwäche für Beine gehabt. Allein die Vorstellung, wie sie sich beim Sex um seine Hüften schlangen und die Frau ihn mit ihren schönen Beinen an sich zog … Er stellte sich Antje vor wie – aber nein, so weit durfte er gar nicht denken. Auf jeden Fall sah sie verdammt sportlich aus, durchtrainiert, energiegeladen, von keinem Wetter dieser Welt abzuhalten.

»Musst du dich noch umziehen?« Sie stieß sich vom Rezeptionstresen ab.

»Ich bin umgezogen!« In dem Moment, wo Hund, der langsam hinter Michael her getrottet war, Antje hörte, stürzte er auch schon nach vorne und in ihre Richtung.

»Hund!«

Aber Hund ignorierte seinen Ruf. Wenn Antje erschrak, ließ sie es sich dieses Mal nicht anmerken, als das wedelnde Riesenvieh auf sie zustürzte, wild mit dem Schwanz wedelnd.

Stattdessen streckte sie ihm todesmutig die Hand hin. Hund haute die Bremse rein, als er direkt vor ihr stand. Begeistert schnüffelnd untersuchte er Antjes Hand, um dann einen kleinen Schritt weiter in ihre Richtung zu machen und sie mit dem Kopf anzustupsen.

»Du bist ja ein lieber Hund.« Sie verstand seine Aufforderung und begann, ihn hinter den Ohren und am Kinn zu kraulen, woraufhin Hund sich nach wenigen Momenten auf den Rücken warf und alle Glieder von sich streckte.

»Hund!« Michaels tadelnde Stimme erreichte das Tier kein bisschen. Und Antje ging vor dem Neufundländer in die Knie und begann, ihm mit beiden Händen den Bauch zu massieren, was bei Hund zu schierer Ekstase führte. Er schloss die Augen und wenn man es nicht besser gewusst hätte, hätte man ihn auch für tot halten können, so sehr hielt er sich still.

Wunderbar, jetzt beraubte ihn sein eigener Köter auch noch der Aufmerksamkeit.

»Wollen wir dann?«

Antje nickte und stand auf. Hund zeigte allerdings keinerlei Reaktion. Er blieb einfach liegen, eine einzige Aufforderung. Der Neufundländer öffnete nicht einmal die Augen.

»Hund! Du faules Stück, komm in Bewegung!« Nichts.

Da musste Antje lachen. »Ihr seid mir zwei so Jogger. Na komm, Hund!«

In dem Moment, wo Hund die Stimme seiner Herzdame hörte, sprang er auf die Pfoten und war auch schon an Antjes Seite.

»Also – er mag dich wirklich«, stellte Michael fest. »Drum ist er dir wohl auch so unangenehm auf den Rücken gesprungen.«

Antje legte ihre Hand auf den Kopf des Tiers und Hund schaute zu ihr auf wie zu einer Heiligen. »Ich hab das auch schon vermutet. Ich war nur so erschrocken, weißt du. Eigentlich habe ich ja keine Angst vor Hunden.«

Michael nickte. »Ja, das dachte ich mir. Früher warst du ganz verrückt nach ihnen.«

Antje lachte. »Das weißt du noch?«

»Oh ja, das und dass du den Traum hattest, Schlittenhundeführerin zu werden.«

»Oh mein Gott, stimmt!« Antje riss die Augen auf. »Ich hatte das echt vergessen.«

Ihre Hand lag noch immer auf dem Kopf von Hund. Plötzlich wirkte sie für einen Moment abwesend und hörte auf zu kraulen, woraufhin Hund ihre Hand energisch mit seiner feuchten Nase anstupste und sie wieder begann, ihn weiter zu streicheln. »Ist ja gut. Bist ein guter Hund, Hund.«

Antje schaute zu Michael. »Dir ist schon klar, wie dämlich der Name ist, oder?«

»Na ja. Ich muss sagen, dass ich ihn mit der Zeit ganz witzig fand.« Er zuckte mit den Schultern.

»Hund. Findest du das witzig?« Antje wandte sich dem Neufundländer zu, der seinen Kopf schräg legte und sie anschaute. »Wärst du nicht lieber ein Rüdiger? Oder ein Hot Dog?«

»Hot Dog?« Michael prustete los. »Niemals. Vergiss es!«

Antje fiel in sein Lachen ein. »Na, ich meinte ja nur. Ich glaub, ich nenne Hund einfach Fritz.«

Hund kläffte einmal kurz. Michael runzelte die Stirn. Wenn Antjes Glück davon abhing, würde Hund für sie eben Fritz heißen.

»Gehen wir jetzt raus, das wunderbare Inselklima genießen?«, fragte er ironisch. Hot Dog. Ganz hatte er diesen Vorschlag noch immer nicht verarbeitet.

»Klar. Hast du ein Fahrrad? Dann radeln wir zum Hundestrand raus.«

»Natürlich hab ich eins.« Auf Norderney *musste* man sich als Tourist einfach ein Fahrrad mieten.

Der Wind peitschte den Regen vor sich her und hier am Strand, wo keine Düne, keine Erhebung ihn bremste, traf er ihre Körper mit roher Gewalt. Die kleinen Regentropfen fühlten sich an wie Nadelstiche auf der Haut. Hund störte das kein bisschen. Er war begeistert ans Wasser gerannt und schnappte nach hereinrollenden Wellen. Sein Fell war jetzt schon sandverklebt und Michael stellte sich vor, wie er ihn nachher in die Badewanne hieven und abduschen würde. Kein angenehmer Gedanke.

»Also. Was willst du machen? Einen Dauerlauf oder eher Tempowechsel oder …« Antjes eifriger Gesichtsausdruck sprach Bände.

»Entscheide du.« Michael wäre am liebsten in dieses nette kleine Lokal dort oben am Anfang des Strands gegangen und hätte eine gigantisch große Kanne Friesentee bestellt.

»Ich glaube, ein Dauerlauf wäre passend. Da kann Fritz auch gut mithalten.« Antje stemmte sich geübt in den Wind, während Michael das Gefühl hatte, fast weggeblasen zu werden. Er fror erbärmlich.

71

»In Ordnung.« Michael wünschte sich, er hätte eine Mütze aufgesetzt.

Antje lief los, startete während der ersten Schritte ihre Pulsuhr.

»Wie weit läufst du so?«

»Och, zehn, zwölf Kilometer?«

»Ah.« Kurz dachte Michael an zu Hause. Zwölf Kilometer. Das war in etwa die Distanz von seinem Hof nach Rosenheim. Er schluckte. Wenig war das nicht.

»Ist dir das zu weit?«

»Nein, nein. Das ist total super.« Hoffentlich hörte Antje seine leichte Verzweiflung nicht. Er war ein ganzer Kerl und so wollte er auch wirken.

»Dann mal los. Fritz!«

Antje rannte los und Hund gab seine Versuche, Schaumkronen zu fangen, schlagartig auf, um seiner Angebeteten zu folgen. Das war ja wohl unglaublich.

Michael setzte sich in Bewegung. Immerhin hatte er Sturm und Regen im Rücken. An den Weg zurück wollte er noch nicht denken.

»Warum seid ihr auf die Insel zurückgekommen?«, fragte Antje. Spürte sie die Witterungsbedingungen überhaupt nicht?

»Meine Eltern wollen ihren Hochzeitstag feiern. Ihnen hat es hier beim letzten Mal so gut gefallen.«

»Na, dafür wart ihr dann aber lang nicht da, wenn es so schön war.«

»Nein, es hat ihnen hier wirklich sehr gut gefallen. Aber mit dem Bauernhof ist es immer ein riesiger Aufwand, eine Reise zu planen, weißt du. Da hängt so viel dran, wir brauchen eine Vertretung für mich und für meine Eltern – da fallen ja drei Arbeitskräfte weg. Das heißt, dass wir im Vorfeld schon viel organisieren müssen und dass wir im Anschluss an den Urlaub viel reinzuarbeiten haben.« Darauf, dass er ohnehin nicht mehr gern mit Mutter und Vater in den Urlaub fuhr und diese Reise eine große Ausnahme war, um seinen Eltern einen Gefallen zu tun, ging Michael gar nicht ein. Er bevorzugte schon lange Wochenenden mit dem Alpenverein oder Bergtouren mit seinem Kumpel Joseph.

»Das versteh ich. Wenn ich ausfallen würde, wäre es auch arg.« Antje wurde ein wenig langsamer, um dann sofort wieder das Tempo anzuziehen.

»Betreibst du die Pension?«

»Apartments. Ja, genau. Man kann sich gar nicht vorstellen, was da alles so dranhängt. Früher, als wir auch noch Frühstück angeboten haben, war es noch schlimmer. Wenn die Eier nicht auf den Punkt gekocht waren, sind die Gäste regelmäßig auf die Barrikaden gegangen.« Antje lachte.

»Oh, ja. Wenn Eier nicht nach der Uhr gekocht werden, sondern nach Gefühl.« Michael bezog sich auf Loriot. Mit Sicherheit, kam ihm dann der Gedanke, würde Antje nicht wissen, was er meinte, und er hatte sich blamiert. Umso mehr überraschte ihn ihre Antwort.

»Genau, und dann stimmt was mit dem Gefühl nicht und die Leute sind sauer.« Sie lachte und Michael fiel ein.

»Magst du ›Pappa ante Portas‹? Ich liebe diesen Film«, wechselte Michael quasi nahtlos das Thema.

»»Brigitte, kommst du mal?««, imitierte Antje die Stimme der Schauspielerin und lachte. »Oh ja. Und wie ich den mag. Besonders diese verrückten Mielke-Schwestern mit ihrer seltsamen Beziehung zueinander. So gesehen ist Katja geradezu ein Segen. Die rennt wenigstens nicht mit einem Stöckelschuh in der Hand hinter mir her.« Antje lachte.

Als die Reihe der Strandkörbe endete, liefen sie weiter. Hund hing die Zunge aus dem Maul, aber nichtsdestotrotz trabte er fröhlich voraus. Michael hatte Sand in den Sneakers und es kostete ihn Mühe, den Untergrund in den unprofessionellen Schuhen auszugleichen, aber er hielt mit. Immerhin hatte es aufgehört zu regnen. Das war ja schon viel wert. Seine Socken waren noch leidlich trocken, während seine Jeans schon total durchnässt war. Michaels Körper hatte sich lang nicht so schwer angefühlt wie gerade, wo er unentwegt gezwungen war, sich aus dem durchnässten Sand abzudrücken. Langsam begannen seine Waden zu brennen.

»Krawel, krawel!« Antje war noch schneller geworden und warf jetzt einen Blick zurück zu Michael. Er kannte diesen spitzbübischen Blick von früher. Ihre dunklen Augen blitzten wie zwei Sterne.

»Ja, und Klotzriegel.« Auch er musste lachen beim Gedanken an die Szene, wo …

»Weißt du was, den schauen wir uns heute Abend an – hast du Lust? Ich hab die DVD in meiner Wohnung oben.« Antjes Wangen waren leicht gerötet und Michael wusste wieder ganz genau, warum er sich damals in sie verliebt hatte. Sie sah noch genauso aus wie das siebzehnjährige Mädchen im Strandkorb bei Kerzenlicht, dem er die Haare aus dem Gesicht gestrichen hatte. Es schockierte ihn beinahe, wie klar ihm das Gefühl seiner Zuneigung war. Schließlich hatten sie sich eine Ewigkeit nicht gesehen.

»Und ob ich Lust habe.« Wärme breitete sich in Michaels Bauch aus.

Antje blieb stehen und drehte sich zu ihm um. Ein Anflug von Traurigkeit lag in ihrem Blick.

»Warum hast du dich nie gemeldet? Du hast mich echt verletzt«, fragte Antje geradeheraus. Ihre Offenheit traf Michael völlig unvorbereitet.

Der Ausdruck auf ihrem Gesicht, die kleine Falte im Augenwinkel, einer ganz ungewöhnlichen Stelle für eine Trauerfalte. Er konnte nicht anders. Es zog seine Hand einfach zu der Stelle neben ihrem Auge und er strich mit seinen Fingern die Falte glatt.

Er wusste ja selbst nicht, wie es zwischen ihnen so sehr hatte schiefgehen können. Er glaubte Antje, dass sie ihm geschrieben hatte, und er verachtete sich für seinen falschen männlichen Stolz.

»Die Post ist ein Arschloch, hm? Und es tut mir sehr leid, dass ich mich nicht gemeldet habe«, entschuldigte er sich. »Männer, hm?«, fügte er noch hinzu und verdrehte die Augen im Versuch, einen Witz zu machen.

Antje hielt unter seiner Berührung ganz still, lachte auch nicht über seinen Scherz. Der Wind um sie herum toste, aber das war für den Moment vergessen. Hund tobte den Strand entlang, aber auch dafür fehlte Michael der Blick. Er sah nur Antje, die ihm gegenüberstand. Ihre Haare waren mittlerweile kurz, aber eine kleine Strähne hatte sich aus ihrem Stirnband gelöst und bewegte sich im Wind. Er ließ seine Hand dorthin wandern und steckte die Haare zurück. Antje lächelte ihn jetzt an und er erwiderte ihren Blick. Die Welt stand für einen Augenblick still. Michael näherte sich ihr, ganz langsam, um ihr die Möglichkeit zum Rückzug zu geben. Aber sie blieb, schaute ihm in die Augen und wich nicht zurück. Nur noch ein paar Zentimeter trennten ihre Lippen, dann Millimeter, dann traf Haut auf zarte Haut. Michaels Lippen erinnerten sich. Antje! Er küsste sie, schmeckte sie, schmeckte schwarzen Tee und Vanille. Es war ein vorsichtiger, zarter Kuss, aber Michael küsste Antje mit ganzem Herzen.

Als sie sich voneinander lösten, lag noch immer das Lächeln auf ihrer beider Lippen.

»Laufen wir weiter?«, fragte Antje schließlich und Hund ließ einen einzelnen, lauten Kläffer hören.

»Na, da hat schon jemand für uns entschieden«, antwortete Michael lachend.

Dieser Kuss war der schönste Kuss gewesen, den er seit Jahren erlebt hatte. Er glaubte, Antjes Lippen noch auf den seinen zu spüren, als er sich wieder in Bewegung setzte.

Kapitel 6

»Überraschung!«

Antje wäre fast rückwärts die Treppe runtergefallen, als ihre Schwester im selben Moment ihre Wohnungstür von innen aufriss, als sie außen den Schlüssel ins Schloss stecken wollte.

»Himmel! Du hier? Und was machst du in meiner Wohnung?« Antje schnappte nach Luft.

»Ich wollte dich überraschen. Ich bin heute schon angekommen.« Katjas Dreadlocks wackelten fröhlich um ihr Gesicht herum. Sie war braun gebrannt und ihre Armreife klimperten laut, als sie die Arme ausbreitete. Zögerlich trat Antje einen Schritt auf ihre Schwester zu und ließ sich umarmen. Katja roch nach Räucherstäbchen.

»Ich freu mich so!« Katja küsste ihre Schwester überschwänglich auf die Backe. »Komm rein, komm rein.«

»In meine eigene Bude. Danke dir!« Jetzt musste Antje lachen. Seit Jahren schlief ihre Schwester bei ihr, wenn sie auf der Durchreise war, statt unten bei den Eltern im Erdgeschoss in ihrem alten Kinderzimmer zu übernachten. Das wäre ihr zu viel Betüddeln gewesen, wie sie sagte. Antje erwiderte die Umarmung ihrer Schwester und trat dann in ihre Wohnung.

»Wie du es nur schaffst.« Antje schaute sich um. Katjas Rucksack stand im Flur, umgeben von einer Flut Klamotten, Hygieneartikeln und Büchern sah das »Arrangement« aus wie eine Insel. Wie immer hatte Katja auch heute wieder totales Chaos verbreitet. Sie brauchte dafür keine drei Minuten.

Antjes kleine Dachgeschosswohnung wirkte wie nach einem Bombeneinschlag.

Katja lachte und zuckte entschuldigend mit den Schultern. »Kennst mich ja.«

Antje machte die Wohnungstür hinter sich zu, stieg über das Stillleben der weltreisenden Schwester und ging in die Küche. Sie brauchte erst mal ein großes Glas Wasser.

»Rennst du immer noch?«

»Klar.« Antje drehte den Wasserhahn auf und prüfte mit ihrem Zeigefinger die Temperatur. Dann hielt sie ihr Glas unter den Strahl.

»Und noch immer allein?«

Antje fühlte sich ertappt und wurde rot. Heute nicht, nein, heute war sie gar nicht allein gewesen. Sie dachte an den Kuss im Regen und die Röte auf ihren Wangen vertiefte sich noch. Antje erwog eine Notlüge, aber Katja kannte sie gut.

»Aaah … Erzähl!« Noch bevor Antje sprechen konnte, hatte Katja an ihrer Mimik die Wahrheit abgelesen.

»Nichts weiter. Normalerweise laufe ich allein«, versuchte Antje abzulenken. Sie wusste gar nicht, ob sie von Michael erzählen wollte. Katja hatte damals ja alles mitbekommen, ihren Kummer, ihre Trauer, ihre innere Zerstörung. Und sie war für ihre Schwester da gewesen. Natürlich hatte es auch die Telefonate mit Nina gegeben, aber die war auf dem Festland in Wuppertal gewesen, Katja dagegen vor Ort, und sie hatte sich um ihre große Schwester gekümmert.

»Normalerweise. Und heute?« Katja zwinkerte Antje zu, die einen großen Schluck Leitungswasser trank.

»Heute war ein Freund dabei.«

»Ein Freund? Meine Güte, du lässt dir ja wirklich alles aus der Nase ziehen. Kenn ich ihn?« Katja machte den Wasserkocher an, ganz so, als ob sie in Antjes Wohnung zu Hause wäre. Antje war mit dieser Selbstverständlichkeit einverstanden. Immerhin musste sie nicht die Gastgeberin spielen.

»Ja, schon. Ich war mit Michael unterwegs.« Schnell setzte sie wieder ihr Glas an und leerte es mit einem großen Zug.

»Welcher Michael?« Katja öffnete alle Schubladen auf der Suche nach Teebeuteln.

»Da oben.« Antje deutete auf die oberste Schublade, ganz rechts neben der Tür.

»Danke. Also?«

»*Der* Michael.«

Katja, die gerade die Schublade aufziehen wollte, hielt mitten in der Bewegung inne. »Der?«

»Ja.«

»Deine erste große Liebe damals? Der Typ, der dich völlig zerstört hat?«

»Jetzt übertreib mal nicht!«

»Antje. Du warst nur noch Haut und Knochen, bist tagelang kaum aus dem Bett gekommen und hast dir die Augen aus dem Kopf geweint.«

Katja schien ihren Tee vergessen zu haben. »Und der ist wieder hier?«

Antje nickte. »Ja. Seine Eltern feiern irgendein Hochzeitsjubiläum. Und er musste mit.« Sie zuckte mit den Schultern und stellte ihr leeres Glas etwas zu fest auf den Küchentresen. Zum Glück war es robuster, als es aussah.

Katja verschränkte ihre Arme vor der Brust. »Und du hast mit ihm geredet? Du bist sogar mit ihm gerannt?«

Antje nickte erneut. Jetzt, wo sie Katja hörte, kam es ihr auch nicht mehr wie die beste Idee ihres Lebens vor.

»Ich glaube, das damals war irgendwie ein Missverständnis.«

»Ein Missverständnis?« Katjas Haltung war noch immer eine einzige Abwehr.

»Ja … Er hat keine Post von mir bekommen und nicht nachgefragt … Meine Güte, Kati, ich war siebzehn und er neunzehn. Wie ernst kann man da schon eine Liebesschnulze nehmen? Vielleicht hab ich da auch ein wenig übertrieben reagiert.«

Katja löste ihre Arme aus der Verschränkung. »Hm.« Der Laut, der sich ihrer Kehle entrang, verriet, dass sie sich da nicht ganz sicher war, es aber auch nicht ausschloss.

Ein kurzes Schweigen entstand, während Katja ihren Teebeutel aus der Verpackung schälte, eine Tasse aus dem Regal griff und ihn hineinplumpsen ließ. Dann goss sie heißes Wasser auf.

»War es nett?«, fragte die Schwester schließlich.

Antje spürte, wie die Röte in ihre Wangen zurückkehrte. Der Kuss, was für ein Kuss das gewesen war!

»Schon, ja. Er hat jetzt einen Hund. Der heißt Fritz.«

Katja schaute sie prüfend an. »Fritz. Und du bist nur wegen des Hundes mit ihm gerannt. Natürlich.« Die Ironie in ihrer Stimme war nicht zu überhören.

»Natürlich.« Antje nahm ihr Glas und ließ es ein weiteres Mal volllaufen. Als die Blicke der Schwestern sich trafen, grinsten sie beide.

Katja nahm ihre Tasse zwischen beide Hände, ohne sich die Mühe zu machen, den Beutel herauszunehmen. Sie pustete auf die heiße Flüssigkeit. »Pass auf dich auf, ja? Versprich mir das. Ich kenn dich – du gehörst nicht gerade zu den Menschen, die das Leben auf die leichte Schulter nehmen.«

Antje nickte zögerlich. Und sie fragte sich, ob es die beste Idee ihres Lebens gewesen war, sich von Michael küssen zu lassen. Denn die Flut an Gefühlen, die sie dabei empfunden hatte, brachte sie noch immer ganz durcheinander. Die Erinnerungen an die zwei Wochen, damals, kurz nach ihrem siebzehnten Geburtstag, waren lebendiger denn je …

Die tiefe Verzweiflung, mit der sie versucht hatte, das Kapitel Michael Huber in sich abzuschließen, und den Schmerz, den sie damals empfunden hatte, hätte sie nicht einmal ihrem ärgsten Feind gewünscht.

* * *

Als es am Abend an die Tür ihrer Wohnung klopfte, fuhr Antje von der Couch hoch wie von der Tarantel gestochen. Ein Glück, dass Katja ihre vorübergehende Rückkehr mit ihrer Freundin im Restaurant des Hotels Georgshöhe bei Wein und Currysuppe feierte und die Luft damit für einige Stunden rein war.

Ohne nachzudenken, riss Antje die Tür auf und trat instinktiv einen Schritt zurück. »Oh!«

Michael zuckte entschuldigend die Schultern und hielt ihr die Thermoskanne entgegen, die er vor der Brust getragen hatte. Um seinen Hals hing ein dicker Schal. »Ich glaube, ich hab mich erkältet. Der Wind … Drum hab ich das hier statt Wein mitgebracht. Äh – und die hier auch.« Michael hielt Antje eine rosa Schachtel hin, die ihr nur zu bekannt vorkam. Sie musste grinsen. Pralinen von Nina, aus dem *Süße Träume*. Michael konnte ja nicht wissen, dass Nina Antjes beste Freundin war und sie deshalb sozusagen eine Pralinen-Flatrate hatte. Die Geste war auf jeden Fall sehr lieb.

Michael versuchte, ein Niesen zu unterdrücken, und zuckte entschuldigend mit den Schultern.

Antje dachte an seine Sportklamotten vom Morgen und wie rasant seine Jeans nass und nässer geworden war. »Hab ich dir nicht gesagt, dass …«

81

»Ich weiß. Dass ich Regenkleidung brauche und meine Jeans nicht gerade ideal für einen Strandlauf ist.« Seine Stimme klang ein wenig nasal.

Antje nickte. »Komm rein, ich hab sicher Salbe.«

»Salbe?« Michael klang misstrauisch.

»Ja, Engelwurzbalsam. Den schmierst du dir unter die Nase. Mir hilft das immer. Na los, komm rein.«

Der Schal schlang sich mindestens fünf Mal um Michaels Hals. Männergrippe, vermutete Antje. So sah das gerade aus. Innerlich musste sie grinsen. Aber tatsächlich gab es so was wie eine Inselkrankheit, die besonders Kinder bekamen, die viel im Sand spielten. So manches Urlauberkind war da schon ein paar Tage mit hohem Fieber außer Gefecht gesetzt gewesen.

Sie nahm Michael die Thermoskanne ab. »Was ist da drin?«

»Tee mit Rum und Orange. Wie sich das gehört.«

Antje rümpfte die Nase. »Hm.«

»Was – hm?«

»Mit Orange? Das ist doch … Gewalt gegenüber dem Tee.« Sie schraubte den Deckel auf und hielt ihre Nase in den Dampf, der der Kanne jetzt entwich. Wenn sie ehrlich war, roch Michaels Mixtur gar nicht so schlecht. »Was ist das für Tee?«

»Earl Grey.«

»Im Ernst?«

»Ja, sag ich doch. Earl Grey.«

»Mit Bünting hätte es sicher noch besser geschmeckt.« Antje rümpfte die Nase ein weiteres Mal. Der Alkohol brannte leicht in ihren Augen.

Michael musste lachen. Es platzte aus ihm heraus wie eine kleine Explosion und Antje schaute ihn überrascht an. »Du, die Insel und eure Eigenheiten. Ohne Bünting geht da einfach gar nichts, stimmt's?«

Antje schaute auf und fiel in sein Lachen ein. »Wir geben der Sache eine Chance, okay? Da drüben ist mein Wohnzimmer.

Du kriegst gleich drei Decken und eine Wärmflasche von mir – und einen Pot von deinem eigenen Tee.« Sie deutete in die Richtung, wo sie schon alles vorbereitet hatte. Chips, Süßigkeiten und – eigentlich auch Weingläser. Die würde sie jetzt gegen zwei riesige Teetassen tauschen.

»Danke.« Michael war die Ironie in Antjes Stimme ganz offensichtlich entgangen.

Antje grinste. Ein Männerschnupfen, ganz klassisch, wie sie es sich gedacht hatte. Antje füllte das heiße Getränk in zwei gewaltige Tassen. Dann ging sie hinüber ins Wohnzimmer und stellte sie dort auf den kleinen Tisch.

Michael hatte sich schon in die gemütliche Sitzecke gekuschelt und sich eine der Decken, die auf einer der Armlehnen gelegen hatte, selbst genommen.

»Das sieht ja hübsch aus.« Michael deutete auf den Tisch. Antje hatte außer den Knabbereien auch eine Kerze hingestellt und angezündet, um zwar für Stimmung zu sorgen, es aber nicht zu übertreiben. Sie war unsicher gewesen, hatte letztlich ein paar Tomate-Mozarella-Sticks vorbereitet und Grissini dazu, nichts Übertriebenes. Michael öffnete die mitgebrachte Pralinenschachtel.

»Mmmh, Orangen-Nugat. Und das da sind Krokantküsschen, die liebe ich!« Antje zeigte auf die entsprechende Süßigkeit.

»Nimm doch gleich eine.« Michael griff nach der Schachtel und hielt sie Antje unter die Nase, die gern zugriff.

Leise Musik füllte das Zimmer, auf dem Bildschirm war schon das Menü des Films »Pappa ante Portas« aufgerufen. Antje war kein zwanghafter Mensch, aber sie mochte gute Vorbereitung und Planbarkeit.

Sie setzte sich auf das Sofa, zwei Handbreit Abstand zu Michael, der die Decke um die Beine geschlungen hatte.

»Und die Wärmflasche?« Er schaute Antje mit großen Augen an.

»Dein Ernst?«

In diesem Moment explodierte wieder Michaels Lachen, wie schon vorher, als es um Teesorten gegangen war. Er schüttelte den Kopf, sein Lachen ging in kurzes Husten über. »Nein. Wirklich nicht. Wir Kerle sind eh immer so wehleidig.«

»Wohl wahr.« Antje beugte sich vor, nahm die beiden Teetassen und reichte eine davon an Michael weiter. Der Duft von Rum, Orange und Earl Grey stieg ihr in die Nase. Sie nippte an ihrer Tasse und musste zugeben, dass die Mischung sie durchaus ansprach.

»Boah.«

»Gut, oder?«

»Boah, stark, oder?«, erwiderte sie statt einer konkreten Antwort. Der Rum brannte ihren Hals hinunter.

»Das auch.« Michael grinste sie über den Rand seiner Tasse an. »Aber ich dachte, das wärmt von innen.«

»Und es macht mich betrunken und willenlos.«

»Umso besser.« Michael lachte leise, ganz ohne Explosion, zwinkerte ihr zu und trank selbst einen großen Schluck.

Antje glaubte fast sofort zu spüren, wie der Rum wirkte. Sie trank sehr wenig Alkoholisches, hin und wieder einen Sundowner-Spritz an der Milchbar mit Nina, aber insgesamt war sie, was Alkohol anbetraf, sehr kontrolliert.

»Was hast du noch gemacht heute?«, fragte Michael.

»Jetzt wird es langweilig.« Antje verdrehte die Augen unter Michaels Stirnrunzeln und fügte hinzu: »Buchhaltung.«

Michael hatte indessen nach einer Praline gegriffen. »Buchhaltung?«

»Ja, und meine Schwester ist nach Hause gekommen. Das war vermutlich der interessantere Teil meines Tages. Sie ist immer wie ein Orkan. Der Rucksack neben der Wohnungstür – hast du den gesehen? Dieses blaue Monstrum? Das ist ihrer.«

Michael runzelte die Stirn. »Wahrscheinlich bin ich deiner Schwester begegnet, früher. Aber ich kann mich nicht richtig an sie erinnern.«

Antje war überrascht. Normalerweise konnte sich jeder an Katja erinnern, absolut jeder. Katja, die Abenteurerin, der strahlende Stern am Familienhimmel.

»Niemand übersieht meine Schwester. Damals hatte sie dunkle Locken, war schlank, der Schwarm der halben Norderneyer Jugend, immer im Mittelpunkt, immer fröhlich. Ich bin sicher, sie ist dir aufgefallen.«

Neben Katja war Antje sich immer wie eine stark verblasste Kopie vorgekommen. Sie sahen sich ähnlich, das ja. Aber bei ihrer Schwester schien alles, was bei ihr unauffällig war, plakativ zu sein. Somit fühlte sich Antje wie die ewige zweite Wahl.

»Hm.« Michael trank einen weiteren Schluck Tee, dann stellte er seine Tasse auf den Tisch. »Nein. Tut mir leid. Ich erinnere mich an sehr viele Details aus meiner Woche auf der Insel damals, schließlich sind wir nicht oft weggefahren und …« Er wurde tatsächlich rot. »Na, dann hab ich ja auch dich kennengelernt. Da hatte deine Schwester wohl keine Chance, mir aufzufallen.« Er zuckte mit den Schultern.

Antje schaute Michael ungläubig an. Ihm war offenbar gar nicht bewusst, wie besonders sein letzter Satz für sie war. Er saß nur da, sein offenes Gesicht leise lächelnd Antje zugewandt. Er meinte jedes Wort ernst. Das wusste Antje in diesem Moment so sicher, wie sie wusste, dass Milchreis ihre Lieblingsspeise war. In diesem Augenblick durchflutete sie eine ganz eigene Art von Wärme, die sie noch nie zuvor verspürt hatte.

Ohne darüber nachzudenken überwand sie die Distanz zu Michael und küsste ihn schmatzend auf die Wange. »Danke.«

»Wofür?«

Seine ehrliche Überraschung gefiel ihr noch viel mehr. Aber sie konnte ihm nicht sagen, dass es darum ging, für ihn – einen Mann – sichtbarer zu sein als ihre schöne Schwester.

»Ach, einfach so.«

»Einfach so, hm?« Er grinste wieder dieses spitzbübische Grinsen, das sie so mochte. »Dann kannst du das gern einfach so öfter machen.«

Er war ernst geworden, nur noch seine Mundwinkel zeigten leicht nach oben, verrieten den heiteren Ausdruck, den sein Gesicht eben noch gezeigt hatte. Antje erwiderte seinen Blick. Die Wärme, die sich wie ein Lauffeuer in ihr ausbreitete, schien sie jetzt bis in die Fingerspitzen auszufüllen und alles, alles in ihr wollte seine Lippen mit den ihren berühren. Seine eindeutige Einladung ließ jeden Rest Mauer fallen, den sie noch gespürt hatte. Ihr Herz schlug so laut, dass sie sicher war, er würde es hören. Sie beugte sich erneut zu Michael hinüber, in einer einzigen, fließenden Bewegung. Ihre Lippen berührten die seinen ohne ein Zögern. Sie trafen aufeinander, als wären sie einzig für diesen Augenblick gemacht. Michael legte seine Hand in ihren Nacken und verstärkte den Druck seiner Lippen auf die ihren. Dann ließ er locker, seine Hand wanderte zu Antjes Wange und strich sanft über ihre zarte Haut. Die Spitze seiner Zunge glitt sanft über ihre Unterlippe. Antjes Mund öffnete sich ganz automatisch und sie küssten einander zärtlich. Ihre Hand lag auf seiner Schulter, die sich im aufgeregten Rhythmus seiner Atemzüge hob und senkte.

Und Antje wollte nichts sonst, als Michael immer weiter zu küssen. Es war, als würde ihr Körper sich an ihn erinnern, die Art, wie er küsste, hatte sich nicht verändert. In seinen Berührungen lag die gleiche Zärtlichkeit wie früher, die Art, wie er mit seinem Daumen über ihre Wange strich, die Art, wie die Finger seiner anderen Hand langsam seitlich an ihrem Hals entlangglitten, ganz locker nur und ohne Druck auszuüben, aber doch so spürbar, dass ihre Haut zu kribbeln begann und ihr ganzer Körper anfing, sich nach Michael zu sehnen, und mehr wollte als diese Küsse.

Sie wusste, wenn Michael jetzt einen Schritt weitergehen würde, wäre sie Wachs in seinen Händen. Aber er küsste sie einfach noch intensiver, bevor er sie auf Armeslänge von sich weghielt und ihr tief in die Augen sah. »Ich hab dich vermisst. Ich hab dich so sehr vermisst.«

Er sprach leise, aber die Eindringlichkeit in seiner Stimme ließ keinen Zweifel daran, dass er jedes Wort so meinte.

Antje konnte nichts sagen, ihr Hals war wie zugeschnürt von der Flut an Emotionen, die über sie hereinbrachen. Sie ließ sich von Michael erneut an ihn heranziehen und erwiderte seine Küsse.

Nach einer ganzen Weile fand sie sich an seiner Schulter wieder, seine Arme fest um sie geschlossen. Der Film war vergessen. Keiner sprach, aber für Antje waren auch keine Worte nötig, um zu wissen, dass sie sich so geborgen fühlte wie seit Jahren nicht.

Kapitel 7

Die Woche neigte sich dem Ende zu. Michael hatte Antje nach dem wunderbaren Abend am Vortag schon beim Aufwachen vermisst. Er wollte sie wiedersehen und saß schon beim Frühstück mit seinen Eltern ganz unruhig am Kaffeetisch.

»Was ist denn heute los? Hast du Hummeln im Hintern?« Sein Vater lachte, während die Mutter Michael einen prüfenden Blick zuwarf.

»Warst du gestern noch mal draußen mit deiner Erkältung?« Wie immer übernahm sie den kritischen Part.

Es ging Michael jedoch heute schon bedeutend besser und das sagte er auch. »War halb so schlimm.« Er dachte an den Tee, den er mit Antje getrunken hatte, und die Umarmung. Es war wunderbar gewesen, eine Frau im Arm zu halten, oder nein, korrigierte er sich, es ging nicht um eine Frau. Es ging ganz konkret um diese spezielle Frau, ihren Duft und wie sie sich in seinen Armen angefühlt hatte: vertraut und einfach richtig.

Er war noch zwei Tage auf der Insel. Zwei Tage! Was ließ sich da ausrichten? Er wollte etwas Besonderes machen, wollte mit Antje tausend Dinge tun, mindestens. Gedankenverloren rührte er in seinem Kaffee.

Hund kam und legte die Schnauze auf Michaels Oberschenkel ab. »Fritz, nicht beim Essen.«

Michael bedeutete dem Hund, Platz zu machen.

»Fritz?« Die Mutter hob die Augenbraue.

»Er hat einen Namen bekommen, von Antje. Und ich find ihn nicht mal schlecht.«

»Den Namen höre ich ziemlich oft.«

»Fritz?«

Die Mutter schüttelte den Kopf. »Nein, Antje. Bitte, Bub, verrenn dich nicht wieder in diese Frau.«

Michael erwiderte den Blick seiner Mutter, die den fragenden Ausdruck in seinem Gesicht richtig deutete und ihm antwortete: »Ich hab dich erlebt damals. Und deine ganze Traurigkeit obendrauf. Das war nicht schön anzuschauen. Denk lieber an Susanne, das ist was Solides. Und sie wohnt in der Nähe und kennt sich in der Landwirtschaft aus.« Die Mutter tätschelte Michael die Hand.

Der Gedanke an Susi war nicht das, wonach Michael gerade verlangte. In ihm schrie alles nach Antje. Da war kein Platz für eine pragmatische Verbindung. Schnell schob er das Bild von Susanne ganz weit nach hinten und seinen Stuhl ebenfalls. Michael stand auf.

»Denkst du an unser Mittagessen hinten beim FKK-Strand? Wir wollten mit dem Bus rausfahren, dein Vater und ich. Vermutlich kommst du mit dem Fahrrad?«

Innerlich fluchte Michael. Er war die Familientermine ein wenig leid. Aber – es war schließlich die Reise anlässlich des Hochzeitstags. Er kam nicht recht aus. »Ja, gut«, sagte er, wobei es ihm nicht ganz gelang, den Widerwillen in seiner Stimme zu verbergen.

»Nehmt ihr Fritz mit? Auf den Radwegen geht es so zu, da hab ich immer Angst, ihm passiert was.«

Der Vater nickte. »Kein Problem, was, Hund?«

Fritz hob den Kopf und schlug zwei Mal mit dem Schwanz auf den Boden, bevor er den Kopf wieder ablegte.

»Danke. Ich geh jetzt eben ins Bad.« Michael nahm im Stehen noch einen Schluck Kaffee. Ihm fiel gar nicht auf, dass er sein Brötchen nicht einmal angerührt hatte.

Eine halbe Stunde später stand er frisch geduscht vor der Tür zu Antjes Wohnung und klopfte energisch. Sein Herz schlug bis zum Hals, er dachte eine Sekunde darüber nach, ob es besser gewesen wäre, im Vorfeld anzurufen, aber dann verwarf er den Gedanken wieder. Nein, denn er wollte die verbleibende Zeit einfach nutzen, ohne Umstände.

Als ihm niemand öffnete, sprang er die Treppen zur Rezeption hinunter, aber auch hier war Antje nicht. Michael fluchte leise. Dann sah er die Notizzettel und den Kugelschreiber, beides lag feinsäuberlich auf dem kleinen Tresen.

Spontan nahm er einen der kleinen Zettel. »Liebe Antje. Danke für gestern. Ich möchte dich so gern wiedersehen. Wie wäre es, wenn wir uns am …«

Michael dachte nach. Dann hatte er eine wunderbare Idee. »… Nacktstrand treffen? Wir könnten in die Sauna gehen? Schick mir eine WhatsApp an meine Nummer, ok? Ich küsse dich!«

Er notierte seine Handynummer und unterschrieb, daneben malte er ein Smileygesicht. Jetzt musste Antje sich nur noch melden. Er legte den Zettel mitten auf die Tastatur des Computers, der auf dem Schreibtisch hinter dem Tresen das Zentrum bildete. So konnte er nicht übersehen werden. Zur Sicherheit beschwerte er ihn mit dem Kugelschreiber.

Er wollte mit Fritz Gassi gehen, ein paar Erledigungen machen für den Abend und hoffen, bald von Antje zu hören. Man musste kein Hellseher sein, um zu wissen, dass er ständig auf sein Handy schauen würde. Michael seufzte. Er wünschte, er hätte Antje persönlich angetroffen.

* * *

Antje stürmte regelrecht in Ninas Laden. Die Freundin hob erstaunt den Kopf, als sie wie ein Wirbelwind in die *Süßen Träume* fegte. Aber Antje fiel das gar nicht auf. Sie war viel zu sehr in Gedanken. Sie dachte an den Vorabend, sie dachte an das Gefühl, das Michael bei ihr auslöste, sie dachte an die Verwirrung, die Verliebtheit, seinen Duft, sein Lachen, einfach alles.

Ohne Vorwarnung platzte sie deshalb auch heraus. »Ich fühl mich wie siebzehn.«

»Bitte was?« Nina legte eine kleine Spritze weg, mit der sie gerade Zuckerguss in Blumenform auf eine Schokopraline auftrug. Antje hatte diese Sorte noch nie in Ninas Laden gesehen – sie nahm sich vor, die Freundin danach zu fragen, wenn sich der Sturm in ihrem Inneren zu einem lauen Sommerwind hin entwickelt hatte.

»Ich muss dir was erzählen. Hast du Zeit?« Antje wusste, dass sie bei Nina immer sprechen konnte. Die Freundin *nahm* sich nämlich, wenn es irgend ging, einfach Zeit. Das war das Besondere an ihrer Frauenfreundschaft. Es gab nur sie beide und da reichte niemand heran.

»Klar«, kam die Antwort jetzt auch wie aus der Pistole geschossen. »Ich mach uns zwei Kaffee. Ich muss nur bedienen, wenn wer reinkommt. Okay?«

Antje nickte. Kaffee, das war gut.

»Also?« Minuten später saßen die beiden Frauen im Hinterzimmer auf dem blitzblank polierten Tresen der kleinen Küche, in der Nina ihre Marzipanleuchttürme und ihre anderen süßen Köstlichkeiten zauberte.

»Ich hab mich mit Michael getroffen.«

»Heißt das, du kannst jetzt mit ihm abschließen?« Nina hatte ihre Kaffeetasse achtlos neben sich gestellt. Sie war voll auf Antje konzentriert.

»Na ja, also …« Antje wurde rot.

»Oh.« Nina lächelte verschmitzt.

»Das mit dem Abschließen hat nicht ganz so geklappt und …« Antje gab sich einen Ruck und erzählte, wie sie schließlich in Michaels Armen gelandet war.

»Es hat sich so richtig angefühlt, weißt du.«

»Ja.« Deshalb war Nina ihre beste Freundin: Sie wertete nicht. Sie hörte einfach nur genau hin.

»Ich habe mir in dem Moment gedacht, ich genieße einfach den Abend, lasse mich nur für diesen Augenblick fallen und … na ja, jetzt hat er mir diesen Brief hingelegt.« Antje fummelte einen Zettel aus ihrer Hosentasche, den Zettel, der zwischen ihren Fingern zu brennen schien. Ein Kuss auf Papier gebannt reichte, um sie völlig aus der Bahn zu werfen.

»Wie süß.«

»Ja, schon süß, aber … Himmel, ich war so verletzt damals. Ich kann doch kein zweites Mal sein Urlaubsflirt sein. Und dann verschwindet er in sein Bayern und ich steh wieder blöd da.«

»Meinst du, das ist so?«

Antje zuckte mit den Schultern. Sie hatte, nachdem sie Nina die Notiz gegeben hatte, beide Hände um die Kaffeetasse gelegt, um ihre kalten Finger zu wärmen. Obwohl heute ein milder Tag war, vermochte die Wärme nicht, zu ihr durchzudringen.

»Warum soll er sich so eine Mühe geben, ich meine, wie lange ist er noch hier?«

»Zwei Tage.«

»Dafür lohnt sich doch der Aufwand gar nicht.«

»Aufwand? Ist es ein Aufwand, zum Nacktstrand rauszufahren und in die Sauna zu hüpfen? Ist das nicht eher ein lockerer Zeitvertreib? Ich meine, er ist mit seinen Eltern hier. Langweiliger geht es doch gar nicht.«

»Sehr wahr.« Nina lachte. Antjes Blick war eher verzweifelt.

»Siehst du! Er sucht nur Zerstreuung, mit mir hat das nichts zu tun. Du denkst auch, er will sich mit mir nur nette Urlaubstage machen!«

Nina schüttelte, noch immer lachend, den Kopf. »Nein. Ich weiß es einfach nicht, Antje. Das ist die ehrliche Antwort. Das kann ich genauso wenig wissen wie du.«

Antje versank noch tiefer in ihren grüblerischen Gedanken. »Das Beste wird sein, ich ignoriere die Nachricht und lebe weiter. Ich muss mich einfach schützen. Sonst steh ich am Ende sehr blöd da.« Noch während sie sprach, spürte sie, dass das keine Lösung war. Sie spürte, dass alles in ihr sie zu Michael zog, und wenn es auch nur zwei Tage waren. Obwohl ihr klar war, dass das bedeuten konnte, alles würde am Ende Schmerz sein. Ja, die Wahrscheinlichkeit war sogar sehr groß, dass dem so war.

»Vielleicht musst du dem Leben eine Chance geben.« Nina hatte den Arm um ihre Freundin gelegt und gab ihr einen Schmatz auf die Wange.

Antje schaute auf, der Freundin direkt in die Augen. »Meinst du?«

»Ich glaube, ja. Ich meine, warum nicht? Du hast nichts zu verlieren, oder?«

Antje dachte kurz nach, darüber, wie sehr sie Michael geliebt hatte, und wenn sie ehrlich war, vielleicht noch immer oder wieder liebte. Wer hätte das so leicht abzugrenzen vermocht?

Es spielte vermutlich wirklich keine Rolle, wenn sie einen weiteren Abend mit Michael verbrachte. Es war eigentlich egal für das Endergebnis. Sie versuchte, sich vorzustellen, ihn nie wiederzusehen. Und der Gedanke verwandelte sich sofort in ein schmerzhaftes Ziehen in ihrer Magengegend.

»Vielleicht sollte ich zumindest noch diesen Abend genießen«, räumte sie zögerlich ein.

Nina nickte bestätigend. »Ich glaube nicht, dass du etwas zu verlieren hast.«

Antje stellte die Tasse, aus der sie keinen einzigen Schluck getrunken hatte, neben sich auf den Tresen und sprang behände herunter. »Ich glaub, ich geh jetzt erst mal laufen. Ich muss nachdenken.«

Sie nahm den Zettel aus Ninas Händen und schob ihn zurück in die Tasche ihrer Jacke.

»Danke, Süße.« Sie umarmte die Freundin, drückte sie fest an sich.

»Wofür?« Nina erwiderte die Umarmung.

Antje deutete auf die volle Tasse. »Den Kaffee.«

Freundinnenhumor. Sie verstanden sich einfach blind. Nina lachte leise. »Nicht der Rede wert«, erwiderte sie, aber ruhelos, wie sie sich fühlte, war Antje schon zur Tür hinausgestürmt.

* * *

»Was nimmst du?«

Sie saßen in dem Lokal am Nacktstrand, es war später Mittag und Antje hatte sich noch nicht gemeldet. Michael konnte sich kaum auf die Speisekarte konzentrieren und fühlte sich langsam, aber sicher wie ein aufgeregter Teenager. Sein Handy lag, entgegen seinen Gewohnheiten, auf dem Tisch, damit er nicht übersah, wenn eine Nachricht reinkam. Außerdem hatte er einen gigantisch großen Rucksack dabei, der bis zum Rand gefüllt war. Mittlerweile kam er sich schon etwas lächerlich vor wegen der Warterei.

»Michael?«

»Ja?«

Sein Vater schaute ihn prüfend an. »Wir würden gern bestellen. Was möchtest du essen?«

»Oh.«

Michael schlug die Speisekarte auf. »Milchreis mit Zimt und Zucker.«

Das war das Erste, was ihm ins Auge stach. Und er hatte eh keinen richtigen Appetit.

Seine Mutter amüsierte sich gerade über das Eingangsschild zum Nacktstrand. »Da steht ›Hier sall de Büx ut!‹« Sie kicherte. »Ich mag ja den Dialekt.«

Michaels Vater lächelte. Seine Mutter erzählte weiter über Inseleigenheiten und Beobachtungen, die sie gemacht hatte. Michael schielte nach seinem Handy. Aber es tat sich nichts, was ihn über die Maßen frustrierte. Nur sein Kumpel Joseph, allgemein als Sepp bekannt, hatte ein Foto geschickt, wie er vor der Haustür des Bauernhofs von Michaels Familie stand und den Daumen hob. Es war also zu Hause alles in Ordnung.

Als der Milchreis kam, aß Michael ihn auf, ohne wirklich etwas zu schmecken. Die Süßspeise war eines der typischen Gerichte an der Nordsee und er liebte sie – eigentlich. Heute hätte man ihm genauso gut einen Teller Kleister hinstellen können.

Fritz lag entspannt unter dem Tisch, selbst als ein kleiner Boxer an ihm vorbeiging, animierte ihn das nicht, sich zu bewegen. Er blieb einfach liegen. Der Hund würde wohl erst wieder durchdrehen, wenn er Antje sah. Antje, Antje – Michael konnte an nichts anderes denken.

Langsam wurde ihm klar, dass sein Plan nicht aufgegangen war. Antje hatte der Abend also mit Sicherheit nicht das bedeutet, was er für ihn gewesen war. Vielleicht war das eine Art Rache. Sein Magen krampfte sich schmerzhaft zusammen. Das konnte natürlich auch sein.

Vermutlich war es naiv, nach einem einzigen gemeinsamen Abend zu glauben, dass Antje über einen Kuschelabend hinaus an ihm interessiert war. Michael drückte an seinem Handy herum. Hatte er es aus Versehen auf lautlos gestellt? Er starrte auf den Sperrbildschirm, das Foto vom Kreuz der Kampenwand – aber nein, da war keine einzige weitere Nachricht eingegangen.

»Ich glaub, ich fahr langsam los.« Er fühlte sich unruhig, unzufrieden und enttäuscht. Da half nur Bewegung. Er wünschte sich nach Hause und wollte nichts weiter, als auf irgendeinen Gipfel zu steigen, und wenn es nur der Heuberg war oder das Feichteck. Aber hier, wo die höchste Erhebung eine mickrige Aussichtsdüne war, konnte er höchstens joggen gehen und das würde er ohne Laufschuhe nicht wiederholen.

Nachdem er sich von seinen Eltern und Fritz verabschiedet hatte, schulterte Michael seinen schweren Rucksack und ging zu seinem Fahrrad. Eine Familie mit einem nackigen kleinen Jungen lief an ihm vorbei. Keiner der Erwachsenen zog sich an dem Büx-Schild aus, natürlich nicht!

Als Michael losstrampelte, fasste er den Entschluss, den Leuchtturm zu bezwingen. Wenn man es genau nahm, war der nämlich die höchste Erhebung auf Norderney und es schadete ja nicht, sich einen Überblick zu verschaffen. Er hatte eh nichts Besseres zu tun.

Er trat fest in die Pedale, verlangte dem klobigen Leihfahrrad alles ab und raste förmlich durch die Dünen auf den Leuchtturm zu, der sich majestätisch direkt vor ihm erhob. Auf der Insel waren die Wege kurz. Er war keine zehn Minuten unterwegs, passierte andere Radler und Fußgänger, die den steten Fluss an Radfahrern aufhielten.

Am Fuße des Leuchtturms angekommen, musste er den Kopf in den Nacken legen, um nach oben sehen zu können. Der rotbraune Klinker gab dem Bauwerk eine sehr individuelle Note. Michael dachte darüber nach, ob er als Teenager den Leuchtturm hochgestiegen war, konnte sich jedoch beim besten Willen nicht erinnern. Bilder von Antje überlagerten alles – und mit ihr war er nicht hier gewesen. Er trat an das Tickethäuschen und löste bei einer dicklichen Dame, die das Haus schier zu sprengen schien, eine Karte.

In dem Moment, wo er auf den Eingang des Turmes zutrat, vibrierte es in seiner Hosentasche.

Nach einem kurzen Blick auf sein Handy ballte Michael seine Hand zu einer Faust und reckte sie gen Himmel. »Yes!!!«, rief er laut und ein sehr dünner Mann, der gerade sein Fahrrad abgesperrt hatte, warf ihm einen seltsamen Blick zu.

»Wollen Sie mein Ticket? Ich brauch es nicht mehr.« Michael streckte ihm die Eintrittskarte für den Leuchtturm hin und der Mann griff mit schmalem Lächeln zu.

»Danke.«

»Sehr, sehr gern!« Michael ließ den verblüfft dreinschauenden Herrn mit dem spitzen Gesicht einfach stehen.

Beschwingt lief er trotz des schweren Rucksacks auf seinem Rücken zum Fahrrad zurück. Antje kam! Er schaute auf die Uhr. Eine gute Stunde hatte sie Zeit und er würde keinen Augenblick davon verschwenden.

Kapitel 8

Nackt mit Michael sein. Was für eine Schnapsidee – oder? Auf der anderen Seite hatte Nina schon recht, viel zu verlieren hatte sie nicht. Sie war schlank, gut trainiert und mit ziemlicher Sicherheit nicht die unattraktivste Frau in der Sauna, die sich direkt auf dem Strandabschnitt befand. Warum also sollte sie sich zu viele Gedanken machen?

Es war nur ein Saunabesuch, das war ja wohl kein Problem. Zumal sich der Himmel zugezogen hatte. Sie schaute hinauf, wo dunkle Wolkenberge sich türmten. Wie immer sorgte der Wind dafür, dass das Wetter sich drehte und wendete, wie es wollte. Als Antje zum Strand hinunterging, kamen ihr die Sonnenanbeter in Scharen entgegen.

Michael und sie hatten ausgemacht, sich unten bei dem Strandgebäude zu treffen, in dem auch die Sauna untergebracht war.

Antje ging über den langen Holzsteg auf das Gebäude zu. Und tatsächlich, Michael war schon da und wartete. Ihr Herz setzte für einen kurzen Schlag aus, nur eine Millisekunde, dann nahm es seine Arbeit wieder auf. Es ärgerte Antje, welche Wirkung dieser Mann auf sie hatte – noch immer oder schon wieder, wer hätte es zu sagen vermocht?

Er winkte ihr zu und die unverhohlene Freude in seinem Blick zauberte auch Antje ein Lächeln ins Gesicht, gegen das sie machtlos war.

»Hallo, ich freu mich!« Michael beugte sich vor und küsste Antje zart auf die Wange. Wie unfassbar gut dieser Mann roch! Unweigerlich wollte sie mehr, ihr ganzer Körper wollte mehr, aber sie drängte ihr Wollen zurück.

»Darf ich?« Ohne eine Antwort abzuwarten, griff Michael nach der großen Saunatasche, die Antje dabeihatte. »Ich hab schon die Tickets gelöst. Wir können gleich los.«

Mittlerweile hatte der Wind so aufgefrischt, dass Antje sich darauf freute, ins Warme zu kommen. Obwohl sie schon immer auf der Insel lebte, war sie erst ein oder zwei Mal hier in der Sauna gewesen.

»Bist du nicht mehr erkältet?«, fragte Antje Michael, der wieder wie das blühende Leben aussah. Ein Saunabesuch mit Schnupfen wäre eine ziemliche Schnapsidee gewesen.

Er wurde ein wenig rot. »Es scheint vorüber zu sein. Vielleicht war es eine Art schlimmer Männerschnupfen.«

Antje lachte leise. Zwei Dumme, ein Gedanke, dachte sie bei sich und folgte Michael zu den Umkleiden.

Nachdem sie sich ausgezogen hatten, betraten sie gleich die neunzig Grad heiße Saunakabine. Außer Antje und Michael war nur ein älterer Herr anwesend, der ihnen freundlich zulächelte. So wie er schwitzte, konnte es sich nurmehr um Minuten handeln, bis er die Sauna verlassen würde. Antje schaute unauffällig in Michaels Richtung, als der neben ihr Platz nahm.

»Schön, oder?« Michael lächelte ihr zu und deutete auf das große Panoramafenster mit Aussicht bis hinunter zum Meer. Man hatte freien Blick aufs Wasser und das gab der Sauna eine ganz besondere Note. Das Gefühl, ein Teil der Natur zu sein, diese Weite zu spüren, war herrlich.

»Ja, das stimmt. Ich liebe das Meer.«

»Du bist sehr heimatverbunden, nicht wahr?« Hatte Antje da einen Unterton gehört?

»Na ja. Wir haben die Pension und ich lebe schon immer hier.« Sie hörte selbst, dass ihre Antwort keine richtige Antwort war, sondern wie eine Ausrede klang. Natürlich war Norderney ihre Heimat. Aber manchmal fragte sie sich, ob Katja nicht das bessere Los gezogen hatte mit ihrer Wanderlust, der sie ohne Hemmungen und schlechtes Gewissen nachging.

»Ja.« Michael versank in Schweigen. Sie schaute ihm prüfend ins Gesicht, aber er konzentrierte sich auf das Meer vor der Fensterscheibe. Unweigerlich wanderte Antjes Blick tiefer. Michaels Oberkörper war von harter körperlicher Arbeit gestählt. Er war nicht direkt trainiert, aber schlank, seine Arme hatten jene Sehnigkeit, die vom kräftigen Zupacken herrührte. Seine breite Brust verlockte dazu, sich darauf auszuruhen, und sein flacher Bauch schien sie geradezu einzuladen, ihre Hände draufzulegen, der Nabel, den sie mit einem Finger umspielen wollte, die feinen Haare darunter, die sich leicht kräuselten. Sie ließ ihre Augen weiterwandern und spürte, wie ihr Körper auf den Anblick reagierte, der sich ihr bot.

Aus dem Augenwinkel nahm sie wahr, dass der ältere Herr aufstand und sich sein Handtuch um die Hüften wickelte, aber ihre Augen waren wie gefangen.

»Alles okay?« Antje hatte nicht bemerkt, dass Michaels Blick längst nicht mehr von den Weiten der Nordsee gefangen war, sondern mittlerweile auf ihr ruhte, während sie in eine Gegend starrte, die so gar nichts mit Landschaft zu tun hatte.

Antje lief knallrot an und schaute auf, wandte sich blitzschnell den weißen Schaumkrönchen vor dem Fenster zu. Verzweifelt suchte sie in ihrem blockierten Verstand nach einer unverfänglichen Frage, die sie Michael stellen konnte.

»Und du? Immer noch ein Pferdenarr? Du weißt, dass man hier auf der Insel auch reiten kann? Das ist sicher prima.« Antje hatte keine Ahnung, ob das gut oder schlecht war, sie selbst hatte keine Erfahrung mit den Tieren. Allerdings erinnerte sie sich noch, dass Michael früher sehr von Pferden geschwärmt hatte. Und tatsächlich, er stieg sofort auf ihre Frage ein.

»Natürlich! Ich hab mittlerweile ein paar eigene Pferde und demnächst fohlt eine meiner Stuten.«

»Wirklich? Das klingt ja super.«

»Ist es auch. Stell dir mal so ein niedliches kleines Fohlen vor.« Da war es wieder, sein warmes Lächeln. Antje schaute nur ganz kurz zu Michael hinüber, viel zu viel Angst hatte sie, dass ihre verräterischen Augen wieder eigene Wege gehen könnten.

»Du bist aber auch sehr heimatverbunden, oder?«

»Oh sehr. Die Berge, die gute Luft, die Tiere, der Hof – da spielt wohl alles zusammen.« Michael zuckte mit den Schultern. »Und ich mag die Berge. Hier auf der Insel ist alles flach, kaum eine Erhebung. Da ist so wenig, an dem meine Augen sich festhalten können. Außerdem liebe ich es, biken zu gehen oder zu klettern. Das hat schon viel Lebensqualität für mich.« Michaels letzter Satz klang fast schon entschuldigend und wurde von einem neuerlichen Schulterzucken begleitet.

»Ich versteh das. Ich mag Berge auch gern.« Antje hätte sich eher die Zunge abgeschnitten als zuzugeben, dass sie noch nie in den Bergen gewesen war. Nie. Das war so armselig aus ihrer Sicht, so weltfremd beinah, und während sie mit Michael in der Sauna vor sich hin schwitzte, spürte sie den kleinen Radius ihrer Welt als klares Defizit.

»Dann musst du mich mal besuchen. Ich geh mit dir auf das Dampfschiff. Das wird dir gefallen.«

»Das Dampfschiff?«

»Eine wunderschöne Felsnase bei uns in der Gegend und sehr unbekannt. So was wie ein Insidertipp. Der Gipfel ist ein wenig vorgelagert, das Kreuz thront richtig über dem Achental.

Man kann super mit dem Bike bis zur Jochbergalm fahren und dann weiter aufsteigen.«

Michaels Leidenschaft für die Berge kam voll zum Tragen, er erzählte begeistert von Mountainbiketrails und Felsformationen, während Antje allmählich das Gefühl hatte, zu zerfließen, so heiß war die Luft in der Sauna. Aber sie hörte ihm zu. Sie mochte Menschen mit Leidenschaften.

»Du musst mich echt mal besuchen kommen.«

Michaels letzter Satz ließ Antje die Hitze in der Sauna vorläufig vergessen. Sie lauschte dem Nachklang seiner Worte und versuchte in ihren Kopf zu kriegen, dass er sie soeben eingeladen hatte. Das war doch eine Einladung gewesen, oder nicht? Aber möglicherweise hatte er es auch einfach nur so dahingesagt. So wie man manchmal, wenn man jemanden zufällig auf der Straße traf, sagte: »Wir müssen mal wieder was ausmachen.« Und es dann nie in die Tat umgesetzt wurde. Schnell gesagte Verabredungen, die am Ende nichts waren als ein Lippenbekenntnis.

In ihrem Kopf drehte sich der Gedanke. Sie wälzte ihn nach allen Seiten. Schweigend schwitzte sie vor sich hin, bis sie bemerkte, dass ihr Herzschlag hart und schwer durch ihren Körper pumpte und sie es kaum noch aushielt.

»Langsam wird mir heiß«, gab sie zu. »Ich glaub, ich geh schon mal raus.«

»Ich komme mit.« Michael deutete auf die Sanduhr an der Wand, die er umgedreht hatte, als sie in die Sauna gekommen waren. »Die Zeit ist auch rum.«

Er öffnete die Tür und ließ Antje den Vortritt.

»Zum Wasser?« Michael zwinkerte ihr zu.

Der Wind, der mindestens mit sieben Knoten daherkam, kühlte die Haut auf wohltuendste Weise.

Antje lachte. »Worauf du dich verlassen kannst.« Ohne auf Michael zu warten, sprang sie die paar Stufen hinunter auf den

Strand und rannte los. Ihr Körper sehnte sich nach Kälte und die Vorstellung, sich ohne erst abzufrischen ins Meer zu werfen, war pure Verlockung.

Hinter sich hörte sie Michael, aber sie gab alles. Am Wasser angekommen, beschleunigte sie ihr Tempo noch mal ein wenig, vier, fünf Schritte, dann ließ sie sich mit einem Satz ins kühle Nass fallen. Es fühlte sich an, als würde ihr ganzer Körper aufatmen. Sie tauchte in das salzige Wasser ein, ihr Herz pumpte das Blut spürbar durch die Adern. Kurz ließ sie sich treiben, wurde von einer Welle überspült, kam wieder an die Oberfläche, lachte. Dann schaute sie sich nach Michael um, von dem nur der Kopf aus dem Wasser ragte.

Antje stand auf, das Wasser reichte ihr gerade bis zu den Oberschenkeln.

»Oh mein Gott, wie schön!« Er war ein Genießer, ganz klar. »Ich liebe das Meer auch.«

Michael war ebenfalls aufgestanden und überwand die paar Schritte, die ihn und Antje trennten. »Nein. Ich rede von dir.«

Ihre Gesichter waren nur Zentimeter voneinander entfernt. Antjes Herz klopfte, als wollte es zerspringen. War das die Sauna? Oder war das Michaels Nähe? Sie wusste es nicht, sie lauschte dem lauten Schlagen, während seine Lippen sich den ihren näherten.

Er war nackt, so wie sie. Ihr Herz stolperte, kam völlig aus dem Takt. Aber dann, als sie gerade das Gefühl hatte, es würde völlig entgleisen, explodieren, den Dienst einfach quittieren, da trafen Michaels Lippen auf ihre, seine Arme umfingen sie und alles, wirklich alles um sie beide herum war vergessen.

* * *

Michael hatte keine Kontrolle über sich. Innerlich fluchte er und versuchte, seinen Körper zu beherrschen. Aber da war

Antje, und sie war wunderschön, wie sie da nackt in den Wellen stand. Er hatte sie küssen müssen und sein Körper tat, was er wollte. Er presste sich gegen diese Frau, als wäre es das Selbstverständlichste der Welt, sich ihrer Nacktheit sehr bewusst. Und genau genommen fühlte es sich auch an, als wäre ihr Zusammensein selbstverständlich. Aber er wollte Antje nicht überfordern, er wollte …

Doch da spürte er Gegendruck, spürte, wie ihr Bauch sich gegen den seinen drückte, spürte, wie nah sie war. Er schmeckte Salz, er schmeckte ihre Lippen und sein Atem beschleunigte sich ganz automatisch. Ihre Zunge tanzte über seine Oberlippe, traf auf seine, zog sich zurück. Ihre Münder lösten sich und ihre Augen versanken in einem tiefen Blick. Antje spielte mit seinen Lippen, entzog sich immer wieder, erhöhte so noch mehr den Reiz. Oh mein Gott, wie sehr er sie wollte, überall und ganz.

»Ich hab eine Überraschung für dich.« Michael musste sich räuspern, seine Stimme war nicht mehr als ein Flüstern. Rau lag die Erregung über seinen Worten wie ein Schleier.

Er löste sich widerwillig, sprang die paar Meter zum Strand, wo er achtlos sein Handtuch hingeworfen hatte, und schlang es sich blitzschnell um die Hüften, um zu verbergen, wie sehr er Antje wollte. Ein tiefer Atemzug, aber – die Beule unter dem Handtuch blieb natürlich unübersehbar.

»Komm mit!« Er streckte Antje die Hand hin und sie ergriff sie ohne ein Zögern.

»Willst du so zurück in die Sauna?« Sie lachte. Es klang frech und herausfordernd. Michaels Lust wurde noch mehr angestachelt. Dabei war er eigentlich aufgeregt und gespannt, wie Antje seine Überraschung empfinden würde.

»Warte.« Er trat hinter sie und hielt ihr die Augen zu. »Jetzt vorsichtig weiter.«

Sie gingen über den weißen Sand. Langsam wurde es ihnen doch kühl, denn der Wind wehte ungebrochen weiter. Michael sah die Gänsehaut auf Antjes Armen. Er hätte sich am liebsten das Handtuch von den Hüften gezogen und es um ihre Schultern gelegt, ungeachtet seiner Erregung, aber es waren noch vereinzelt Menschen am Strand und er wollte Antje nicht beschämen.

»Wir sind gleich da, dann wärmst du dich auf.«

»Danke.« Antje hob ihre Hände und legte sie kurz auf die seinen, die noch immer ihre Augen bedeckten. Die kleine, liebevolle Geste sorgte dafür, dass Michael sich schlagartig noch ein wenig wohler fühlte, als es eh schon der Fall war.

Vor ihnen waren jetzt die zwei Strandkörbe, die Michael zusammengeschoben hatte, genau wie damals, als sie gemeinsam ihr erstes Mal verlebt hatten. Nur dass sie damals am Weststrand gewesen waren.

»Überraschung!« Er nahm seine Hände von Antjes Augen und legte sie locker auf ihre Schultern. Vor ihnen standen die beiden Strandkörbe, die er im Schweiße seines Angesichts zusammengeschoben hatte. Nur ein kleiner Spalt auf einer Seite war offen, durch den man sich in die improvisierte Höhle zwängen konnte. Drin lagen Decken bereit, warm und kuschlig. Michael hatte sie extra gekauft. Dazu ein kuscheliges Kissen. Wenn man die Körbe ganz zusammenschob, war es ein gemütliches Nest.

Antje sagte nichts. Hoffentlich war ihre Erinnerung so wie seine – unantastbar schön.

»Du hast das wieder gebaut?« Antje drehte sich zu Michael um. Er konnte nur nicken, während Antje seine Mimik studierte, ihre großen braunen Augen ließen Michael innehalten, auf ihre Reaktion warten, während eine eiserne Faust seinen Magen zusammenzuquetschen schien. Ging seine Überraschung gerade in die Hose? Antje sah so verletzlich aus in ihrer Nacktheit, nur mit dem Handtuch, die Lippen bereits bläulich verfärbt von der Kälte.

»Ja. Komm, wir setzen uns rein. Ich hab uns Decken besorgt, damit wir nicht frieren.« Er zog Antje, die noch nichts zu der Überraschung gesagt hatte, in die Strandkorb-Höhle, bat sie, die Beine anzuziehen, und schloss den Spalt zwischen den Körben. Es war schlagartig fast dunkel im Inneren. Michael breitete eine Decke auf der entstandenen Fläche aus und nahm eine zweite, um sie beide zuzudecken. Sein Handy und eine kleine Box hatte er auch mitgebracht. Leise Musik erklang. Auf einem kleinen, an einem der Körbe montierten Tischchen standen ein paar Kerzen, die Michael entzündete. Jetzt wirkte die Szene, bis auf die Klaviermusik, tatsächlich sehr ähnlich wie damals.

»Möchtest du dich zu mir legen?«

Antje zögerte einen kurzen Moment, dann nickte sie. Michael breitete die dicke, flauschige Decke über sie beide, dann zog er Antje in seinen Arm. Ihr Kopf fand Platz auf seiner Schulter, die nassen, kurzen Haare befeuchteten die Haut auf seiner Brust. Er hob den Kopf und atmete tief den Duft von Antjes nassen Haaren ein, ihren völlig nackten Körper an seinem, denn sie musste das Handtuch, das sie sich am Strand umgeschlungen hatte, abgelegt haben.

Ihre Brüste berührten seine Flanke, ihr Bein lag auf den seinen und Michael spürte, wie sein Blut schon wieder in Richtung Körpermitte gepumpt wurde. Antjes Hand lag auf seiner Brust, umkreiste seine Brustwarze, während er sanft mit seinen Fingern über ihren Rücken strich. Sie war sehr schlank, Michael spürte jede ihrer Rippen unter der Haut, ihr Rückgrat, die Schulterblätter. Und der Wunsch, sie zu beschützen, war überbordend. Er spürte ihre Hand überdeutlich, die langsam ihren Weg veränderte, nicht mehr auf der Brust lag, sondern seinen seitlichen Bauch hinunterstrich, sehr, sehr langsam. Michael wurde warm, zu warm, er spürte die Hitze zwischen seinen Beinen und wusste, gleich würde Antje ertasten, wie es

106

um ihn bestellt war. Nur mühsam hielt er seinen Atem unter Kontrolle.

Als ihre Hand das Zentrum seiner Lust fast erreicht hatte – er wollte zerspringen, ja, einfach zerspringen vor Begehren! – hielt er ihre Finger fest.

»Nein.« Seine Stimme klang erstaunlich fest.

»Nein?« Antje hob den Kopf, irritiert, ihre Augenbrauen zogen sich zu einer langen Linie zusammen.

»Nein.« Er wollte, auch sein Körper würde es so meinen, aber – das hier war schwer, sehr schwer und forderte seine ganze Beherrschung. »Dieses Mal nicht.«

»Wie, dieses Mal nicht?«

Michael küsste Antje auf die Stirn. »Wir machen es dieses Mal anders. Besser, okay? Du kommst zu mir nach Bayern. Du besuchst mich. Und dann sehen wir, was passiert. Beim letzten Mal dachtest du, ich will dich nur fürs Bett. Aber das war nicht so, das musst du mir glauben! Ich habe keine Ahnung, was da schiefgegangen ist, aber …«

Michael setzte sich auf und suchte etwas in dem riesigen Rucksack, der im gegenüberliegenden Eck auch noch ein Plätzchen gefunden hatte. Es war nur ein kleines Kuvert, das unter der unsanften Packweise ein wenig gelitten hatte und jetzt etwas zerknüllt wirkte.

»Hier, für dich.«

Antjes fragender Blick sprach Bände. Doch sie nahm das Kuvert und riss es mit einer einzigen, ungeduldigen Bewegung auf.

Dann starrte sie auf das Papier in ihrer Hand.

»Das ist dein Ticket. Bitte sag mir, dass du kommst!« Michael spürte die Nervosität im ganzen Körper. Eine riesige Ameisenschar schien unter seiner Haut herumzuwuseln. Bitte, sag ja, flehte er stumm, während Antjes Blick noch immer zwischen ihm und dem Bahnticket hin und her wanderte.

107

»Na gut.« Sie klang nicht ganz überzeugt, ein wenig zögernd.

»Na gut?«, wiederholte Michael deshalb.

»Ja, ich komme. In Ordnung! Zeig mir dieses Dampfschiff.«

Michael spürte sein Grinsen so sehr in den Wangen, dass es fast schmerzte. Überschwänglich riss er Antje in seine Arme und gab ihr einen schmatzenden Kuss auf den Mund. »Du wirst sehen, es wird dir gefallen. Ich versprech dir, das wird wundervoll!«

Michael dachte an Ausritte, Berge, die Tiere, den See. Er würde ihr alles zeigen, er würde Antje unvergessliche Tage bieten, er würde …

Bevor er weiterdenken konnte, berührten Antjes Lippen die seinen. Es wurde ein zärtlicher Kuss, voller Liebe, voller Verheißung.

»Komm!« Dieses Mal war es Antje, die Michael aufforderte, sich zu ihr zu legen. Wieder wanderte ihr Kopf an seine Brust. Aber jetzt lag sie ganz still. Michael lauschte ihren Atemzügen, spürte, wie die Wärme, die er in sich spürte, bis in seine Fingerspitzen drang. Sein Arm lag um Antje, umschloss sie, ließ sie beide zu einer unendlich friedlichen Einheit verschmelzen. Michael schloss die Augen, spürte, wie Antjes Körper sich sanft hob und senkte. Tiefe Ruhe breitete sich in ihm aus. Langsam und unmerklich verschwamm die Realität. Zum Klang der Wellen fiel er in traumlosen, wohligen Schlaf.

KAPITEL 9

»Er reist heute ab.« Antje saß in Ninas kleiner Küche. Ihre beste Freundin hatte sie auf einen schnellen Tee mit Sanddornkeksen eingeladen. Das war ein kleines Ritual der Freundinnen geworden. Mindestens einmal wöchentlich nahmen sie sich Zeit, um miteinander zu quatschen und sich auf den neusten Stand ihres jeweiligen Lebens zu bringen.

»Oh je. Ist es schlimm für dich?« Nina knabberte an einem Keks.

Antje dachte nach. »Na ja. Ich hab ja das Zugticket.«

Natürlich war Nina bereits bestens über den Saunaabend am FKK-Strand informiert und entzückt von Michaels romantischer Art und auch davon, dass die beiden nicht sofort in der Kiste – beziehungsweise im Körbchen, wie Nina es lachend formuliert hatte – gelandet waren.

Tags zuvor war dann gar keine Zeit mehr gewesen, Michael noch mal zu treffen, weil seine Eltern eine Bootstour nach Juist geplant hatten, einen Tagesausflug, um den letzten Urlaubstag noch mal ganz im Zeichen ihres Ehejubiläums als Familie zu feiern und bei einem großen Essen in der *Weißen Düne* ausklingen zu lassen. Michael hatte das sichtlich bedauert – aber natürlich verstand Antje, dass seine Eltern sich die Familienfeier mit ihrem einzigen Sohn wünschten.

Zu Michael hatte sie deshalb genau den gleichen Satz gesagt wie zu Nina: »Ich hab ja das Zugticket.« Dann hatte sie ihn angelächelt, sich vorgebeugt und ihn sanft geküsst. Ganz so, als ob es das Selbstverständlichste überhaupt war. Und auf eine völlig irreale Weise, die Antje nach den wenigen Tagen mit Michael selbst kaum glauben konnte, war es das auch.

Sie hätte so gern mit Michael geschlafen, als sie miteinander in dem kleinen Strandkorbzelt lagen. Aber dass er warten wollte, zeigte ihr, dass er es ernst meinte – und das zählte mehr.

»Ja. Wann fährst du hin?«, fragte Nina.

»Schon in zwei Wochen. Das ist also gar nicht lang hin.«

»Aber du siehst trotzdem traurig aus.«

Antje fühlte sich ertappt. »Ich bin traurig. Aber wir sehen uns dieses Mal wieder. Es gibt Handys und WhatsApp und wir sind erwachsen. Keine Ahnung, was damals schiefgelaufen ist. Das lässt sich so einfach wohl auch nicht herausfinden, dafür ist das alles zu lange her.«

Ihr Magen krampfte sich zusammen bei der Erinnerung. Nein, diese Erfahrung wollte sie nicht noch einmal machen. Und obwohl sie wusste, wie aussichtslos eine Fernbeziehung Norderney–Chiemgau war, sie wollte Michael zumindest ein weiteres Mal sehen, den Moment leben. Das erklärte sie Nina.

»Ja«, die Freundin nickte. »Ich versteh dich total gut. Aber achte drauf, dass es am Ende nicht zu sehr wehtut, ja? Investier nicht zu viel, bevor du weißt …«

»Natürlich nicht! Ich …« Sie wusste keine richtige Antwort. Antje spürte ja jetzt schon, dass sie verloren war, wenn es um Michael ging. Er war und blieb ihre Achillesferse. Sie musste ihren Eltern noch beibringen, dass sie eine Woche verreisen würde. Das hatte sie bisher vor sich hergeschoben. Und Katjas bohrenden Fragen war sie ebenfalls ausgewichen. Die Schwester würde während Antjes Abwesenheit allerdings noch da sein und konnte möglicherweise ein paar kleinere Aufgaben übernehmen. Antje würde das später beim Mittagessen ansprechen, das hatte sie sich fest vorgenommen. Sie war seit Jahren nicht weg gewesen – eine Woche musste einfach drin sein! Schließlich konnte sie sich nicht ihr ganzes Leben von der Pension abhängig machen.

»Und du hast diesen Urlaub auch verdient.« Wie so oft schien Nina ihre Gedanken lesen zu können.

Antje nickte. Das wusste sie, ja. Verrückterweise fühlte sich der Gedanke, nach Bayern zu fahren, wie eine ganze Weltreise an. Dabei war das sogar noch eine Reise innerhalb Deutschlands. Aber Antje war nicht weit herumgekommen. Sie würde dort zum ersten Mal in ihrem Leben Berge sehen.

»Ich glaube, ich …« Bevor Antje ihren Satz beenden konnte, klopfte es energisch an Ninas Tür.

Nina runzelte die Stirn und stand auf. Sie machte auf. Sicher war das Finn. Antje lehnte sich mit einem Lächeln auf ihrem Stuhl zurück. Der hielt es auch nicht ohne Nina aus.

Als ein dunkler Schatten hereinwischte, direkt auf sie zu, schreckte sie kurz auf, um dann laut aufzulachen. Vor ihr stand Fritz und wedelte wie verrückt mit dem Schwanz vor Freude. Man sah dem Hund an, dass er sich nur mühsam beherrschte, um Antje nicht wieder anzuspringen. Sie musste grinsen.

»Na, Fritz? Heißt du ab heute wieder Hund?« Antje kraulte das Tier mit beiden Händen am Kopf.

»Nein. Er bleibt ein Fritz. Er mag das. Vermutlich, weil es ihn an dich erinnert.« Michael schaute lächelnd zur Tür herein und Antjes Herzschlag beschleunigte automatisch. Seine Stimme allein berührte Antje schon.

»Ich wollte mich nur von dir verabschieden.« Er schaute über seine Schulter zurück. »Kommt ihr eben auch rein?«

Michael trat in die Küche und hinter ihm erschienen seine Eltern.

»Griaß di!« Michaels Vater hob die Hand und grinste. Die Lippen der Mutter zogen eine schmale Linie in ihr Gesicht. Sie wirkte nicht besonders freundlich.

»Hallo.« Antje lächelte und stand auf, Fritz berührte auffordernd mit seiner Hundenase ihre Hand, sodass Antje ihm beiläufig weiter den Kopf kraulte. Zwischenzeitlich war Michael nah an Antje herangetreten. Sie konnte ihn riechen, seinen ganz eigenen, herben Duft.

Unter den Augen von Michaels Mutter fühlte sie sich eingeschüchtert, ja, auf dem Prüfstand, wie eine Schülerin bei der mündlichen Abschlussprüfung kam sie sich vor.

Sie ging einen Schritt nach vorn und hielt Frau Huber die Hand hin. Der Händedruck der Frau war wie erwartet sehr kräftig, fast schon schmerzhaft kräftig.

»Guten Tag.« Antje lächelte schüchtern.

Michaels Mutter nickte. »Servus.«

Die zwei Frauen standen einander gegenüber und Frau Huber musterte Antje. Unter ihrem Blick fühlte sie sich unwohl, ja bewertet und gemustert.

»Ich hoffe, Sie hatten eine schöne Woche auf der Insel und bei uns im Haus.« Antje half sich mit Höflichkeit über die Situation hinweg.

»Wunderbar«, mischte Michaels Vater sich ein. Er war einer dieser warmherzigen Menschen von der Sorte, die man sich als Papa wünschte, ein wenig ähnelte er sogar ihrem eigenen Vater, fand Antje.

Außerdem erkannte sie Michaels Augen in seinem Gesicht, konnte sich vorstellen, wie Michael als älterer Mann aussehen würde, auch wenn der seinen Vater um einen halben Kopf überragte. Aber diese Güte, die von Herrn Huber ausging, würde

Michael mit Sicherheit auch ausstrahlen und keinesfalls so ein bissig wirkendes Wesen werden wie seine Mutter.

»Gestern waren wir auf Juist. Dort hat es uns nicht so gefallen wie hier auf Norderney.«

Nina nickte. Auch für sie war Norderney die schönste Nordseeinsel.

Frau Huber schaute demonstrativ auf die Uhr. »Können wir dann los? Sie entschuldigen, aber die Fähre wartet nicht.« Ein schmales Lächeln zeigte sich im strengen Gesicht von Michaels Mutter.

Fritz drückte seine Flanke gegen Antjes Bein.

»Ich glaube, der will bei dir bleiben.« Michael lachte, dann rief er den Hund zu sich.

»Darf ich dich eben noch umarmen?« Er trat noch ein wenig näher zu Antje und breitete die Arme aus.

Ohne zu überlegen, ließ Antje sich in die Umarmung fallen, schloss die Augen, atmete tief ein und genoss den Moment. In ihrem Hals bildete sich ein dicker Kloß und sie schalt sich eine blöde Kuh. Was waren schon vierzehn Tage?

»Bis bald, ja?« Michaels warmer Atem an ihrem Ohr, Gänsehaut auf ihren Armen, das Bedürfnis, ihn nie wieder loszulassen.

Die beiden lösten sich widerwillig voneinander, sahen sich tief in die Augen, ein letztes Mal. Plötzlich waren zwei Wochen eine Ewigkeit lang, eine sich wie Kaugummi dehnende Zeit.

»Bis bald?« Die Stimme im Hintergrund hatte einen schneidenden Ton. Als Antje in die Richtung blickte, sah sie, dass auch Nina von der Färbung der Stimme überrascht war. Es war Michaels Mutter, die gesprochen hatte.

»Ja, wir haben ausgemacht, dass Antje mich besucht.« Michael klang selbstsicher, hatte keinen Zweifel an dem, was er sagte.

»Ach.« Täuschte Antje sich oder war der Ausdruck auf dem Gesicht von Frau Huber kein Lächeln, sondern nur ein Nachobenziehen der Mundwinkel? Das konnte ja heiter werden. Willkommen war sie dieser Frau sehr offensichtlich nicht.

Michaels Vater kam näher und legte kurz den Arm um Antjes Schulter. »Na, da wird Michi sich freuen.« Der Mann schien das unfreundliche Verhalten seiner Frau wettmachen zu wollen.

Michael grinste. »Tut er.« Dann beugte er sich zu Antje und küsste sie zart auf die Wange. »Wir sehen uns.«

Antje nickte. Herr Huber winkte, Frau Huber murmelte ein Abschiedswort, zwang sich aber nicht einmal, Blickkontakt aufzunehmen. Alle gingen zur Tür, nur Fritz drückte seine Flanke noch immer gegen Antje.

»Na los, Hund, du musst jetzt gehen.« Antje tätschelte dem Tier die Seite. Aber Fritz bewegte sich keinen Zentimeter. Michael musste zurückkommen und den Hund am Halsband greifen.

»Los, komm. Du siehst sie ja wieder.« Widerwillig ließ Fritz sich mitziehen. Antje musste lachen.

»Bis bald, Fritz!«; rief sie hinter dem Hund und Michael her, als der Schwanz des Hundes aus ihrem Blickfeld verschwand. Dann hörte sie auch schon, wie sich Ninas Wohnungstür schloss.

Zwei Wochen, nur zwei Wochen. Antje schluckte schwer. Sie roch noch Michaels Duft auf ihrer Haut, der bald verflogen sein würde. Dann würde nichts mehr von ihm übrig sein als ein paar Erinnerungen.

KAPITEL 10

»Und am Fünfzehnten kommen ...«

»... Weingartners mit ihrer Perserkatze Tiffy, ich weiß.« Katja verdrehte die Augen und kaute energisch auf ihrem Kaugummi herum.

»Gut. Dieses spezielle Trockenfutter hab ich schon geordert und ein Katzenbett steht auch bereit. Nur zur Sicherheit.«

»Ein Katzenbett?« Katja war so überrascht, dass sie für einen Augenblick das Kauen vergaß.

»Na, so ein Körbchen. Wir haben es immer da. Eigentlich für kleine Hunde. Ich hab es gründlich reinigen lassen und jetzt ist es wie neu.«

Katja schüttelte den Kopf. »Die Leute spinnen.«

»Da geb ich dir zwar recht, aber Weingartners sind sehr ordentliche, ruhige Gäste und mir tausendmal lieber als irgendeine Großfamilie mit einem drei Monate alten Schreikind.«

Antje wusste, wovon sie sprach. Die Nacht war unruhig gewesen. Am Vortag waren neue Gäste mit Baby angekommen und der Sprössling schien nicht besonders begeistert von der ungewohnten Umgebung – oder er schrie generell gern. Das vermochte Antje natürlich nicht zu beurteilen. Auf jeden Fall hatte sie die Nacht mit Stöpseln in den Ohren und der

Bettdecke über dem Kopf verbracht. Sie war sich zwar nicht ganz sicher, ob ihre bevorstehende Abreise es war, die sie wachgehalten hatte, oder der Säugling. Jetzt fühlte sie sich auf jeden Fall wie gerädert und Katja war so wenig engagiert, dass sie die Schwester am liebsten geschüttelt hätte.

»Und dann kommt noch das Ehepaar Rosner.« Antje schaute zu ihrer desinteressierten Schwester.

Katja blätterte in einer Zeitschrift, in der Norderney und seine Sehenswürdigkeiten angepriesen wurden und die Antje deshalb auf dem Rezeptionstresen für Gäste, die zum ersten Mal die Insel besuchten, bereitgelegt hatte.

»Du könntest dich ruhig mal konzentrieren!« Antje war lauter geworden, als sie es beabsichtigt hatte.

»Was?« Katja schaute auf.

Antje stemmte die Hände in die Hüften. »Wer kommt noch?«

Katja wirkte kein bisschen verlegen. »Gäste?«

»Sehr witzig.« Ihre Schwester war einfach unverbesserlich. Bei ihr ging alles immer irgendwie, aber nicht gründlich, wie Antje es von ihrer Arbeit gewohnt war.

»Meine Güte. Meinst du nicht, du nimmst die ganze Sache ein wenig zu ernst?«, maulte Katja.

»Zu ernst?« Antje hörte selbst, dass ihre Stimme ein wenig ins Hysterische kippte. Katja hatte sie wohl nicht alle! Von der Pension lebten drei Menschen. Wie konnte sie so was Dämliches denken und es zu allem Überfluss auch noch laut aussprechen.

»Bist du eigentlich noch ganz bei Trost? Alles an der richtigen Stelle da oben?« Wie damals, als sie kleine Mädchen gewesen waren, tippte Antje ihrer Schwester mit dem Zeigefinger gegen die Stirn.

»Geht's noch?« Jetzt war auch Katja laut geworden.

Eine Stimme ertönte von der Tür her. »Was ist denn hier los?«

»Mama! Wir diskutieren gerade die nächste Woche. Aber Katja hat keine Lust, sich zu merken, wer wann anreist, und scheint sich auch nicht besonders für den Belegungsplan zu interessieren.« Antje funkelte ihre Schwester wütend an. Sie waren wirklich wie die zwei kleinen Mädchen, die sich einst um Puppen gestritten hatten. Es fühlte sich exakt so an.

»Also ehrlich. Du bist schließlich hier die Chefin, ich bin nur zu Besuch«, brauste Katja schließlich auf.

»Ja, natürlich. Du bist nur zu Besuch.« Antje spürte die Wut in ihrem Bauch hochkochen. »Du bist ja immer nur zu Besuch und dann verkrümelst du dich wieder nach Timbuktu und lässt hier alles stehen und liegen.«

»Also bitte ...«

»Werdet ihr wohl aufhören?« Antjes Mutter schlug energisch mit der flachen Hand auf den Tresen. »Jetzt seht ihr euch so selten und dann habt ihr nichts Besseres zu tun, als euch die Köpfe einzuschlagen. Schämt euch!«

Antje schaute zu ihren Turnschuhen hinunter, dann blickte sie auf, direkt in das Dreadlock-umrahmte Gesicht der Schwester, die verlegen eine der dicken, verfilzten Strähnen um ihre Finger zu wickeln versuchte, was an der Widerspenstigkeit der Mähne scheiterte.

»Mama hat gar nicht so unrecht, oder?«, fragte Katja.

In Antje kochte es noch immer. So leicht kam sie nicht über ihre Wut hinweg.

»Anni«, so hatte ihre Mutter sie als kleines Mädchen immer genannt. »Komm! Jeder lebt sein Leben eben anders, hm?«

Statt dass die versöhnlich gemeinten Worte der Mutter sie beruhigten, hatte Antje das Gefühl, als heize sie der Satz noch mehr an. Ja, jeder lebte sein Leben auf seine Weise. Nur hatte sie nie eine Wahl gehabt. Und wenn sie sich einmal eine kurze Auszeit erlaubte, wer würde die Verantwortung für das Unternehmen tragen?

»Die Pension muss aber auch in der nächsten Woche laufen«, gab Antje deshalb zu bedenken, mühsam ihre Wut im Zaum haltend.

»Ja, und ich bin sicher, wir schaffen es. Jetzt hör mal auf, dich verrückt zu machen.« Die Mutter legte einen Arm um Antjes und einen um Katjas Schultern. »Und jetzt bringst du deine Schwester zur Fähre, ja?«

Anschließend wandte sie sich an Antje: »Du verdienst diesen Urlaub sehr, mein Schatz. Und ich hoffe, Michael erweist sich als Gentleman.« Die alte Dame zwinkerte ihrer Tochter zu, die schon wieder hinunter auf ihre Fußspitzen schaute, dieses Mal, um das Rot auf ihren Wangen zu verbergen. Antje hatte sich in den vergangenen zwei Wochen mehrfach gewünscht, dass Michael nicht *so* sehr ein Gentleman geworden war, wie es letztens den Anschein gehabt hatte. Sie wünschte sich genau genommen das Gegenteil. Aber bei diesem Thema war ihre Mutter mit Sicherheit nicht die richtige Ansprechpartnerin.

Katja nahm Antjes Rucksack, der auf dem Schreibtischstuhl der Rezeption bereitstand, und wollte ihn schultern. »Himmel! Schwesterherz! Was hast du denn da alles reingepackt? Pflastersteine, damit du dir einen Weg zu Michael bauen kannst?«

»Witzig wie immer.« Antje wollte nach dem Rucksack greifen, aber ihre Schwester trat einen Schritt zurück und ging in Richtung Tür.

»Also dann, viel Spaß, ja?« Antjes Mutter zog die Tochter in die Arme und küsste sie schmatzend auf die Wange.

»Danke.«

»Na los!« Sie wedelte mit den Händen und deutete mit dem Kopf in Richtung Ausgang.

Antje grinste. Dann drehte sie sich um, um ihrer Schwester zu folgen. Sie war schon an der Tür, als ihre Mutter sie noch mal zurückrief. »Ach, Antje?«

»Ja?«

»Könntest du mir noch das Computerpasswort sagen?«

Na, das konnte ja heiter werden! Nicht mal das war noch im Kopf ihrer Mutter. So sehr hatte sie sich aus dem Geschäft zurückgezogen, dass sie sogar diese wichtigen Dinge vergaß.

Antje drehte sich zu ihrer Mutter um, die jetzt auf dem Schreibtischstuhl Platz genommen hatte. »Stachelrochen.«

»Natürlich. Wie konnte ich das vergessen? Ich hab die ganze Zeit irgendwie an einen Zitteraal gedacht.« Das war schon fast wieder witzig. Antje grinste. Im Zweifingersystem tippte die Mutter die Buchstaben ein.

»Bist du sicher, dass alles klappt bei euch?«, fragte sie besorgt nach.

Die Mutter schaute Antje über den Rand ihrer Lesebrille an. »Aber klar.«

Dann wandte sie sich wieder der Tastatur zu, drückte eine Taste, fluchte und suchte nach dem richtigen Buchstaben, indem sie mit dem Finger über die Tasten glitt. Antje seufzte innerlich. Mit einem unguten Gefühl in der Magengegend verließ sie das Haus und stieg zu Katja ins Familienauto. Gut, dass sie wegen ihrer Pension eine Sondergenehmigung hatten – anderen Autos war es während der Saison verboten, in die Stadt hineinzufahren. Aber sie konnten sich glücklicherweise auf vier Rädern frei im Ort bewegen.

Katja saß hinterm Steuer, den Rucksack hatte sie auf den Rücksitz geworfen.

»Mama wusste nicht mal das Computerpasswort. Ich hab echt Sorge, dass bei meiner Rückkehr totales Chaos herrscht.«

»Meine Güte, Antje! Meinst du nicht, du machst dir ein wenig zu viel Gedanken über die Wohnungen? Es gibt auch noch andere Dinge im Leben. Deine Reise zum Beispiel. Und wir haben ein Telefon. Die Welt wird also nicht untergehen.

Im Zweifel rufen wir dich an oder ich schick dir eine schnelle Nachricht. Das ist doch kein Thema.«

»Ja. Klar. Für dich waren die Reisen immer wichtiger als die Arbeit zu Hause. Und ich musste für alles gradestehen.« Antje verschränkte ihre Arme vor der Brust.

»Was soll das denn jetzt wieder heißen?« Katja schaute zu ihr rüber, dann wieder auf die Straße und bremste abrupt. Fast hätte die Stoßstange einen Radfahrer geküsst. Antjes Hand schnellte zum Haltegriff an der Seitentür. Katja jedoch wirkte ungerührt und gab wieder Gas.

Sie sprach weiter. »Nur weil du dich entschieden hast, dein Leben auf Norderney zu verbringen, musst du mir das nicht vorhalten. Du hast schließlich das gleiche Recht gehabt, fortzugehen, wie ich.«

Antje kochte. Sie überlegte eine Erwiderung. Ihr wäre viel eingefallen, das sie ihrer Schwester gern an den Kopf geknallt hätte. Sehr viel. Aber es waren noch fünf Minuten bis zur Fähre und wenn sie jetzt einen Streit anfing, würde der ihr bis Bayern im Magen liegen. Katja würde sich ohnehin nie ändern, außerdem war sie sehr schwer aus der Ruhe zu bringen, was Antje nur noch mehr auf die Palme brachte und schließlich bei Auseinandersetzungen zur totalen Eskalation führen konnte.

Wofür auch? Nach Antjes Rückkehr würde die Schwester sowieso weiterziehen und alle Verantwortung zurücklassen – wie immer. So gesehen wäre ein Streit bloß verpuffte Energie gewesen.

Also sparte Antje sich eine passende Erwiderung. Stattdessen atmete sie einmal tief ein und wieder aus. »Lassen wir das«, sagte sie leise. »Danke, dass du mich fährst.«

Sie bogen schon in Richtung Fähranleger ein, vorbei am Tonnenhof, wo die unterschiedlichsten bunten Bojen auf ihren Einsatz warteten.

Katja parkte den Wagen mit dem ihr eigenen Schwung in einer Parklücke. »Na komm, Schwesterherz, ich bring dich noch, hm?«

Die beiden Frauen wechselten einen Blick und Antje sah die Liebe und Zuneigung in Katjas Augen. Sie wusste, ihre Schwester würde nie etwas auf sie kommen lassen. Es war letztlich Antje, die immer wieder mal grollte. Katja war mit sich, ihrer Welt und damit auch ihrer Schwester im Einklang. »Pass auf dich auf, Große, ja?«

»Natürlich.« Als sie sich am Anleger endgültig voneinander verabschiedeten, ballte Antje ihre Hand zur Faust und ihre Schwester klopfte dagegen, wie früher, als sie noch Kinder gewesen waren.

Dann drehte sich Katja um und ging beschwingt in Richtung Auto davon. Es war gut, nichts zu ihr gesagt zu haben. Was brachte es, Unfrieden zu stiften, wenn man gerade dabei war, für eine Woche wegzufahren?

Wie immer ließ der Gedanke an Michael Antje lächeln. Sie schulterte ihren Rucksack und ging auf die *Frisia* zu, die schon angelegt und ihre Passagiere soeben auf die Mole gespuckt hatte.

Erst als sie auf dem Schiff war, drehte sich Antje noch mal um. Im selben Moment blickte auch Katja zurück. Sie winkten einander mit einem Lächeln zu.

Dann begann Antjes Reise und sie spürte nur noch die Vorfreude, Michael endlich wiederzusehen. Das Gewicht auf ihren Schultern nahm sie kaum wahr. Sie war unterwegs. Zwei unendlich lange Wochen waren vorüber. Keine zwölf Stunden mehr und sie würde Michael endlich wiedersehen.

KAPITEL 11

Michael war noch müde. Er hatte in dieser Nacht kaum geschlafen. Heute war endlich der große Tag. Antje würde kommen. Kein Wunder, dass er sich die ganze Nacht mehr oder weniger nur hin und her gewälzt hatte. Erst in den frühen Morgenstunden, als es langsam zu dämmern begann, war er eingeschlafen. Jetzt fühlte er sich ein bisschen wie vom Traktor gestreift. Er nahm den kleinen Espressokocher, schraubte ihn auf, füllte Wasser und Pulver ein und stellte ihn auf eine Herdplatte. In kürzester Zeit verbreitete sich ein herrlicher Duft im Raum. Allein der reichte schon, um für ein Wohlgefühl zu sorgen. Dazu noch eine ordentliche Portion Müsli, dann würde er schon wach werden.

Michael gähnte und streckte sich, nahm eine frisch gespülte Tasse aus der Spülmaschine und goss sich einen vierfachen Espresso ein.

Gut, dass sein Vater heute Morgen den Stalldienst gehabt hatte – so konnte er immerhin etwas gemächlicher in den Tag starten.

»Na, auch schon wach?« Seine Mutter kam in den Raum und schnupperte. »Mmmh, riecht gut, der Kaffee.«

»Magst du einen mittrinken?«

Gertrud schaute auf die Uhr. »Sehr gern. Hast du noch welchen?«

»Ich setz eben noch einen auf.«

»Mach dir keine Umstände.«

Das war ein altes Spiel zwischen Michael und seiner Mutter. Sie wollte nie, dass er wegen ihr irgendeine Extraarbeit hatte, sich um etwas kümmern musste oder sonst Umstände hatte.

»Setz dich hin, Mum!« Michaels Mutter lächelte, als der Sohn *Mum* zu ihr sagte. Er hatte sich das angewöhnt, als er in die Pubertät gekommen war. Inzwischen verwendete er den Kosenamen immer dann, wenn er es besonders gut mit seiner Mutter meinte.

»Möchtest du auch ein Müsli?«, fragte er über die Schulter zurück, während er mit dem Espressokocher hantierte.

»Nein, danke. Der Vater und ich haben schon vor einer Stunde gefrühstückt.« Täuschte Michael sich oder klang die Mutter verschnupft?

»Entschuldige. Ich hab die halbe Nacht nicht geschlafen.«

»Hm.« Der unwillige Laut war die ganze Antwort seiner Mutter.

Schon seit Tagen ging das so. Und langsam ging es ihm über die Hutschnur. Anders als Michael senior, der sich aufrichtig auf den Besuch von Antje zu freuen schien, war die Mutter griesgrämig und wortkarg, sobald es um seine Freundin ging.

»Was soll das eigentlich?«

Seine Mutter, die angefangen hatte, in einer Zeitschrift zu blättern, schaute überrascht auf.

»Was soll was?«

»Wie du mit Antje umgehst. Oder besser gesagt, wie du nicht mit ihr umgehst. Das ist echt ätzend.« Bevor Michael es laut ausgesprochen hatte, war ihm gar nicht klar gewesen, wie viel Wut darüber in ihm steckte.

»Ich hab doch gar nichts gemacht.« Gertrud schaute ihn noch immer ehrlich erstaunt an.

»Eben. Du musstest nichts tun, du hast auch nichts getan und trotzdem schaust du jedes Mal drein, als wäre sie eine Massenmörderin, sobald ich sie erwähne.«

Der Espressokocher zischte laut und der Geruch nach frisch aufgebrühtem Kaffee verstärkte sich.

»Michael, ich bitte dich! Was soll das denn jetzt?« Sie klang hart.

»Was das soll? Das könnte ich wohl eher dich fragen. Immer wenn es um Antje geht, schaust du drein wie drei Tage Regenwetter!«

Gertrud seufzte. Er kannte dieses Seufzen und wusste, da kam noch was. Also entschied er, zu warten und so lang zu schweigen.

Michael nahm eine weitere Tasse, schenkte Espresso ein und legte zwei Stückchen Zucker auf die Untertasse. Er wusste, sie liebte es, den Zucker auf ihrem Löffel langsam in den Kaffee einzutauchen und dabei zuzusehen, wie er sich mit der schwarzen Flüssigkeit vollsog und zerfiel, bevor sie ihn verrührte.

»Danke.« Gertrud nahm die Tasse entgegen. Wie erwartet legte sie eines der beiden Zuckerstückchen auf ihren Löffel.

»Ich habe einfach Angst, dass sie dir wieder wehtut«, sagte sie schließlich. Ihre Stimme hatte jetzt alle Härte verloren.

Michael setzte sich mit seinem eigenen Kaffee der Mutter gegenüber.

»Warum sollte sie das tun?«

»Sie hat dich schon einmal so tief verletzt, dass dein Vater und ich wirklich Angst um dich hatten. Warum sollte sie es *nicht* wieder tun? Glaubst du, Menschen ändern sich? Ich nicht.« Der Zuckerwürfel war zu kleinen braunen Kristallen zerfallen und Gertrud tauchte ihn in ihren doppelten Espresso.

»Aber …« Michael wollte etwas sagen, doch seine Mutter ließ ihn nicht zu Wort kommen.

»Da gibt es gar kein Aber. Wir dachten damals, du kommst nicht mehr auf die Füße, so erschüttert warst du. Und jetzt reist diese Person, die dich über ein halbes Jahr deines Lebens gekostet hat, hier an, als wäre nichts gewesen. Und wir sollen so tun, als sei das die selbstverständlichste Sache der Welt. Meine Güte, ich seh noch, wie du dem Briefträger zu Leibe gerückt bist, nachdem er eine Woche lang keine Post von ihr gebracht hat. Ich seh deine Augen noch, die Enttäuschung. Das Drama hätte ich dir nur zu gern erspart. Und jetzt geht das alles wieder von vorne los.« Der Wortschwall überraschte Michael. Ihm war gar nicht klar gewesen, wie ernst seine Mutter ihn und seinen jugendlichen Kummer genommen hatte. Ja, es war schrecklich gewesen, keine Frage. Aber dass das seiner Mutter so sehr zugesetzt hatte, war ihm nicht klar gewesen. Sie waren eine Bauersfamilie, seine Eltern stammten aus einfachsten Verhältnissen. Emotionen zu zeigen oder zu thematisieren stand nicht gerade auf der Tagesordnung. Darum hatte Michael seinen Kummer auch weitestgehend mit sich selbst ausgemacht. Sein Kumpel Joseph hatte zwar etwas von *blöden Weibern* gesagt, aber – nun ja, der Kommentar war nicht besonders hilfreich für Michael gewesen. Er hatte ihn abgenickt und geschwiegen. Der gute Wille seines Freundes zählte.

»Noch dazu, wo du Susanne hast«, fügte die Mutter noch hinzu.

»Susanne, Susanne!« Michael verdrehte die Augen. Das mit Susanne war ein ewiges Thema seiner Eltern.

Sie war die Tochter von Freunden der Familie. Michael wusste, dass seine Eltern es gern gesehen hätten, wenn er sie als Frau für sich in Erwägung gezogen hätte. Hier in der Gegend waren solche Ehen, wo der Mann seine Frau nach ihren Fähigkeiten oder gar ihrem Erbe aussuchte, durchaus noch an der Tagesordnung. In Susannes Fall war es so, dass sie gelernte Hauswirtschafterin war, ein zupackender, robuster Typ Frau und wie er selbst auf einem Bauernhof großgeworden, den allerdings ihr großer Bruder erben würde. Und ja, Michael musste zugeben, dass er an manch einsamem Abend tatsächlich erwogen hatte, seinem Alleinsein ein Ende zu machen, Susanne als Partnerin zu wählen und – vorausgesetzt, sie mochte ihn auch – eine ruhige Zweckgemeinschaft mit ihr einzugehen. Er wusste, dass sie perfekt dafür gemacht war, einen Hof zu leiten. Sie würde irgendwann eine wundervolle Mutter sein und ihre Kinder mit pragmatischer Liebe zu bodenständigen, guten Menschen großziehen. An Susi war nichts verkehrt, außer dass sie schon als Kinder im Sandkasten miteinander gespielt hatten und er sie zwar mochte, aber nicht liebte. Ihre Nähe ließ keine Schmetterlingsschwärme in seinem Bauch auffliegen und sie war auch nicht die Person, an die er dachte, wenn er morgens die Augen aufschlug. Sie war eine gute Freundin und mehr nicht. Dass Susanne, diese lebenspraktisch denkende Frau ohne romantische Ader, sich durchaus vorstellen konnte, mit Michael zusammen zu sein, hatte sie ihm beim letzten Dorffest nach einer Maß Bier unmissverständlich zu verstehen gegeben, wobei Michael schon länger die Zeichen richtig zu deuten gewusst hatte. Ab und zu brachte sie ein Stück Kuchen vorbei oder selbst eingekochte Marmelade. Dann tranken sie Kaffee miteinander und unterhielten sich.

Jetzt, wo das Fest schon fünf Wochen her war und noch dazu Antje kam, musste er Susanne dringend und in aller Deutlichkeit sagen, dass sie sich keine Hoffnungen machen durfte. Der Gedanke an das Gespräch war alles andere als angenehm. Michael seufzte. Er würde es führen, sobald Antje wieder abgereist war, nahm er sich vor.

»Ja, Susanne«, durchbrach seine Mutter die Gedanken ihres Sohnes. »Sie ist eine gute Frau.«

»Wohl wahr«, stimmte Michael zu.

»Aber? Was ist denn dann dein Problem?« Hatte Gertrud überhaupt schon von ihrem Espresso getrunken oder rührte sie in der schwarzen Flüssigkeit nur herum?

»Mein Problem ist, dass ich mir nicht aussuchen kann, wen ich liebe.« Oh Gott, er hatte es laut gesagt! Sein Herzschlag beschleunigte sich. Er hatte seiner Mutter gestanden, dass er Antje liebte. Dabei hatte er es noch nicht einmal Antje selbst gestanden.

Gertrud sagte nichts mehr. Sie schaute ihrem Sohn nur in die Augen, über den Rand der Tasse, die sie endlich zum Mund gehoben hatte. Mit einem leisen Klirren stellte sie sie zurück auf die Untertasse und stand auf.

Wortlos kam sie um den Tisch herum, ihr Gesichtsausdruck so ernst wie selten, und drückte ihrem Sohn die Schulter, ganz kurz nur, eine flüchtige Geste, die Michael nicht zu deuten vermochte. Dann ging Gertrud mit leisen Schritten aus dem Raum und Michael blieb zurück. Es war ganz still. Nur die Uhr über der Tür tickte leise.

Was sollte das denn jetzt? Michael war ratlos. Er hatte keine Ahnung, wie er das Verhalten seiner Mutter deuten sollte. Und er liebte Antje. Das Bedürfnis, es ihr zu sagen, jetzt sofort, über Handy, es einfach laut hinauszuposaunen, war fast übermächtig. Aber nein, er würde sich das aufheben. Er würde warten, auf den einen, besonderen Moment. Und dann, ja dann, würde er es ihr gestehen.

* * *

Michael saß in seinem Wagen und dachte über die trächtige Stute Sunny nach. Die Geburt stand jetzt unmittelbar bevor, es war eine Frage von Tagen, bis das Fohlen kommen würde. Er war nicht ganz leichten Herzens losgefahren, aber es war ihm wichtig, letzte Vorbereitungen für Antjes Besuch zu treffen. Hoffentlich begannen Sunnys Wehen nicht genau während seiner Abwesenheit. Allen Anzeichen bei der Stute und seiner Rechnung nach dauerte es zwar noch ein, zwei Tage, aber sicher war er natürlich nicht.

Deshalb fuhr er gerade mit gemischten Gefühlen nach Kohlstadt – ganz anders als Fritz, der selbstredend voller Elan in die Hundebox im Kofferraum gesprungen war. Er wusste, was es bedeutete, wenn sein Herr den roten Rucksack packte.

Und trotz seines gespaltenen Gefühls: Auch Michael wollte unbedingt auf den Rötlwandkopf. Das war ein kleiner, abgelegener Gipfel. Nicht allzu viele Wanderer fanden ihren Weg hinauf, obwohl es ein schöner Aussichtsgipfel gleich neben dem Hochfelln war, mit freiem Blick über den ganzen Chiemsee und zugleich hinüber in Richtung Weißgrabenkopf.

Noch zwei Tage, bis Antje endlich kam. Das Warten war ihm unglaublich schwergefallen. Die Zeit hatte sich in die Länge gezogen wie bei einem Marathonlauf.

Lange hatte Michael überlegt, wohin er Antje entführen wollte. Und am Ende hatte der Rötlwandkopf mit seinem schönen Metallkreuz gewonnen. Er war mit seinen knapp tausendvierhundert Metern Gipfelhöhe gut zu begehen, der Aufstieg war von der ersten Minute an herrlich und falls Antje die Wanderlust packen würde, konnten sie noch hinüber auf den Hochfelln gehen, um eine rundum gelungene Tour zu genießen. Allerdings war der Weg auf den Rötlwandkopf so wenig begangen und Michael schon so lange nicht mehr dort gewesen, dass er sich nicht ganz sicher war, ob er a) den Pfad sofort finden würde und b) in welchem Zustand er sich befand. Deshalb hatte er sich spontan entschieden, den Freitagnachmittag dafür zu nutzen, einen schnellen Abstecher auf den gewählten Gipfel zu machen. Das Wetter spielte mit – und sollte auch in den kommenden Tagen sehr schön bleiben.

Er parkte den Wagen und stieg aus, ein Pfeifen auf den Lippen. Die Vorfreude, die Michael trotz aller Ungeduld seit Tagen die Arbeit auf dem Hof umso beschwingter verrichten ließ, trug ihn wie von selbst zum Einstieg und er begann, in gleichmäßigem, zügigem Tempo bergan zu wandern. Das satte Grün der Blätter, das leise Rauschen des Bachs und die imposanten Felsformationen gaben der Szenerie den letzten Schliff. Auch der Weg war sehr gut in Schuss. Michael ging so schnell, dass er schon nach einer guten Stunde am Gipfel stand, ganz alleine mit Fritz. Die Ruhe wurde nur vom Summen einiger Insekten durchbrochen. Ein Segelflugzeug zog weit über ihren Köpfen einen Kreis und flog dann weiter. Michael setzte sich auf einen von der Sonne erwärmten Stein und schloss kurz die Augen. Die Sonnenstrahlen durchfluteten ihn und er war ganz da, ganz im Moment. Das genoss er so an den Bergen. Hier war er er selbst, sonst nichts. Hund hatte sich ganz entspannt neben sein Herrchen gelegt und Michaels Hand lag locker im wuscheligen Fell des Tieres. Was für ein wunderbarer Augenblick!

Ganz automatisch nahm er sein Handy aus der Innentasche seiner dünnen Jacke. Er wollte ein Selfie machen und es Antje schicken. Die letzten zwei Wochen hätte er ohne sein Handy vermutlich nicht überlebt. Einzig der stete Fluss hin und her wechselnder Nachrichten war es, der ihn über die Zeit gerettet hatte. Sprachnachrichten, kleine Grüße, Fotos – all die kleinen, liebevollen Beweise, dass Antje genauso sehr an ihn dachte, wie er an sie. Ein Blick auf sein Display verriet ihm, dass er keinen Empfang hatte. Mit einem leisen Seufzer schob er das Handy zurück an seinen Platz.

Michael atmete erneut tief ein. Von seinem Standpunkt aus sah er den Weg von hier weiter auf den Hochfelln ziemlich genau. Er konnte also umdrehen und einfach wieder runtergehen. Ein weiteres Mal genoss er den Rundumblick. Dann fiel ihm etwas ein. Er stand auf und öffnete das Kästchen am

Kreuz, in dem sich das Gipfelbuch befand. Vorsichtig nahm er es heraus und begann darin zu blättern und diverse Einträge zu studieren. »Schön war's wieder! Sepp und Ruth«, »Genießen Brotzeit und Sonnenuntergang, Uwe und Magdalena«.

War es Zufall oder schrieben besonders gern Pärchen in Gipfelbücher? Michael musste schmunzeln. Sicher war es nur sein gefärbter Blick, der da sprach. Dann nahm er den Kugelschreiber in die Hand und schrieb seine Zeilen.

* * *

Antje war in München umgestiegen. Ihre Schwester hatte ihr seit der Abfahrt acht Nachrichten mit Fragen geschickt, die alle das ganz normale Tagesgeschäft mit den Ferienwohnungen betrafen. Nicht einmal den Belegungskalender, der auf dem Desktop des Computers mittig angelegt war, hatte sie entdeckt. Antje fürchtete schon, dass für den kommenden Sommer doppelt so viele Gäste gleichzeitig Wohnungen gebucht haben würden, wie sie unterbringen konnten, und überhaupt alles im totalen Chaos versank. Hoffentlich trug Katja die Belegungszeiten richtig ein, hoffentlich bedachte sie die Stammgäste und hoffentlich dachte sie daran, die Anzahlungen der Gäste zu kassieren. Wenn man das vergaß, tauchten manche zum gebuchten Termin gar nicht erst auf.

Antje hatte sich am Münchener Hauptbahnhof eine Zeitschrift gekauft und blätterte darin herum, ohne auch nur eine einzige Zeile zu lesen. Sie konnte sich einfach nicht konzentrieren. Abwechselnd blickte sie in das Heft und aus dem Fenster, dann kramte sie wieder ihr Handy aus der Seitentasche ihres Rucksacks.

Sie befürchtete weitere Nachrichten von Katja und gleichzeitig wünschte sie sich eine Nachricht von Michael. Der hatte sich seit … Antje schaute auf die Uhr … dreieinhalb Stunden nicht gemeldet. Das war höchst ungewöhnlich für ihn, der sonst ständig kleine Grußbotschaften an sie schickte oder seinen Alltag mit ihr teilte, indem er ihr Fotos von den Tieren oder seinem Mittagessen anhängte. Heute kam – nichts. Ob er die Entscheidung, sie zu sich eingeladen zu haben, bereute?

Antjes Handy vibrierte genau in dem Moment, wo sie es wieder wegpacken wollte. Sie schaute erneut auf das Display. Nina! Ein Lächeln huschte über Antjes Gesicht. »Viel Spaß in Bayern, meine Liebe. Genieß jeden Augenblick! Deine Beste.«

Wie lieb von der Freundin, ihr noch einen guten Gedanken zu senden.

»Darf ich?« Antje schaute auf. Eine alte Dame deutete auf den freien Sitzplatz Antje gegenüber, den sie mit ihrem Rucksack blockiert hatte.

»Natürlich.« Sie wuchtete das schwere Gepäckstück neben sich.

»Vielen Dank.« Die alte Dame strahlte und setzte sich. Sie wirkte wacklig. Ihre Hände zitterten ein wenig.

Wieder schaute Antje aus dem Fenster. Berge! Da hinten waren Berge! Sie schnappte nach Luft, schaute auf ihre Armbanduhr und wieder nach draußen. Natürlich waren da Berge, schalt sie sich. In zwanzig Minuten würde der Zug in den Bahnhof von Rosenheim einfahren, wo Michael sie abholen wollte. Jedenfalls hatte er das gesagt. Nervös fingerte sie das Handy wieder aus der Seitentasche ihres Rucksacks. Nichts. Frustriert klopfte sie mit dem Daumen auf das Display. Dann warf sie das Gerät auf den kleinen Tisch vor sich.

»Es nervt manchmal, oder?«

Überrascht schaute Antje zu der alten Dame hinüber.

»Na, wenn man erreicht werden kann und es möchte und es dann aber nicht passiert.« Die Frau kicherte wie ein junges Mädchen. »Was für ein Satz!«

Antje musste einfach mitlachen. Die Dame berührte etwas in ihr. Vielleicht, weil sie so warm wirkte, so zugewandt. »Wissen Sie, ich bin zum ersten Mal so weit weg von zu Hause«, erklärte Antje.

»Und da haben Sie Heimweh?«

»Oh nein.« Antjes Antwort kam wie aus der Pistole geschossen. Sie spürte die Verantwortung für die Vermietung auf Norderney, ja. Aber da war gerade auch viel Abenteuerlust, begleitet von der Angst, nicht abgeholt zu werden.

»Aber?« Was für eine hartnäckige Person. Aber sie wirkte nicht auf unangenehme Weise neugierig, eher ehrlich interessiert an einem Gespräch mit ihr.

»Ich fahre zu meinem Freund, wissen Sie. Und wir kennen uns noch nicht so gut«, gestand Antje.

»Mag er Sie wirklich?« Die Dame stellte ihre Fragen ganz nackt und unverpackt.

Antje wurde rot. Sie konnte nicht antworten. Eine ausführliche Antwort wäre viel zu kompliziert gewesen und sie war sich nicht einmal sicher, ob sie die Frage beantworten konnte. Sie nickte der Einfachheit halber – es war ja nicht so, dass gerade entscheidend war, was sie sagte.

»Das ist ja wunderbar«, rief die alte Frau aus, beugte sich ein wenig vor und tätschelte Antjes Knie. Mit so einer frenetischen Reaktion hatte diese nicht gerechnet. »Sie müssen jeden Moment genießen, diese Zeit kommt nie mehr wieder!«

Antje verschwieg, dass sie gerade in diesem Moment eher Angst hatte, gar nicht erst am Bahnhof aufgegabelt zu werden. Sie hatte zuletzt am späten Vormittag eine eher banale Nachricht von Michael bekommen, ein Foto seines Lieblingspferds. Auf ihre Antwort, dass sie sich schon so auf ihn und den Hof freue, war nichts mehr zurückgekommen, obwohl er ihre Botschaft bekommen hatte. Nichts! Langsam türmte sich ihr Unbehagen zu einer waschechten Angst auf. Er hatte sie schon mal enttäuscht, oder? Was, wenn er einfach nur genau das war: eine Enttäuschung? Jemand, der immer das haben wollte, was er nicht haben konnte, und wenn er es bekam, den Rückzug antrat?

»Genießen Sie es, versprechen Sie es mir?« Die Frau lächelte Antje an, ihre weit geöffneten Augen wurden von dicken Brillengläsern noch betont.

Antje nickte. »Natürlich.«

»Sehr gut.« Die alte Dame lehnte sich zurück und ein zufriedener Ausdruck lag auf ihrem Gesicht.

Antje schaute erneut auf ihr Display. Nichts.

Dann wandte sie sich wieder der Seniorin zu. »Darf ich Sie fragen, warum Ihnen das so wichtig ist?«

»Aber natürlich.« Die Frau begann, in ihrer Handtasche herumzukramen. Dann brachte sie ein besticktes Stofftaschentuch zutage. Das Lächeln war wie aus ihrem Gesicht gewischt. Stattdessen nahm sie die dicke Brille ab und legte sie sacht neben Antjes Handy.

»Wir haben uns ganz unspektakulär kennengelernt. Auf einer Bahnfahrt nach Hamburg. Aber – nun, Sie sehen ja, ich fahre noch immer gern Zug.«

Der Blick der Frau schweifte in die Ferne. »Wir redeten ununterbrochen, den ganzen Weg. Er wollte auch nach Hamburg, mit dem Rucksack. Ein Abenteurer, das war er. Er wollte einfach mal los – können Sie sich das vorstellen?«

Antje nickte. Ja. Sie hatte schließlich eine Katja zur Schwester.

»Und als wir ankamen, sagte ich meine Verabredung, wegen der ich die lange Reise auf mich genommen hatte, ab. Eigentlich wollte ich dort jemanden treffen, wissen Sie?« Die alte Frau zwinkerte Antje zu, als ob sie etwas sehr Unanständiges sagte. »Nun, ich habe die Entscheidung nie bereut. Herrmann war der Mann meines Lebens, wenn auch nur für kurze Zeit.«

Sie fuhr sich mit dem Taschentuch über die Augen, eine routinierte, schon oft ausgeführte Geste.

»Aber dann hatten Sie ein glückliches Leben, oder?«

Die alte Dame seufzte auf Antjes Frage hin. »Nun ja. Mit Herrmann schon.«

»Also haben Sie Ihren eigenen Ratschlag befolgt.«

»Irgendwie schon, ja. Ich … wissen Sie, als ich Herrmann vor vier Jahren kennenlernte, hatte ich schon viel Leben hinter mir.«

Antje schaute die alte Dame fassungslos an. Sollte das heißen, dass …?

»Oh, ich war kein Kind von Traurigkeit, nein. Aber ich habe nicht wirklich geliebt, bevor ich Herrmann traf, wissen Sie. Und dann sitzt da dieser alte Knacker mit dem Rucksack.« Die Seniorin kicherte. »Ich wusste es sofort. Er oder keiner. Man spürt das, nicht wahr? Ja, man spürt das.«

Antje dachte an Michael. Man spürte das. Ja, sie für sich selbst spürte sehr genau, was sie wollte. Ihre Augen schielten auf das Handy, dessen schwarzes Display sie zu verhöhnen schien.

»Sie haben Herrmann gerade erst kennengelernt?«

»Ja. Das heißt, ich kannte ihn bis letztes Jahr.« Wieder das Wischen.

»Was ist passiert?« Das Schicksal der alten Frau berührte Antje.

»Er ist gestorben. Schlaganfall. In meinen Armen, verstehen Sie?« Die Seniorin schniefte leise, fast unhörbar. »Und mein einziger Trost ist, dass ich jeden Moment mit ihm genossen habe. Also sage ich Ihnen: Tun Sie genau das. Genießen Sie! Leben Sie den Moment.« Mit einer theatralischen Handbewegung riss die Frau ihre Arme nach oben, in der einen Hand das Taschentuch wie eine Fahne.

Ein Strahlen überzog ihr Gesicht und ließ ihre Augen aufblitzen. »Denn eines kann mir keiner nehmen: Ich war glücklich, ich war so glücklich wie keine andere Frau.«

Sie lachte zwischen Tränen und Freude über das, was ihr mit ihrem Herrmann passiert war.

»Also genießen Sie es. Ja? Genießen Sie jeden Moment Ihrer Reise.«

Antje nickte. Sie verstand, was die Frau ihr sagen wollte. Es war immer der Augenblick, der am Ende zählte.

»Legen Sie sich ein Erinnerungsschatzkästchen an, meine Liebe.« Der Zug wurde langsamer, die alte Dame setzte ihre dicke Hornbrille wieder auf und erhob sich schwerfällig.

»Soll ich Sie zur Tür bringen?« Auch Antje war aufgestanden.

»Würden Sie? Ach, danke, liebes Kind.« Antje hakte die alte Frau unter und ging langsam mit ihr zur Tür.

»War schön, mit Ihnen zu reden«, sagte Antje zum Abschied.

»Oh, gleichfalls.« Die alte Dame schob ihr Taschentuch, das sie noch immer in der Hand gehalten hatte, in den Ärmel ihrer Bluse. Der Zug hielt und die Frau stieg vorsichtig die Stufe hinunter auf den Bahnsteig. »Und vergessen Sie nicht, es zu genießen!«

Antje nickte. Fürs Erste hätte es ihr schon gereicht, eine Nachricht von Michael auf dem Handy vorzufinden. Aber als sie an ihren Platz kam und ihr Telefon überprüfte, war da weiterhin – nichts. Rosenheim war schon die nächste Station. Und da, wo Freude gewesen war, herrschte nur mehr Panik.

* * *

Der Nachmittag war turbulent gewesen. Michael hatte sogar gekocht – vegetarische Bolognese. Das war eines seiner Standardgerichte, die er aus dem Effeff beherrschte. Er war sich nämlich alles andere als sicher, ob er angesichts seiner Aufregung ein komplizierteres Gericht zustande gebracht hätte. Sein Blick wanderte immer wieder zur Uhr. Noch fünf Stunden, bald wäre Antje da. Er musste ihr unbedingt noch eine Nachricht schreiben, nahm er sich vor. Gleich, wenn er mit den letzten Vorbereitungen fertig war. Es war nur noch sein Bett frisch zu beziehen.

Außerdem hatte er sogar die Fenster in seinen beiden Zimmern geputzt. Er bewohnte ein Wohn- und ein Schlafzimmer mit angegliedertem Bad für sich alleine, schon seit Jahren. Seine Eltern waren nette Leute, aber Michael genoss es auch, sich am Abend zurückzuziehen und für sich zu sein. Seine Räumlichkeiten führten hinaus auf den mit zahlreichen Ornamenten verzierten Holzbalkon, von dem aus man einen grandiosen Blick auf die Kampenwand hatte. Der Felsriegel und die Kette hinüber bis zur Sonnwendwand gehörten zu den schönsten Anblicken in der ganzen Gegend. Und Michael war sicher, dass auch Antje das zu schätzen wissen würde. Also standen die Terrassenmöbel in perfektem Winkel und eine Rotweinflasche war ebenfalls bereits entkorkt, um am Abend mit dem perfekten Aroma aufwarten zu können. Ja, Michael hatte wirklich an alles gedacht. Jetzt musste Antje nur noch kommen. Sie würden gleich heute auf dem Balkon miteinander essen, den Abend bei Kerzenschein ausklingen lassen und dann, ja, dann … Wer weiß? Vielleicht würden noch ganz andere Dinge passieren. Allein der Gedanke – die Möglichkeit – ließ Michaels Herz höher schlagen. Ihm wurde schlagartig heiß.

Auf dem Balkon stehend genoss Michael das Panorama und nahm sich vor, mal wieder den kleinen Geheimweg von Hohenaschau aus über Bach und dann hinauf auf die Sonnwendwand zu erkunden. Besonders oben, der kleine Felsdurchschlupf, war immer wieder ein echtes Highlight. Michaels Gedanken wanderten zu den Bergen, Tourenoptionen und Kletterrouten, verloren sich in seiner Leidenschaft für die Berge.

»Michi! Wo bist du?« Die laute Stimme seines Vaters riss Michael aus seinen Gedanken. Als er den Blick von den Gipfeln abwandte, sah er seinen Vater im Eiltempo über den Hof rennen.

»Hier oben! Was ist los?« Michael beugte sich über das Geländer, roch den intensiven Duft der Geranien, die die Mutter jeden Frühling pflanzte und die den ganzen Hof mit ihrem Blütenduft erfüllten. Seine Haare fielen ihm in die Augen.

»Das Pferd fohlt. Es geht los.«

Sunny! Ausgerechnet jetzt! Er schaute auf die Uhr. Zwei Stunden. Das war zu schaffen!

Ohne weiter nachzudenken, rannte er aus dem Zimmer und sprang die Treppe hinunter, gefolgt von Fritz, der die Welt nicht mehr verstand. Die ganze Zeit hatte der Hund friedlich auf dem Bettvorleger geruht und sein Nachmittagsschläfchen gemacht. Jetzt schien er zu spüren, dass etwas Wichtiges passierte.

Michael hatte seit Tagen auf diesen Moment gewartet. Hoffentlich ging alles gut mit Sunny und dem Fohlen!

Er wusch sich gründlich die Hände am Waschbecken im Stall und zog saubere Handschuhe an. »Fritz, du musst hier bleiben.«

Der Hund jaulte leise auf. Aber als Michael das Kommando wiederholte, blieb er tatsächlich zurück und legte sich ins Heu. Es war ein heißer Tag und grundsätzlich neigte Fritz da zur Bequemlichkeit.

Michael lief wieder hinaus. Die Pferde waren auf der Weide, wie fast immer an sonnigen Sommertagen. Und es war an der Zeit, Sunny von den anderen Tieren zu trennen, damit sie in Ruhe gebären konnte. Michaels Gedanken waren jetzt voll auf die Stute fokussiert. Er wusste genau, was zu tun war, kannte sich gut genug aus. Dies war nicht die erste Geburt, die er begleiten würde. Trotzdem war es immer wieder spannend, wenn ein Pferd fohlte und ein neues Leben begann.

Er fiel in lockeren Trab. Schon von Weitem sah er Sunny, die unruhig im Kreis lief. Ja, das sah doch schon ganz gut aus.

Als Erstes würde er sie separieren. Heute war ein so warmer Tag, da war es ein Leichtes, sie draußen gebären zu lassen – und hygienisch war es auch.

»Sunny, meine Gute!« Sie reagierte kaum, ein Schmerzenslaut kam aus ihrer Kehle. Michael sprang über das Gatter und ging langsam auf die Stute zu. Jetzt begrüßte sie ihn verhalten. Er führte sie, ohne zu großen Druck auszuüben, hinüber auf die andere Weide, wo sich gerade kein anderes Tier aufhielt.

»Hier hast du deine Ruhe.« Es hatte sich bewährt, dass die Pferde die vertrauten Tiere ihrer Herde sehen konnten, aber dennoch genug Abstand gewahrt blieb. Denn erfahrungsgemäß konnten die anderen Tiere ihre Neugier kaum bändigen und wurden manchmal sogar richtig zudringlich, wenn man sie nicht zurückhielt.

Michael war jetzt voll auf Sunny konzentriert. Er ging ein paar Meter von ihr weg und setzte sich einfach in die Wiese, um das Tier zu beobachten. Im besten Fall würde es der Stute gelingen, die Geburt jetzt alleine zu bewältigen. Aber natürlich musste man dabeibleiben und das Geschehen genau beobachten.

* * *

Es dauerte lang – und der Zeitpunkt war ebenfalls ungewöhnlich. Normalerweise kamen Fohlen in der Nacht zur Welt, das war in neunzig Prozent der Fälle so. Dass es bei Sunny anders verlief, war schon für sich ein wenig beunruhigend. Als Michael auf die Uhr schaute, war bereits eine Stunde vergangen und die Austreibungsphase hatte noch nicht begonnen.

Michael war ein wenig mulmig zumute. Er fürchtete, dass etwas nicht stimmte, dachte in alle Richtungen, wog ab, ob es Zeit war, den Tierarzt zu rufen.

Eineinhalb Stunden. Sunny lief nach wie vor im Kreis, sichtlich angestrengt. Michael stand mit einer leisen Bewegung auf und hob ihren Schweif. Endlich war ein kleines bisschen der weißen Fruchtblase sichtbar.

Erleichtert ließ er sich wieder ins Gras fallen. Auch Sunny legte sich in die Wiese. Jetzt begann die Austreibungsphase. Michael würde nur eingreifen, wenn es überhaupt nicht anders ging, ansonsten war es seiner Erfahrung nach am besten, die Tiere in Ruhe zu lassen. Die Stute wusste instinktiv, wie sie sich verhalten musste.

Man sah, wie der Bauch des Pferdes sich unter den Presswehen verhärtete. Michael konnte Sunnys Schmerz förmlich spüren. Doch auf einmal wurden Beine und Kopf sichtbar, noch umgeben vom Fruchtsack. Vor lauter Mitfiebern spürte Michael gar nicht, wie sehr er schwitzte. Dunkle Schweißflecken breiteten sich auf seinem Hemd nicht nur im Achselbereich, sondern auch am Rücken aus.

»Und?« Michael hatte gar nicht gemerkt, dass sein Vater von hinten an ihn herangetreten war. »Du siehst aus, als würdest du das Fohlen gebären.«

»Sehr witzig. Sunny tut sich nicht leicht, scheint mir.« Michael deutete auf das Pferd und das zur Hälfte geborene Fohlen.

»Hm. Ja. Aber sie schafft es bestimmt. Brauchen wir den Doc?« Der Tierarzt war wegen der Kühe und Pferde ein oft gesehener Gast auf dem Hof.

»Noch nicht. Ich glaube auch, dass sie es schafft. Ich meine, jetzt sieht es ganz gut aus. Ist halt alles ein wenig ungewöhnlich, aber das muss ja nicht unbedingt schlecht sein.« Michael kannte Sunny. Er hätte erkannt, wenn die Stute nicht mehr allein weiterkam. Aber bis jetzt war alles noch im tolerierbaren Bereich.

»Gut.« Der Vater verschränkte die Arme vor der Brust und blieb neben seinem Sohn stehen. Dann fiel ihm doch noch etwas ein.

»Michi? Wolltest du nicht deine Freundin abholen?«, fragte er schließlich, in seinem ihm eigenen, ruhigen Ton.

»Scheiße, verdammte Scheiße!« Michael sprang rasch auf, mit einer so impulsiven Bewegung, dass auch Sunny Anstalten machte, aufzustehen. Wenn Pferde etwas nicht brauchen konnten, dann einen herumbrüllenden Menschen während der Geburt ihrer Fohlen. »Schsch … Ruhig, Sunny, ruhig«, Michael bemühte sich, seine Stimme zu dämpfen, Ruhe vorzuspielen, wo alles in Aufregung war.

Sein Blick wanderte vom Pferd zu seiner Uhr und zurück. Was tun? Er konnte Sunny jetzt unmöglich alleine lassen. Sein Vater hatte kaum Ahnung von Pferden.

Langsam legte Sunny sich wieder auf die Seite, eine neue Wehe überrollte das Tier, ließ es aufstöhnen. Wieder bewegten sich die Vorderbeine des Fohlens ein kleines Stück in die richtige Richtung.

Sein Vater sah den Zwiespalt des Sohnes offenbar. »Soll ich fahren?«

»Würdest du?« Das war eine gute Idee, nicht ideal, aber gut. Michael tastete nach seinem Handy, aber es war nicht zu finden. Mist, das hatte er ja oben im Zimmer liegen gelassen. Er schaute zu Sunny, die schon ziemlich erschöpft wirkte. Er wollte die Stute jetzt nicht allein lassen. »Sagst du Antje, dass ich hier am Hof einen Notfall habe und deshalb nicht selbst gekommen bin?«

»Freilich.« Der Vater klopfte seinem Sohn sanft auf den Rücken. »Mach dir keine Gedanken, ich find sie schon und bring sie dir her.« Er lächelte.

Michael nickte. Seine Gedanken waren wieder voll bei Sunny. Tierarzt ja oder nein? Das war jetzt die Frage!

* * *

Antjes Herz schlug bis zum Hals, als der Zug langsam in den Bahnhof Rosenheim einfuhr. Angestrengt schaute sie nach draußen, ob sie Michael irgendwo entdeckte, aber vergebens.

Sicher stand er nur ein Stück weiter hinten. Antje warf einen letzten Blick auf ihr Handy. Nichts. Niemand hatte sich bei ihr gemeldet.

Sie schluckte schwer, versuchte, ihrer Freude wieder die Oberhand zu geben, aber da war nichts zu wollen – alles, was sie spürte, war die Angst, versetzt zu werden. Dabei war es doch idiotisch, zu glauben, er käme nicht. Schließlich hatten sie einander wochenlang Nachrichten geschickt, telefoniert, sich gegenseitig versichert, wie sehr sie sich aufeinander freuten. Da konnte es doch jetzt nicht sein, dass er sie versetzte!

Endlich stand der Zug still und die Türen öffneten sich. Mit weichen Knien stieg Antje aus, den schweren Rucksack auf ihrem Rücken.

Der Bahnsteig war so voller Menschen, dass man unmöglich jemanden ausmachen konnte. Trotzdem stellte Antje sich auf die Zehenspitzen und versuchte ihr Bestes, aber auch hier vergebens. Kein Michael weit und breit. Mit einem Seufzer setzte sie sich am Bahnsteig auf eine Bank und zog ihr Handy erneut hervor. Sollte sie Michael einfach anrufen?

Ihr blieb kaum etwas anderes übrig, oder? Sie drückte auf dem Display herum und hielt sich ihr Telefon ans Ohr. Mailbox. Wunderbar.

Langsam wandelten sich Angst und Enttäuschung in Wut. Wie konnte er nur? Wenigstens erreichbar hätte er sein können an ihrem Anreisetag! Sie stieg auf die Bank, auf der sie eben noch gesessen hatte, um einen besseren Überblick zu bekommen – kein Michael.

Die Menge hatte sich gelichtet, der Zug fuhr wieder los. Es wurde schlagartig ruhiger. Ein Mann kam den Bahnsteig entlanggerannt und winkte wie verrückt. Antje stand auf, dann sah sie mit einem Blick, dass es sich weder der Statur noch dem Gesicht nach, das halb von einer Schildmütze verborgen war, um Michael handeln konnte. Eine Frau, die mit einer riesigen

Reisetasche ein kleines Stück von Antje entfernt stand, ließ ihr Gepäck achtlos stehen, rannte los und warf sich in die weit ausgebreiteten Arme des Mannes, der auf sie zu gespurtet war. Als ein inniger Kuss das Wiedersehen der beiden besiegelte, schaute Antje in die andere Richtung. So viel zur Schau gestelltes Glück hielt sie gerade nicht aus. Frustriert schulterte sie ihren Rucksack. Möglicherweise stand Michael ja mit dem Auto vor dem Bahnhof. Oder er hatte keinen Parkplatz gefunden. Antje wusste es nicht, aber ihr Frust hätte nicht größer sein können. Dann hätte er eben eher losfahren müssen, verdammt noch mal. Sie war versucht, durch den Hinterausgang zu verschwinden oder sich sofort ein Rückfahrticket zu kaufen – für heute. Aber ein Fünkchen Vernunft in ihr hielt sie davon ab. Ganz war ihre Hoffnung noch nicht erloschen. Sie ging die Treppe in die Unterführung hinunter, langsam, gedrückt nicht nur von ihrem schweren Gepäck.

Dann wandte sie sich in Richtung Bahnhofshalle. Sie hatte Hunger, war müde wie ein Stein und spürte, dass sie vor Erschöpfung und Enttäuschung gleich losheulen würde. Was für eine Ankunft! Von wegen »Moment genießen«. Sie schnaubte.

»Antje?« Eine tiefe, leicht raue Stimme ließ sie herumfahren.

Michael! Antje fuhr herum. Im selben Moment, als sie den Mann sah, wusste sie, dass die Stimme zwar sehr ähnlich, aber doch nicht gleich geklungen hatte. Ein älterer Mann, Schnauzbart, Blaumann, mit einem schäbigen Hut auf, kam in ihre Richtung.

»Herr Huber!« Antje spürte die Erleichterung körperlich. Der Rucksack schien plötzlich nur noch die Hälfte zu wiegen. Doch sogleich drängte sich ihr die Frage auf, wo Michael steckte.

Antje streckte ihre Hand aus und Herr Huber drückte sie fest.

»Grüß dich!« Sein Händedruck presste Antjes Hand zusammen wie ein Schraubstock.

»Wo ist denn Michael?«

»Der ist auf dem Hof aufgehalten worden. Da hat er mich geschickt.«

Antje nickte. Was für eine Enttäuschung, dass sie Michael nicht wert gewesen war, sie persönlich abzuholen. Was konnte schon so wichtig sein, dass er nicht kam? Schnell schluckte sie das saure Gefühl hinunter. Vielleicht gab es ja wirklich einen guten Grund für sein Fernbleiben. Trotzdem, ein kleiner Stachel blieb zurück.

»Gehen wir? Ich parke drüben auf der anderen Seite.« Herr Huber deutete über seine Schulter, dann drehte er sich um, ohne ihre Antwort abzuwarten. Antje trottete hinter dem Mann her und versuchte, mit ihm Schritt zu halten. Der alte Bauer hatte einen strammen Schritt drauf. Antje brach der Schweiß aus, als sie die Treppenstufen der Unterführung wieder hinaufstiegen.

Oben angelangt, schnappte sie nach Luft, folgte aber weiter Michaels Vater, der ungerührt vorauslief. Schließlich hielt er bei einem alten Lada an, der eindeutig schon bessere Zeiten gesehen hatte. Nicht, dass Antje das gestört hätte, im Gegenteil. Der Lada gefiel ihr. Michael hatte ihr vom Wald der Familie erzählt, davon, wie er mit ebendiesem Lada dort herumfuhr und dass er es genoss, Zeit mit Holzarbeit und in der Natur zu verbringen. Daran musste sie denken, als sie das Auto sah.

»Schmeiß deinen Rucksack hinten rein. Fest ziehen! Sonst geht der Kofferraum nicht auf. Noch mal, mit Schwung!« Michaels Vater grinste zu ihr herüber und setzte sich ungerührt ins Auto. Ruckzuck hatte er auch schon seine Tür zugeworfen, während sie sich noch am Kofferraum abmühte. Keine Frage, Michaels Vater hielt im besten Fall viel von Emanzipation, aber nicht allzu viel von Manieren. Endlich brachte sie die Klappe auf und legte ihren Rucksack zu dem Werkzeugkoffer und der schmutzigen Jacke, die sich dort bereits befanden. Mit einem metallenen, lauten Schlag fiel die Klappe ins Schloss.

Dann setzte Antje sich auf den Beifahrersitz. Noch bevor sie angegurtet war, fuhr Michaels Vater los. Der hatte es ja ganz schön eilig!

»Danke, dass Sie mich abholen.«

»Oh, das ist ganz selbstverständlich.« Herr Huber hielt seinen Blick fest auf die Straße gerichtet. »Gute Reise gehabt?«

»Ja, danke, lief reibungslos.« Antje war selbst überrascht gewesen. Jedes Umsteigen hatte ohne Probleme geklappt, kein Zug war verspätet gewesen und ihr waren überwiegend nette Leute begegnet. Besonders die alte Dame, die Momente-Sammlerin, würde Antje für immer in Erinnerung bleiben. Wie traurig ihr Schicksal doch war und wie schön gleichzeitig – denn immerhin hatte sie geliebt und das war schließlich viel wert.

Antje schaute aus dem Fenster. Sie hatten die Kleinstadt hinter sich gelassen und fuhren jetzt in Richtung Süden. Der Motor brummte und Michaels Vater hatte ein Lächeln aufgesetzt – aber der kommunikativste Typ war er wohl nicht. Langsam, aber sicher bäumte sich die Stille im Wagen immer mehr auf, bis Antje das Schweigen nicht mehr aushielt.

»Sind hier alle Kühe braun und weiß?«

Ein kurzer Seitenblick von Michaels Vater streifte sie. Seinen Gesichtsausdruck vermochte sie nicht zu deuten. Aber in dem Moment, wo sie ihre Frage laut stellte, kam sie sich selbst selten bescheuert vor.

»Unsere Kühe sind braun und weiß.« Seine Aussage war völlig emotionslos. Eine reine Information. Dann lächelte er wieder. »Kennst dich halt nicht so aus mit der Landwirtschaft, gell?«

Antje verstand seine versöhnlichen Worte als Gesprächsaufforderung. »Nein. Wenn ich ehrlich bin, nicht so gut. Ich arbeite ja im Tourismusbereich.«

»Ja. Und auf der Insel hat es keine Kühe.« Aus dem Mund von Michaels Vater klang es wie Kritik.

»Stimmt. Außer Kaninchen und Pferden gibt es bei uns wenig Tiere.« Antje lachte. »Dafür haben wir den Wind.«

»Allerdings. So, gleich sind wir da«, informierte Herr Huber sie.

Sie durchfuhren gerade ein dichtes Waldstück. Weiter vorne brach Sonnenlicht zwischen den Bäumen hindurch und Antje konnte den Ausblick kaum fassen, als sich schließlich die von Gebirge umgebene Landschaft vor ihnen ausbreitete. Sie bestaunte die Berge mit ihren Felsformationen, bewaldeten Gebieten und daraus hervor ragenden kleineren Gesteinsnasen. Eine Gondelbahn stach ihr besonders ins Auge. »Ist das die Hochriesbahn?« Antje hatte sich ein wenig eingelesen.

»Kampenwand.« Da war er wieder, der kritische Unterton. »Aber macht nichts, Madel. Mit Bergen bist du ja auch nicht so vertraut, nicht wahr?« Sofort nahm Michaels Vater seiner Aussage in mildem Ton die Schärfe. Er war ein netter Kerl, ein wenig grobschlächtig vielleicht, aber sicher mit einem guten Kern.

»Dann ist das der Hauptgipfel mit dem riesigen Kreuz?«

»Ja, das Kreuz ist allerdings eindrucksvoll«, betätigte Herr Huber. »Es steht auf dem Ostgipfel und ist zwölf Meter hoch. Damit ist es hier in den Chiemgauer Alpen das höchste Kreuz überhaupt.«

Er setzte den Blinker, bremste und bog ab. »So, da sind wir.«

Michael! Oh Gott, gleich würde sie ihn wiedersehen. Alle Berge dieser Welt verloren schlagartig ihre Wirkung, und wenn sie noch so eindrucksvoll aussehen mochten.

Michael. Antje schnappte nach Luft. Sie hielten auf einem wunderschönen alten Bauernhof. Das Hauptgebäude hatte mehrere Balkone, die über und über mit Geranien in leuchtendem Rot geschmückt waren. Allein dieses Haus war ein wahres Schmuckstück. Mitten auf dem Hof saß eine Katze und leckte ihre Pfoten und Antje fühlte sich plötzlich wie in einem kitschigen Heimatfilm. Sie öffnete die Beifahrertür und sprang hinaus. Schlagartig umfing sie die aromatische Landluft.

»Antje!« Zum zweiten Mal an diesem Tag fiel ihr Name und sie fuhr herum.

»Michael!«

Kapitel 12

Sie waren sich in die Arme gefallen, als sei es das Selbstverständlichste der Welt.

Ihre Haare dufteten, ihre Haut fühlte sich so zart an. Vorsichtig küsste er Antje direkt auf den Scheitel. Er stank mit Sicherheit nach Pferd und Schweiß, aber selbst das war gerade egal. Endlich hatte Sunny ihr Fohlen zur Welt gebracht, ein sehr adrettes Pferdemädchen mit weißen Vorderläufen und dunkelbraunem Fell.

Michael war erleichtert, dass alles doch noch gut gegangen war – und jetzt war auch noch Antje da! Der Tag hätte nicht besser sein können.

Sehnsüchtig pressten sie ihre Körper gegeneinander, die Wiedersehensfreude vertrieb alle anderen Gedanken und er spürte, wie glücklich es ihn machte, Antje wieder im Arm zu halten.

Sein Vater zwinkerte Michael zu, dann setzte er sich in den alten Lada und fuhr ihn in den alten Teil des Stalls, der als große Garage diente, in der auch die Traktoren ihren Platz hatten.

»Du bist da! Es tut mir so leid, dass ich dich nicht abholen konnte, aber …« Er wollte es ihr sagen, aber dann überlegte er es sich anders. »Weißt du was, ich zeig dir einfach den Grund dafür, dass ich nicht selber gekommen bin. Okay?«

Antje nickte. Täuschte er sich, oder hatte sie tatsächlich Tränen in den Augen?

»Gut, zeig es mir.« Sie lächelte.

Hand in Hand gingen sie über den Hof. »Schön ist es bei dir.«

»Findest du?« Michael schaute Antje an, die wiederum in Richtung Berge schaute.

»Ja, sehr. Besonders die Kampenwand mit ihrem großen Kreuz.«

»Wow, du hast deine Hausaufgaben aber gemacht!« Michael war beeindruckt. Doch Antje schüttelte lachend den Kopf. »Oh nein, dein Vater hat mir das gesagt. Ich hab gedacht, das wäre die Hochries.«

Michael fiel in ihr Lachen ein. »Na ja, du warst ja noch nie hier. Da kann das schon passieren.«

»Ja, vermutlich.« Trotzdem wurde Antje rot.

Antjes Hand zu halten, ihre Wärme zu spüren, ihr sein Zuhause zu zeigen, seine Tiere – das war etwas ganz Besonderes für Michael und er schwor sich, diese ersten Momente mit ihr auf dem Bauernhof für immer in Gedanken festzuhalten. »Da drüben, die Wiesen bis zum Wald, gehören alle zu unserem Gehöft. Und die Kühe da vorne sind auch unsere.«

Michael begann zu reden, sprach über Viehbestände, die Hasen und Hühner, darüber, dass die Katze namens Lady Diana gerade Junge bekommen hatte.

»Wo ist eigentlich Fritz? Ich hätte gedacht, der überrennt mich, wenn ich hier ankomme, in seiner gewohnt liebestollen Art.« Antje lachte wieder. Allein ihr fröhliches Gesicht zu sehen, jagte Michael einen weiteren freudigen Schauer über den Rücken.

»Der schläft im Stall. Zu dem gehen wir als Nächstes, ja?«

Antje nickte. »Oh gern. Auf deinen Hund habe ich mich ja am meisten gefreut.«

»Frechheit.« Michael stieß Antje leicht mit der Schulter an, sie umschlang mit ihrem freien Arm seinen Hals, zog ihn zu sich hinunter und küsste ihn auf die Wange. Der kleine Kuss fühlte sich so schön und so vertraut an, dass Michaels Herz einen kleinen Hüpfer vollführte.

Sie waren am großen Weidezaun angekommen.

»Sind das deine Pferde?« Antjes Augen wurden groß.

»Ja, bisher vier und seit heute eines mehr. Komm hier rüber!«

Michael führte Antje zu dem abgezäunten Bereich, wo Mutter und Fohlen standen. Sunny hatte ihr Baby mittlerweile ordentlich abgeleckt. Der Kreislauf der Kleinen war offensichtlich gut in Schwung gekommen und die kleine Stute war aufgestanden, um bei der Mutter zu trinken.

»Darf ich vorstellen? Unser Neuzugang. Meine Sunny hat sich ausgerechnet den heutigen Tag ausgesucht, um sie auf die Welt zu bringen.«

»Meine Güte, ist das Kleine niedlich!«

»Ja, sehr. Aber die Geburt war eher schwierig. Sunny hat sie gerade noch selbst bewältigt, ich war kurz davor, den Tierarzt zu rufen. Ich musste ein wenig nachhelfen und habe das Kleine vorsichtig an den Vorderläufen herausgezogen. Eigentlich war das noch nie notwendig, die Stuten wissen eindeutig am besten, was zu tun ist. Aber heute war es die sprichwörtlich schwere Geburt.«

Sunny war bei der Erwähnung ihres Namens an den Zaun gekommen. Jetzt klopfte Michael ihr sanft den Hals und das Pferd lief rasch wieder zurück zu seinem Fohlen.

»Es tut mir so leid.« Michael wandte sich wieder an Antje. »Vor lauter Geburt hatte ich die Zeit total vergessen und ich hätte auch nicht weggekonnt. Die Pferde sind meine Leidenschaft.

Meine Eltern kennen sich einfach zu schlecht mit den Tieren aus, als dass ich ihnen Sunny hätte überlassen können.« Michael hatte das Gefühl, sich verteidigen zu müssen.

Antje schüttelte den Kopf. »Ist doch ganz klar. Dein Vater war ja da.«

»Ab jetzt gehöre ich die ganze Woche nur dir.« Michael lächelte Antje an und zwinkerte ihr zu.

»Das klingt sehr gut! Was hast du denn alles mit mir vor?«

»Oh, lass dich da mal überraschen.«

»Gern.« Antje lehnte ihren Kopf gegen seine Schulter und Michael legte den Arm um sie. Gemeinsam standen sie da und beobachteten das Fohlen und seine Mutter. Es war eine so friedliche, liebevolle Szene. Eine Menschenmutter hätte nicht mehr Hingabe an ihr Kind zeigen können als Sunny in diesem Augenblick. »Sie geht wunderbar mit dem Kleinen um.«

Michael hatte das Gefühl, Antje könne seine Gedanken lesen. Er nickte nur und zog sie noch näher an sich heran.

»Drum esse ich kein Fleisch mehr. Ich konnte das irgendwann einfach nicht mehr mit meinem Gewissen vereinbaren. Die Tiere fühlen wie wir, da bin ich mir sicher. Auch wenn ich mir zum Beispiel Fritz anschaue …«

»Ja. Das stimmt. Um ehrlich zu sein, hab ich mir darüber noch nie so viele Gedanken gemacht.«

Michael hatte auf Norderney schon erwähnt, dass er kein Fleisch aß. Antje hatte dort allerdings nicht nach dem Grund gefragt, sondern die Information stillschweigend zur Kenntnis genommen.

»Du bist auch nicht mit Tieren aufgewachsen«, erwiderte Michael jetzt auf Antjes Worte hin.

»Das stimmt! Vielleicht ist es an der Zeit, ein paar deiner Tiere näher kennenzulernen.«

»Sehr gern.« Michael nahm seinen Arm von Antjes Schulter. »Komm, ich führ dich weiter rum, ja? Und dann zeig ich dir mein kleines Reich und wir sagen Mama Hallo. Keine Ahnung, wo die steckt.«

Michael deutete in Richtung Stallungen. »Zuerst sollst du die Jungen von Lady Diana kennenlernen. Damit gewinne ich das Herz jeder Frau.« Er lachte und Antje fiel in sein Lachen ein. Wie von selbst hatten die beiden die Harmonie wiedergefunden, die schon auf Norderney ihr Zusammensein bestimmt hatte. Erleichtert stellte Michael fest, dass diese Harmonie offensichtlich nicht von Urlaubsstimmung abhing, sondern echt war. Nebeneinander gingen sie hinüber zu den Ställen und Michael genoss aus tiefstem Herzen, dass Antje endlich bei ihm war.

* * *

Fritz warf Antje fast um, als er sie erkannte. Er war so begeistert, dass er jaulte. Michael hatte nur die Stalltür geöffnet und seinen Namen gerufen, schon war er auf Antje zugestürzt, als ob es kein Morgen gäbe. Sein Schwanz wedelte wie wild und er konnte sich kaum beruhigen. Schließlich ließ er sich auf den Rücken fallen und Antje begann, ihn ausgiebig zu kraulen. Die Wiedersehensfreude war auf beiden Seiten unübersehbar.

»Der hat dich noch mehr vermisst als ich! Immerhin hab ich mich nicht auf den Rücken geworfen.« Michael lachte.

Nach einer Weile pfiff er den Hund zurück, der vermutlich die nächsten Jahre so liegen geblieben wäre, vorausgesetzt, Antje hätte ihm immer weiter ihre Aufmerksamkeit geschenkt.

»Komm, wir schauen zu den Katzen. Lady Di und Fritz sind zum Glück befreundet.« Michael nahm den Hund dennoch an seinem Halsband, als sie den Heuschober betraten, wo Lady Di residierte.

Die flaumigen Babys waren so süß, dass Antje am liebsten sofort eines der Kleinen adoptiert hätte. Sie war auf der Stelle verliebt in die niedlichen Katzenjungen, eindeutig. Kleine, rotgetigerte Schönheiten, die jetzt etwa sechs Wochen alt waren und um ihre Mutter herumturnten, während diese in royaler Gelassenheit über ihre Meute wachte.

Der Hund hielt sich tatsächlich zurück, schnüffelte nur in Richtung der Kätzchen und legte sich zu Füßen seines Herrn auf den Boden. Antje war wieder einmal beeindruckt von der guten Erziehung des Tieres.

»Wirklich, sehr süß die Kleinen.« Eines der Katzenjungen war zu Antje getapst und sie hatte es hochgenommen. Jetzt schnurrte das Kätzchen wie verrückt. Was für ein weiches Fell es hatte!

»Magst du noch den Rest vom Hof sehen? Oder schläfst du gleich hier?« Michael grinste sie an.

Vorsichtig setzte Antje die kleine Mieze wieder ins Heu. »Das kommt drauf an, wo du schläfst«, wagte sie einen Vorstoß und Michaels Grinsen verbreitete sich noch. Offenbar war das genau die Antwort, die ihm gefiel.

»Wenn du möchtest, schlafe ich überall mit dir.« Er wurde rot, als er selbst hörte, was er da gesagt hatte. »Also, ich meine, neben dir. Ach Mist, das kann ich jetzt wohl nicht mehr zurücknehmen.«

Er kratzte sich verlegen am Kinn. Antje überwand die geringe Distanz zwischen ihnen beiden. »Und ich dachte schon, du willst nicht mit mir schlafen«, flüsterte sie ihm ins Ohr.

Michael reagierte sofort auf ihre Worte und zog Antje ungestüm an sich. »So, dachtest du das?« Er schaute ihr tief in die Augen und sie spürte, wie ihr Unterleib allein schon auf diesen Blick reagierte, geschweige denn darauf, dass ihre Körper so eng aneinandergepresst waren, dass ihr nicht verborgen bleiben konnte, was Michael wollte.

Als ihre Lippen sich trafen und sie sich endlich, endlich richtig küssten, hätte sie sich am liebsten mit Michael ins Heu geworfen, ohne auch nur eine Sekunde über mögliche

Konsequenzen nachzudenken. Seine Zunge umspielte die ihre, seine Lippen waren nicht zu weich, aber auch nicht zu fest, alles war genau richtig. Ein leises Stöhnen entfuhr Michael und sorgte dafür, dass Antje sich noch enger an ihn schmiegte, ihre Hände unter sein T-Shirt schob, die Haut an seinem Rücken entlangstrich und sich einen Weg nach vorne bahnte, um …

Michael hielt ihre Hände fest. »Nicht hier«, seine Stimme war heiser. »Irgendwo treibt sich mein Vater rum und – na, der muss uns jetzt nicht erwischen, oder? Komm, wir gehen ins Haus.«

Antje konnte nicht sprechen, sie war außer Atem, sie verzehrte sich nach seinem Körper und wollte keinen Moment mehr warten.

»Los, den Rest vom Hof zeig ich dir morgen.« Wieder nahm Michael ihre Hand und zog Antje mit sich, begleitet von Fritz, der sie schattengleich verfolgte.

Lachend rannten sie über den Hof. Ein paar frei laufende Hühner stoben auseinander und gackerten entsetzt. Die Haustür stand offen, Michael zog Antje hinein und – da stand Gertrud Huber, die Hände in die Seiten gestützt, eine frisch gebügelte Schürze um den Leib, die Haare zu einem strengen Knoten frisiert.

»Oh, Mama.« Michael blieb unvermittelt stehen, sodass Antje beinah in ihn hineinlief.

»Oh, Michi. Meinst du nicht, ihr solltet erst mal Grüß Gott sagen?«

»Guten Tag, Frau Huber.«

Die beiden Frauen hatten gleichzeitig gesprochen. Antje trat hinter Michael hervor und streckte der Älteren ihre Rechte hin, die zögerlich ergriffen wurde. Gertrud Hubers Hände waren drahtig und klein, aber der Händedruck fiel sehr kräftig aus.

»Grüß Gott!« Michaels Mutter nickte ernst. »Trinkt einen Kaffee mit.«

Es war keine Frage. Antje spürte förmlich Michaels Zögern. Dann nickte er. »Na gut.«

»Haben Sie eine gute Reise gehabt?«, fragte Gertrud Huber, die ihnen voraus, einen halbdunklen Gang entlang und in die Küche ging.

»Danke. Es war sehr unproblematisch.«

»Gut.« War da ein schmales Lächeln auf den Lippen der Frau? Oder hatte Antje sich den Anflug von Freundlichkeit auf ihrem Gesicht nur eingebildet, als die Ältere sich umgeschaut hatte?

»Es gibt Zwetschgenbavesen.«

Antje hatte keine Ahnung, wovon die Frau sprach. »Wunderbar«, sagte sie. Vermutlich konnte sie mit Lob nichts falsch machen und in Gegenwart von Michaels Mutter fühlte sie sich ohnehin immer kritisch beäugt.

Die Küche war ein gemütlicher, warmer Raum mit Eckbank und einem Geschirrschrank mit Glasscheiben in den oberen Türen. Neben dem modernen Herd gab es sogar noch einen Holz- und Kohlenofen, mit dem sowohl geheizt als auch gekocht werden konnte. Es roch nach Zimt und Zucker und der große Holztisch war mit einem geblümten Kaffeeservice gedeckt.

»Setzt euch hin!«

Antje und Michael nahmen Platz, Frau Huber legte Antje gleich zwei Gebäckstücke auf ihren Teller. Das mussten diese Bave… Wie hießen sie noch gleich? Antje dachte fieberhaft nach.

Das Gebäck war rundum mit Zimtzucker bedeckt und verströmte einen geradezu unwiderstehlichen Duft, der Antje das Wasser im Munde zusammenlaufen ließ. Ihr fiel auf, dass sie seit dem Morgen nicht gegessen hatte, und sie biss herzhaft in das Gebäck.

»Oh wow«, entfuhr es ihr. Dieses Ding hatte alles: einen aromatisch fruchtigen Geschmack, eine milchige Note, auf appetitliche Weise fettig wie eine Art Krapfen und dazu der Zimtzucker.

»Schön, wenn's schmeckt.«

Die Stimmung am Tisch war sehr ernst. Antje überlegte, was sie Auflockerndes sagen konnte, durchforstete ihren Verstand nach den richtigen Worten.

»Schöne Blumen haben Sie!«

»Die Geranien? Danke. Wir überwintern sie im Keller.«

»Ah.«

»Kennen Sie sich mit Blumen aus?«

Antje schüttelte den Kopf. Plötzlich zuckte sie kurz zusammen. Michael hatte unter dem Tisch seine Hand auf ihren Oberschenkel gelegt. Damit hatte sie nicht gerechnet. Sie schaute ihn an, lächelte und er erwiderte ihren Blick.

»Und mit Tieren oder der Landwirtschaft?« Michaels Mutter trank ihren Kaffee – schwarz. »Können Sie vielleicht kochen?«

Antje kam sich ein wenig vor wie bei einem Kreuzverhör. Bevor sie antworten konnte, hatte Michael sanft ihren Oberschenkel gedrückt. »Mama! Jetzt lass Antje doch erst mal ankommen! Sie ist mit Sicherheit total müde und …«

»Ist ja gut. Brauchst sie nicht verteidigen.« Frau Hubers Gesichtsausdruck verzog sich, als würde sie in eine Zitrone beißen.

»Ich sag doch nur, dass …«

»Und ich sag, es ist gut.« Gertrud stand auf. »Ich muss eh zu den Hühnern. Ich bin sicher, ihr könnt euch zu zweit sehr gut beschäftigen.«

Sie stand auf, stellte klirrend die Kaffeetasse auf dem Unterteller ab und verließ die Küche, ohne sich noch mal umzudrehen.

Antje hatte ihre angebissene Zwetschgenbavese zurück auf den Teller gelegt. »Tut mir leid.« Der Appetit war ihr vorerst vergangen. Sie war Michaels Mutter sehr eindeutig nicht willkommen. Das jetzt eine ganze Woche auszuhalten, kam ihr sehr anstrengend vor.

»Dir muss nichts leidtun.«

»Nun, deine Mutter wirkt nicht so, als würde sie sich freuen, dass ich hier bin.«

»Sie ist nicht so schlimm, wie sie vielleicht wirkt. Sie hat viel Arbeit und ist einfach nur gestresst.« Michael legte seinen Arm um Antjes Schulter.

»Na, hoffentlich hast du recht.« Was blieb ihr auch übrig, als der Frau eine Chance zu geben? Sie musste versuchen, mit ihr gut zurechtzukommen.

»Mit Sicherheit habe ich recht.« Michael beugte sich herüber und küsste zart Antjes Hals. Er roch leicht nach Pferd. Aber Antje störte das kein bisschen. Sie konnte unter dem Geruch den seinigen riechen, und das reichte, damit sie sich wohl und geborgen fühlte. Und sein Kuss, diese Zärtlichkeit …

Sie drehte den Kopf, zog sein Gesicht, das sich gerade von ihr entfernte, wieder näher zu sich heran. »Du sag mal, wo waren wir im Stall noch mal stehen geblieben.«

KAPITEL 13

Michael keuchte hinter Antje her den Berg hinauf. Es war Sonntag, er hatte seinen Vater bequatscht und der hatte den Stalldienst schon am Morgen übernommen, damit sein Sohn den Tag ohne Unterbrechung mit Antje verbringen konnte. Die Flachländerin schien überhaupt keine Anpassungsprobleme zu haben – im Gegenteil, sie wirkte, als wäre sie hier zu Hause!

Er dagegen fühlte sich ein wenig wie von einem Traktor überrollt. Kein Wunder, sie waren die halbe Nacht wach gewesen und hatten geredet, nachdem … Die Erinnerungen an den vergangenen Abend waren noch so frisch, dass er genüsslich darin eintauchen konnte.

Antje, wie sie nackt auf seinem Bett lag. Michael konnte es nicht fassen. Wie schön sie ausgesehen hatte, wie selbstverständlich sie da lag. Er dachte daran, wie er es genossen hatte, sie auszuziehen, ganz langsam, sich alle Zeit der Welt nehmend. Und wie sie ihn am Ende an sich gerissen hatte, voller Leidenschaft.

Michael lächelte und blieb kurz stehen, um durchzuatmen. Er holte tief Luft und schaute zu Antje, die ungerührt weiterlief.

»Das ist ein wunderbarer Weg!«, rief sie über die Schulter zurück und Michael lächelte in sich hinein. Offenbar hatte er die richtige Wahl getroffen. Fritz rannte selbstredend direkt vor Antjes Füßen und wedelte euphorisch mit dem Schwanz.

»Ich war noch nie auf einem Berg, kannst du dir das vorstellen?« Antjes Wangen waren leicht gerötet. Man sah ihr die Begeisterung an. »Was für eine herrliche Landschaft!«

»Freut mich, dass es dir gefällt!«

»Gefallen ist gar kein Ausdruck. Schau mal, da drüben, dieser Felsen.« Sie zeigte auf eine allein stehende Felsnase, die spitz in den Himmel stach. »Meinst du, wir können da rauf?«

Michael schmunzelte angesichts Antjes Abenteuerlust. »Ich glaube, du übertreibst es ein wenig für dein erstes Mal, kleine Bergziege.« Michael lachte.

Antje war stehen geblieben und er nutzte den Augenblick, um zu ihr aufzuschließen und sie zu küssen. Davon konnte er einfach nicht genug bekommen. Schon am Abend, nachdem sie miteinander geschlafen hatten, waren sie eng verschlungen liegen geblieben. Ihr Sex war anders gewesen als früher, erwachsener, zärtlicher und wilder zugleich. Aber das Schönste war für Michael die Nähe danach gewesen, die Wärme, das leise Gespräch, das nicht abriss, das gemeinsame Lachen.

Sie hatten nicht mehr gegessen, keinen Wein auf dem Balkon getrunken, nichts. Da war kein Hunger gewesen, jedenfalls nicht nach Lebensmitteln. Sie hatten sich genügt.

Heute Morgen hatte Michael dann Frühstück gemacht und ans Bett gebracht. Die schlafende Antje, das friedliche Gesicht, das in ihm unweigerlich den Impuls weckte, sie zu streicheln und wieder und wieder zu küssen.

Er wusste einfach tief in sich drin, dass Antje die Frau seines Lebens war, es gab gar keinen Zweifel daran. Deshalb hatte er entschieden, sie mit hinauf zum Rötlwandkopf zu nehmen und das Dampfschiff an einem anderen Tag der Woche zu besteigen. Einen weiteren Tag würde er sich bestimmt loseisen können, wenigstens für ein paar Stunden. Aber heute, da war der Tag für seinen Gipfelbucheintrag, denjenigen, den er vor ein paar Tagen hinterlassen hatte. Sein Herzschlag beschleunigte sich beim Gedanken an die Worte, die dort auf Papier gebannt waren.

Als Michael sich nach einem sehr langen Kuss von Antje löste, strich er ihr noch zärtlich mit der Hand über die Wange.

Sie sahen einander in die Augen, Braun traf Grün. Michael hatte das Gefühl, in einen See einzutauchen, warm und golden. Antjes Blick, wie sie ihn ansah! Er hätte auf der Stelle schon wieder mit ihr schlafen können.

In diesem Moment erklang ein Klingeln. Michael erschrak. Antje grinste ihn an. »Mein Handy«, meinte sie mit entschuldigendem Ton.

Sie holte das Telefon aus der Tasche und schaute auf das Display. Tiefe Falten bildeten sich auf ihrer Stirn, dann tippte sie rasch auf ihrem Display herum.

»Alles in Ordnung?«

»Ich hoffe. Allerdings macht es nicht den Eindruck, dass meine Schwester gut mit der Pension zurechtkommt. Ständig bekomme ich Nachrichten und muss intervenieren. Heute Morgen, als du in der Dusche warst, war es auch schon so, dass ich mit ihr wegen einer Buchung herumdiskutiert habe. Und gestern hat sie vergessen, Herrn Ramsauer an der Fähre abzuholen. Er wiegt hundertfünfzig Kilo und war nicht begeistert. Er kommt jedes Jahr sechs Wochen im Sommer. Kannst du dir vorstellen, wie blöd das ist, wenn er mir wegfällt? Seine lange Buchungszeit spart mir total viel Arbeit. Aber das interessiert Katja natürlich nicht.« Antje hatte sich in Rage geredet.

»Oje.«

»Ja. Da kann ich schauen, wie ich das wieder gradebiege. Ich werde wohl Nina eben noch schreiben, dass sie ihm ein paar Pralinen aus dem Laden mitbringen soll. Entschuldige, das erledige ich am besten gleich.«

Sie beugte sich wieder über ihr Handy. Fritz versuchte ohne Erfolg, Antje dazu zu kriegen, ihn zu kraulen, aber sie war ganz in ihr Handy vertieft. Michael wurde in diesem Moment erst vollumfänglich klar, wie wichtig für Antje ein reibungsloser Pensionsbetrieb war.

»Du machst deinen Job mit Leib und Seele, nicht wahr?«, fragte er vorsichtig nach.

»Ja, ich glaube schon. Wenn ich etwas anpacke, dann mache ich es ganz.« Antje blickte nur kurz auf und zuckte mit den Schultern, bevor sie sich erneut in ihr Handy vertiefte und darauf herumtippte. »Ich bin da nun mal so reingewachsen.«

Sie steckte ihr Telefon wieder zurück in ihre Jackentasche. Jetzt erst kraulte sie Fritz den Kopf.

Das verstand Michael. Es war wie bei ihm. Er konnte sich nichts anderes vorstellen als den Hof, weil er so aufgewachsen war. Das war sein Platz und sein Beruf. Als ihm der volle Umfang seines Gedankengangs klar wurde, spürte er die Ernüchterung wie einen Schlag in den Nacken. Was, wenn sie gar nicht von der Insel wegwollte? Was, wenn sie so sehr an ihre Insel gebunden war, dass er damit nicht konkurrieren konnte? Sein ganzer Körper zog sich zusammen. Und er wagte einfach nicht, sie danach zu fragen. Er wollte es einfach beiseiteschieben. Schon der Gedanke, dass er Antje ein weiteres Mal verlieren könnte …

Stattdessen küsste er sie wieder, zärtlich, mit geschlossenen Augen, nur spüren, ganz intensiv spüren wollte er sie. »Wie schön, dass du da bist.«

Antje nickte und lachte. »Finde ich auch. Und jetzt gehen wir da hoch, oder?« Ihre Augen blitzten vor Abenteuerlust. Michael nickte. »Worauf du dich verlassen kannst. So wie du rennst, schaffen wir danach noch den Hochfelln. Ich lad dich dann in der Alm auf eine Radlerhalbe ein.«

»Das klingt prima. Gibt es auch Milchreis?«

Michael schüttelte lachend den Kopf. »Nein, aber möglicherweise kann man dir mit einem Kaiserschmarrn dienen.«

»Den nehm ich auch. Hauptsache was Süßes!«

Sie lief los, weiter hinauf, wie ein Duracell-Häschen. Lief zwischen den Latschen hindurch, stieg über Zweige, die über den Weg wuchsen.

Als sie das Kreuz erreichten, saß wenige Meter daneben ein Mann allein in der Sonne und hielt die Augen geschlossen. Schade, Michael hätte zu gern den Gipfel mit Antje allein genossen.

»Was für ein Blick!« Antje breitete die Arme aus. »Ich liebe es hier!«

»Ja, der Rötlwandkopf ist schon was echt Besonderes. Und schau, man sieht rüber zum Kaisergebirge.« Michael zeigte auf die umliegenden Gipfel, benannte sie und zeigte Antje den weiteren Wegverlauf, der sich die Bergrücken gegenüber hinaufschlängelte bis zum Gipfel des Hochfelln.

»Kennst du die Tradition mit den Gipfelbüchern?«, fragte er Antje schließlich und zeigte auf das Metallkreuz, an dessen Vorderseite ein kleiner, metallener Kasten befestigt war, in dem das Buch aufbewahrt wurde. Er ging hin und holte es heraus. Seit er da gewesen war, hatten sich schon weitere Bergsteiger eingetragen und ihre Namen mit kleinen Zeichnungen verziert. Es war üblich, dass der ein oder andere auch persönliche Worte hinzufügte. Manchmal half das der Bergrettung, um Menschen aufzufinden, die verunglückt waren, wobei das freilich mit Aufkommen der Handys an Bedeutung verloren hatte.

Er reichte das Buch an Antje weiter, die sich sofort hineinvertiefte. Michael nutzte den Moment und machte ein Foto von seiner Freundin. Er setzte sich ins Gras, um seine Beine zu entspannen. Vielleicht schwächelte er auch plötzlich, weil es generell so schwer war, sein Herz auf ein Tablett zu legen und zu hoffen, es würde nicht zerstört. Er fühlte sich auf einmal wie nackt. Und sie waren nicht mal allein! Nervös schielte er zu dem sich sonnenden Bergsteiger mittleren Alters hinüber, der jedoch tief und fest zu schlafen schien.

Antje ließ sich neben Michael auf die Wiese fallen und schlug das Buch erneut auf. Er sprach kein Wort.

»Geil! ›Flachlandtiroler in luftiger Höhe‹ steht da.« Antje grinste und zeigte Michael ein Bild von einem Strichmännchen, das mit einer Hantel in der Hand auf dem Gipfel stand. »›Wie wunderbar, wie wunderbar, wir lieben Berge, ist doch klar!‹« Antje kicherte jetzt. »Sind alle Einträge in dem Buch so tiefsinnig?«, fragte sie ironisch und blätterte weiter, offensichtlich keine Antwort von ihm erwartend.

Michael linste auf das Datum des Eintrags, den Antje aufgeschlagen hatte. Zwei, drei Seiten, dann würde sie auf den seinigen von vor ein paar Tagen stoßen. Er schluckte trocken, nahm die Wasserflasche aus seinem Rucksack und trank, während Antje erneut umblätterte. Er hielt ihr die Flasche hin, aber sie war so vertieft in das Buch, dass sie es gar nicht bemerkte. Gleich käme sie zu seinem Eintrag. Er trank erneut.

* * *

Antje begutachtete eine Art Comiczeichnung, wie jemand mit einem Stock in der Hand schwitzend den Berg hinaufkeuchte. Darunter stand: »Die Mühe hat sich gelohnt!«

Kurz hielt sie inne. Das hier als Mühe zu bezeichnen, kam ihr geradezu albern vor. Sie war wie bezaubert von der Landschaft, der Stille, die nur von den Geräuschen der Insekten und dem fernen Glockengeläut der Kühe durchbrochen wurde. Ein Greifvogel zog weit über ihren Köpfen seine Kreise und die Sicht auf die Chiemgauer Alpen war unbeschreiblich schön. Das war ganz etwas anderes als das Meer und Antje genoss den

Blick auf die Wälder, die Felsformationen und den Chiemsee, dessen Wasser sattblau daherkam. Von wegen Mühe!

Sie blätterte erneut um. Jemand hatte eine ganze Doppelseite gestaltet. Das sah richtig süß aus. Ein Herz, ein »Ich liebe dich«, ein Berg auf der linken Seite, auf der rechten Seite eine Andeutung von Wellen und … Antje stutzte. War das der Leuchtturm von Norderney und davor ein Strandkorb? Erst jetzt schenkte sie dem Bild mehr Aufmerksamkeit.

»Dein Michael« stand unten, ganz klein. Antje schaute auf. Michael riss nervös ein paar Grashalme neben sich aus der Erde und zerpflückte sie in kleine Teile. Auf seiner Stirn stand Schweiß. Er begutachtete das Häufchen Grün in seiner Hand, als wäre es ein Weltwunder. Antjes Hände, die das Buch hielten, zitterten. Er liebt mich! Er liebt mich! In ihrem Kopf hämmerten diese Worte unentwegt, wie ein Kreislauf, den sie nicht durchbrechen konnte. Sie sah sein Profil, die ebenmäßigen Züge, die gerade Nase, die kräftigen Augenbrauen und den leichten Bartschatten auf seinen Wangen. Auch sie spürte tiefe Zuneigung für diesen Mann. In der Nacht war sie wach gelegen, hatte seinen Atem auf der nackten Haut ihres Rückens gespürt und das Gefühl, satt zu sein, emotional satt zu sein, genossen. Nie im Leben hatte sie sich geborgener gefühlt als in diesem Augenblick.

Jetzt riss ebendieser Mensch ein weiteres Büschel Grashalme aus und zerrupfte sie mit den Fingern zu Konfetti.

Antje schaute auf das Datum des Eintrags. Er war vier Tage alt. Also bevor sie einander wiedergesehen, bevor sie miteinander geschlafen hatten und Arm in Arm eingeschlafen waren, hatte Michael das hier eingetragen. Es lag also nicht am Sex. Er hatte schon zuvor gewusst, dass er sie liebte! Antje war überglücklich.

Ohne ein Wort zu sprechen, lehnte sie sich gegen seine Schulter. Michael legte den Arm um sie und küsste ihren Scheitel. Wenn er eine Antwort erwartet hatte, so ließ er es sich nicht anmerken. Er zog sie nur an sich und hielt sie fest. Das Gras in seiner anderen Hand ließ er langsam zu Boden rieseln. Antje schloss die Augen und atmete seinen Duft ein. Selbst jetzt, total verschwitzt, roch dieser Mann unglaublich gut. Die Wärme der Sonne durchflutete sie, Antje fühlte sich innen und außen warm.

Als plötzlich ihr Handy in der Innentasche ihrer Jacke zu vibrieren begann, zögerte sie einen kurzen Augenblick, wollte es schon rausholen. Sie war sicher, dass ihre Schwester wieder etwas brauchte. Aber dann beschloss sie, den Anruf dieses eine Mal einfach zu ignorieren und ganz hier im Moment zu bleiben. Und Antje konnte sich nicht erinnern, jemals so glücklich gewesen zu sein.

Kapitel 14

»Gestern hab ich dir gar nicht mehr alles gezeigt. Ich könnte dir noch den Hühnerstall und die Hasen präsentieren.« Michael und Antje waren gerade zurückgefahren. Ihre Beine fühlten sich schwer an von der Bergtour, aber nicht sehr. Sie mochte es, wenn ihr Körper ihr signalisierte, dass sie ihn trainiert hatte. Die Tour hatte sie erahnen lassen, welche Breite an sportlichen Möglichkeiten man hier hatte.

Der Kaiserschmarrn hatte köstlich gemundet, die gemütliche Almhütte hatte etwas Heimeliges vermittelt und Antje war sicher, dass dieser Tag zu den Top-Ten-Tagen ihres Lebens zählte, schon allein wegen der wundervollen Landschaft, die sich wie gemalt um sie herum erstreckte.

»Klar, stell mich deinen Hühnern vor.« Antje lächelte Michael an, der eben um das Auto herumgespurtet war, um ihr die Tür aufzuhalten. Sie hätte alles schön gefunden, was er ihr zeigte, egal, was es war. Beim Abstieg vom Hochfelln hatte er ihr einzelne Pflanzen auf der Bergwiese benannt, von der Silberdistel bis zum zartesten Blümchen, und auch das gefiel ihr sehr. Es war einfach schön, seine Stimme zu hören. Das allein reichte schon, dass ihr ganz warm ums Herz wurde. Wenn er dann noch über seine Berge sprach, mit Leidenschaft und Begeisterung, jeden Gipfel der Gegend kennend, hätte ihm Antje endlos zuhören können.

Gerade zeigte Michael auf ein kleineres Wohngebäude, das leicht versetzt hinter dem großen Bauernhaus stand. »Da hinten beim Austragshäusel sind die Hühner am liebsten unterwegs!«

»Warum heißt das so?«

Das kleine Haus war ein Schmuckstück. Fast vollständig aus Holz errichtet, vermittelte es schon von außen so viel Gemütlichkeit, dass man erahnen konnte, wie wohl man sich drinnen fühlen würde.

»Nun ja. Das ist das Haus meiner Großeltern mütterlicherseits. So ist es hier Brauch. Wenn die Jungen den Hof übernehmen, ziehen die Alten ins Austragshaus.«

»Und deine Eltern wollen nicht hier rüber? Oder hast du den Hof nicht übernommen?«

Michael schüttelte den Kopf. »Doch, inoffiziell habe ich seit fünf Jahren die Verantwortung. Aber meine Eltern sind die offiziellen Eigentümer – außerdem lebt im Austragshaus noch die Mutter meiner Mutter, jedenfalls wenn sie mal da ist.«

»Was heißt das?« Antje verstand nicht.

»Oma Erna ist ein Zugvogel. Sie reist sehr gern. Im Moment zum Beispiel ist sie auf einer Kreuzfahrt. Sie hat sich fest vorgenommen, Tonga zu erobern.« Michael lachte. »Sie ist ziemlich verrückt. Aber ich mag sie.«

»Und sie bewohnt das ganze Haus?«

»Nein. Eigentlich nur ein einziges Zimmer. Aber meine Mutter und Oma Erna – das ist so eine Sache für sich. Ich glaube, Mama nimmt der alten Dame ihre Exzentrik ein wenig übel.«

166

Antje dachte an Katja. Zum ersten Mal überhaupt fühlte sie sich Michaels Mutter nicht ganz so fern.

»Ich versteh das schon ein bisschen. Vielleicht hat sie sich einfach mehr Hilfe erhofft.« Antje begutachtete das Häuschen, die Schnitzereien an den Türstöcken, die blau gestrichenen Fensterläden, die ihm eine besondere Ausstrahlung verliehen.

»Mag sein. Vielleicht liegt es auch daran, dass sie einfach zu verschieden sind – und dann noch mein Vater dazwischen, der versucht, beiden Frauen gerecht zu werden, was einfach gar nicht funktioniert. Er ist noch dazu ein totaler Traditionalist. Das sind zu viele Fronten.«

»Dein Vater?«

»Na ja, ich hab mal gedacht, ich könnte ins Austragshaus ziehen, zu Oma. Du hättest meinen Dad sehen sollen. Er ist sehr traditionell eingestellt und legt Wert drauf, dass alles seinen geregelten Gang geht. Deshalb lebe ich im Haupthaus drüben, wie so ein gescheiterter Junggeselle, der noch bei Mami wohnt – von außen betrachtet ist es ja auch genau so. Aber hier gehen die Uhren einfach noch anders. Und der Hof erfordert so viel Arbeit, dass ich manchmal auch froh bin, wenn das Essen auf dem Tisch steht und ich mich einfach nur hinsetzen kann, das gebe ich ja zu.«

Antje schaute auf das Haus. In ihrem Kopf war das Häuschen vor allem eins: ungenutztes Kapital. Das Haupthaus drüben war ein so großes Gebäude, da hatte locker eine Großfamilie Platz. Sicher wurden einige Zimmer dort gar nicht genutzt. Man hätte zwei oder drei Ferienwohnungen in dem Zuhäusel einrichten können.

»Das glaub ich dir gern«, ging sie auf Michaels Worte ein. »Du bist ganz schön eingespannt, oder?«

»Schon. Die Kühe, der Wald, die Pferde, das ganze Anwesen – und trotzdem wirft es gerade so viel ab, dass wir einigermaßen gut über die Runden kommen.« Michael pustete sich eine Haarsträhne aus der Stirn.

»Hm.« Antjes Blick wanderte wieder zu dem Austragshaus. Ganz klar: brachliegendes Kapital. Gerade wollte sie das Michael sagen, als er mit dem Finger auf ein kleines, schnuckeliges Gartenhaus zeigte. »Schau, da wohnen die Hühner und Leonardo.«

»Leonardo?«

»Unser Hahn. Er rennt gerade dort drüben hinter der weißen Henne her.« Michael deutete über die Wiese, wo tatsächlich ein sehr großer, bräunlich-schwarzer Gockel sich vor einer Henne aufplusterte, die so tat, als wäre er gar nicht da.

»Was für ein Macho!«

»Ja, oder?« Michael grinste. »Drum hat er auch den italienischen Namen bekommen.«

Leonardo krähte, als ob er zustimmen wollte. Und sowohl Antje als auch Michael brachen in Gelächter aus.

»Hast du Lust auf Kaffee? Ich mache einen sehr guten Espresso.«

Antje nickte. Da sagte sie nicht nein.

»Wunderbar. Komm!« Ganz selbstverständlich griff Michael nach Antjes Hand und zog sie zurück in Richtung des großen Bauernhauses. »Auf dem Weg könnten wir noch mal zu den Kätzchen schauen.«

»Du weißt wirklich, wie man das Herz einer Frau gewinnt.«

Michael drückte ihre Hand, beugte sich zu ihr hinunter und küsste sie an die Schläfe. »Eben. Nur deshalb hat die Katze ihre Jungen gerade jetzt bekommen – und Sunny ihr Fohlen, versteht sich. Damit du besonders entzückt bist und nie wieder nach Norderney zurückwillst.«

Sein warmes, leises Lachen rührte an eine Stelle in Antje, die sonst nie berührt wurde, und sie wollte ihm sagen, dass sie ihn auch liebte. Der Impuls kam aus dem Nichts, übermächtig und zweifelsfrei. Sie schnappte nach Luft, völlig überwältigt. Ja, genau jetzt würde sie es ihm sagen und …

»Komm, wir schauen, ob Diana uns eine Audienz gewährt. Und dann, nach dem Kaffee, geh ich noch eben in den Stall und helfe meinem Vater, in Ordnung?«

»Natürlich.« Der Augenblick war vorbei, ungenutzt verstrichen. Aber sie wusste es jetzt, sie wusste mit aller Sicherheit, sie liebte Michael. Es war nur eine Frage der Zeit, bis sich der richtige Moment fand, ihm ihre Gefühle mitzuteilen.

* * *

Antje streckte sich lang aus und öffnete die Augen. Sie hatte geschlafen wie ein Stein, bis Leonardo um vier Uhr morgens gekräht hatte. Da war sie für einen Moment erschrocken, hatte aber, nachdem sie sich kurz orientiert hatte, ihre Hand auf Michaels Oberschenkel gelegt und war wieder eingeschlafen. Jetzt war sie allein, das Kissen neben ihr leer. Darauf lag ein Zettel.

»Bin bei den Kühen und schau nach dem Fohlen … Bis nachher, Kuss! PS: Du siehst schön aus im Schlaf.«

Antje lächelte. Sie kuschelte sich noch mal in die Decke und schloss die Augen. Aber sie war wach, genau genommen sogar hellwach. Ihr kam eine Idee. Wenn sie die Mistgabel zufriedenstellend bedienen konnte, würde Michael schneller fertig sein und sie hätten mehr Zeit miteinander. Außerdem wäre sie dabei in seiner Nähe – der Gedanke allein half ihr schon, die Beine aus dem Bett zu schwingen.

Sie zog sich eine Jeans an, die ihre besten Tage schon hinter sich hatte. Sicher gab es noch irgendwo Gummistiefel, die sie sich ausleihen konnte. Das Schlaf-T-Shirt ließ sie gleich an. Für die Stallarbeit war es gerade gut genug.

Sie lief kurz ins Bad, fuhr sich mit den Händen durch die kurzen Haare und putzte sich die Zähne, so viel Zeit musste sein. Dann lächelte sie sich selbst im Spiegel zu und machte auf dem Absatz kehrt. Gleich würde sie Michael überraschen!

Sie sprang die Treppe hinunter, die bei jedem Tritt leise knarzte.

»Auch schon wach?« Frau Huber stand am Fußende der Stufen. Antje gewann immer stärker den Eindruck, dass Michaels Mutter eine Art Allgegenwart im Haus war. Immer schaute sie just in dem Moment aus der Küche, wenn man vorbeiging, stand im Flur – oder wie jetzt unten an der Treppe.

Wie ebenfalls oft war ihr Ton nicht zu deuten. Meinte sie es ironisch? Oder war sie wirklich verblüfft, dass Antje in ihren Ferien um sieben Uhr aufstand?

»Ich dachte, ich helfe Michael im Stall.«

Frau Huber hob die Augenbrauen. »Kannst du das denn?«

Antje schaute verlegen auf ihre Schuhe hinunter. »Na ja. Ich kann es probieren.«

»Probieren, hm?« Die tiefe Stimme von Michaels Vater klang belustigt, als er just im Türstock der Küche auftauchte. »Hast du Erfahrung mit Rindviechern? Dann könntest du sie gleich mit raus auf die Weide treiben.«

Das war Antje nun etwas viel und bestimmt merkte man ihr das Zögern an. Sie dachte an die großen Tiere, die ihr ja wirklich sehr fremd waren, und spürte, wie ihr schlagartig zu heiß wurde. Nein, außerhalb eines Stalls traute sie sich den Umgang mit den Rindern nicht zu. Noch nicht, ermahnte sie sich. Trotzdem hatte sie für Michaels Vater keine Antwort parat.

»Dachte ich es mir doch!« Der Vater grinste Antje an, stieß sich vom Türstock ab, gegen den er sich mit verschränkten Armen gelehnt hatte, und ging zurück in die Küche. Michaels Mutter schaute ihm stirnrunzelnd hinterher. Dann wandte sie sich wieder an Antje.

»Mei. Versuchst es halt mal, Mädel. Oder?«

War das tatsächlich so was wie eine Ermunterung? Am Ende schloss die Bäuerin noch Frieden mit der Insulanerin? Frau Huber deutete mit dem Kinn nach draußen, dann schaute sie auf die Uhr. »Eine halbe Stunde wird er schon noch zu tun haben, der Michi.« Mit diesen Worten drehte sie sich auf dem Absatz um und folgte ihrem Mann in die Küche.

Kapitel 15

Michael hatte alle Kühe allein hinaus auf die Weide getrieben. Die Rindviecher kannten den Weg besser als er selbst und waren gehorsam dahingetrottet.

Michael senior wurde mal wieder von seinem Bandscheibenleiden geplagt, deshalb hatte er den Sohn gebeten, die Stallarbeit allein zu verrichten, was Michael nicht weiter störte. Das Wetter war wie gemalt, als ob Antje die Sonne mitgebracht hätte. Der Gedanke an sie ließ ihn grinsen. Er pfiff vor sich hin, während er das Langstroh auf den Schlafplätzen der Kühe verteilte. So war der Liegekomfort der Tiere gewährleistet und ein Rind, das sich wohlfühlte, gab in der Regel auch mehr Milch. Wobei, Michael sah die Mindestvorgaben bei der Milchmenge, die Kühe inzwischen erbringen sollten, sehr kritisch. Schließlich reduzierte dieses systematische »mehr und mehr« die Lebenszeit der Tiere um Jahre und das konnte seiner Meinung nach nicht der Sinn der Sache sein.

Seit er auf dem Hof ein Mitspracherecht hatte, durften die Kälber auch bei ihren Müttern bleiben. Als kleiner Junge hatte er des Öfteren miterlebt, wie verzweifelt Mutterkühe nach ihren Jungtieren schrien, und er brachte es einfach nicht übers Herz,

Mutter und Kind zu trennen. Dem Geldbeutel nutzte seine Vorstellung von Moral natürlich nicht, aber …

»Michiii!«

Michael drehte sich um – und konnte kaum glauben, was er sah. Eine Latzhose, darin ein perfekt geformter Frauenkörper, ein eng anliegendes Shirt und blonde Locken, die bis über die Schultern fielen und mit Klammern aus der Stirn gehalten wurden.

»Hey, Susi! Was treibt dich zu uns rüber?«

»Dein Vater hat angerufen und gesagt, du brauchst heute früh Hilfe.«

Wenn Susanne der Anruf des Seniors irritiert hatte, ließ sie es sich nicht anmerken. Sie machte sogar eher einen gegenteiligen Eindruck, als sie zur Mistgabel griff. Ihre gepunkteten Gummistiefel waren blitzblank und wenn Michael sich nicht täuschte, hatte sie sogar ein wenig Rouge aufgelegt – für den Stall. Er hob überrascht die Augenbrauen.

»Ich bin aber schon fast fertig.« Michael war völlig perplex.

»Na, macht nix. Ich helf dir doch gern.« Susanne lächelte und kam auf ihn zu. Sanft strich sie ihm über den Oberarm. Automatisch ging Michael einen Schritt nach hinten und stolperte über den Schieber, mit dem er eben noch den Boden gereinigt hatte. Fast wäre er gestrauchelt, aber er fing sich gerade noch. Ohne eine weitere Antwort abzuwarten, begann Susanne, die Schubkarre zu befüllen. Eins musste man ihr lassen: Zupacken konnte sie. Trotzdem, Michael war sauer. Warum hatte sein Vater Susi angerufen? Er kam gut klar und brauchte niemanden. Das wusste Michael senior sehr genau! Und die Art, wie Susanne ihm über den Arm gestrichen hatte … Er konnte und wollte das nicht einordnen.

»Ich hab auch Marmelade mitgebracht. Und einen Marmorkuchen. Der ist aber von gestern.« Susanne schaufelte unentwegt weiter, während sie sprach.

»Ah.« Michael hatte keine Antwort parat und zog es ohnehin vor, zu schweigen.

Sie lächelte ihn an und hob wieder die Mistgabel. Kopfschüttelnd wandte er sich ab. Er würde nachher gleich mit seinem Vater reden. Seit wann konnte er die Stallarbeit nicht mehr allein verrichten? Er brauchte niemanden dafür, ganz im Gegenteil. Die schwere körperliche Arbeit war genau das richtige Training für den nächsten Klettersteig mit Joseph!

Wobei, vielleicht hatte er dank Susis Unterstützung mehr Zeit mit Antje. Während er diesen Gedanken zu Ende brachte, kam er sich gleichzeitig ein wenig schäbig vor. Schließlich war Susanne vermutlich rübergekommen, weil es ihr gefiel, Zeit mit ihm zu verbringen. Michael seufzte. Auch an dieser Front musste er dringend aufräumen. Seit er wusste, wie er für Antje fühlte, war ihm sehr klar geworden, dass Susi diesen Grad an Zuneigung bei ihm nie erreichen würde. Michael würde mit ihr reden, sobald er die richtigen Worte parat hatte.

»Ich hol schnell Kraftfutter«, erklärte er. Er brauchte einfach einen Moment allein, um sich zu sammeln. Er wollte Susi nicht verletzen. Sie war eine nette Frau und der Mann, der sie mal bekam, konnte sich glücklich schätzen. Nur konnte er ihr das vermutlich nicht so sagen, es käme wohl so an, als ob er sie mit Plattitüden abspeisen wollte. Dabei dachte er das wirklich! Nur, man konnte sich nun mal nicht aussuchen, in wen man sich verliebte, das musste sie einfach akzeptieren. Vor seinem inneren Auge tauchte das Bild von Antje auf und er musste schmunzeln. Antje, ach Antje.

Begleitet von Fritz lief Michael ins Futterlager, einen Nebenraum, wo der Trevirasack stand, in dem das Kraftfutter gelagert wurde. Er platzierte die Schubkarre unter dem Gestell und öffnete den Entleerungstrichter, um die Wanne zu befüllen.

Er seufzte. Das würde gleich nicht einfach werden, so viel stand fest. Mit Sicherheit würde Susi verletzt reagieren. Michael seufzte erneut, während er beobachtete, wie das Kraftfutter die Schubkarre füllte, und Fritz ihn mit treuherzigem Blick ansah.

* * *

Antje war einfach zur Tür hinausgelaufen. Michaels Mutter konnte sie kreuzweise alles Mögliche – und sein Vater auch. Sie würde schon beweisen, dass sie lernfähig war. Es war ganz schön frech, ihr zu unterstellen, sie sei nicht in der Lage, die Mistgabel zu schwingen. So schwer konnte das wirklich nicht sein?

Ihr Trotz war geweckt und damit ihre Willenskraft. Niemand würde ihr vorschreiben, was sie schaffen konnte oder nicht!

Mit großen Schritten überquerte Antje den Hof in Richtung Stallgebäude. Sie schaute weder nach links noch nach rechts, hatte nicht mal einen Blick für das herrliche Wetter und den strahlend blauen Himmel, geschweige denn für die Aussicht auf die Berge, die sie so schnell lieb gewonnen hatte.

Die Stalltür stand weit offen und Antje stürmte regelrecht hinein. Der typische Geruch umfing sie und ihre Augen brauchten ein paar Sekunden, um sich an das Halbdunkel im Inneren des Gebäudes zu gewöhnen.

»Oh, hallo.«

Antje blinzelte. Da stand jemand, den sie noch nie gesehen hatte, eine blonde Schönheit, die aussah wie eine Mischung aus Rauschgoldengel und patenter Bäuerin.

»Guten Tag.«

So recht wusste Antje nicht, wie sie mit der fremden Frau umgehen sollte. Wer war das? Und wo war Michael? Sie scannte kurz den Stall ab. Weit und breit keine Kuh zu sehen und Michael schon gar nicht.

»Wo sind denn alle?«

»Ja, draußen halt.« Die Frau zuckte mit den Achseln, stieß ihre Mistgabel in einen Haufen Kuhdung und warf den Haufen mit Schwung in die Schubkarre.

»Ah.«

Noch immer machte die Frau keine Anstalten, sich vorzustellen. Antje schaute zu, wie sie mit geübter Hand gabelweise den Mist in die Karre schichtete. Schließlich gab sie sich doch einen Ruck. »Und wer bist du?«

»Ich bin die Freundin vom Michael, die Susi.«

»Freundin?«

»Freilich!« Antje hatte dieses Wort noch nie gehört. Es klang aber schwer nach Bestätigung. Die Ränder von Antjes Welt verschwammen. Alles schien zu kollabieren, einfach zusammenzubrechen und sich aufzulösen. Antje hielt sich an der Wand fest.

»Heißt das, ihr seid …« Sie konnte es nicht aussprechen. Es ging einfach nicht.

»Ja, genau.« Diese Susi, der blonde Bäuerinnenengel, lehnte die Mistgabel neben Antje an die Wand und hob die Schubkarre an. »Ich muss zum Misthaufen hinter«, fügte sie erklärend hinzu und schon war sie bei der Stalltür hinaus und ließ Antje zurück.

Antje schluckte, blinzelte die Tränen weg, schluckte erneut. Michael hatte eine Freundin. Sie war – ja, was war sie dann? Ein Urlaubsflirt? Eine Abwechslung?

»Ich liebe dich, dein Michael!« So hatte es im Gipfelbuch gestanden – ohne Namen. Und als sie die Botschaft gelesen hatte, hatte er da nicht verlegen zu Boden geschaut? War er am Ende mit dieser Susi auch dort oben gewesen? Schließlich stand nirgends in der Nachricht ihr Name, nicht wahr? Sie war davon ausgegangen, dass die Nachricht für sie war, liebevoll hinterlassen von ihm. Jetzt jedoch war sie so verunsichert, dass sie sogar den Norderneyer Leuchtturm und den Strandkorb vergaß, die Michael dazugezeichnet hatte.

176

Und diese Susanne bewegte sich so selbstverständlich in diesem Stall, kannte sich so offensichtlich gut aus und war so patent, wie Antje es vermutlich nie werden würde – kein Wunder, dass Michael das gefiel.

Es war wie gehabt, genau wie früher. Michael nutzte sie aus für ein Abenteuer, wie damals. Er hatte nur den Reiz erhöht, indem er sie hierher eingeladen hatte, das war alles.

Einen Moment lang überlegte Antje, hinter dem Rauschgoldengel herzulaufen und ihr alles brühwarm zu erzählen. Aber was hätte sie davon gehabt? Es hätte nichts weiter gebracht als noch eine zerstörte Hoffnung, nämlich die dieser Frau. Sollte die doch ihre eigenen Erfahrungen sammeln. Sie selbst wollte ohnehin keinen Mann ohne Charakter, der nicht für sie einstand und der sie für ein Abenteuer missbrauchte. Wie dumm konnte man eigentlich sein, zwei Mal auf den gleichen Kerl reinzufallen? Antje verfluchte sich selbst.

Mittlerweile konnte sie die Tränen nicht mehr wegblinzeln. Sie rannen ihr einfach über das Gesicht. Niemand sollte sie so sehen, schon gar nicht Michael, wenn er zurückkam.

Antje lief aus dem Stall, hinaus in die Sonne. Sie zog ihr Handy aus der hinteren Hosentasche. Drei Nachrichten von Katja. Natürlich! Ihre Schwester würde nie lernen, den Betrieb zu Hause zu führen, und ihre Mutter war einfach zu alt. Andererseits spielte das jetzt keine Rolle mehr. Alle gingen davon aus, dass sie in ein paar Tagen wieder an der Rezeption stand, und wie es aussah, lagen sie damit nicht einmal falsch, denn alles, was Antje jetzt wollte, war, schnellstmöglich nach Hause zu fahren, diesen unseligen Ort zu verlassen, an dem sie ohnehin nicht willkommen war.

Antje wischte sich die Tränen aus dem Gesicht und lief zurück zum Bauernhaus. Hoffentlich schaffte sie es, ungesehen nach oben zu kommen und ihre Habseligkeiten zu packen. Gut, dass sie nicht viel mitgebracht hatte!

Als sie das Bett sah, in dem sie vor einer halben Stunde noch glücklich gelegen war, schluchzte Antje laut auf. Es tat so unsagbar weh. Wie konnte Michael ihr das nur antun?

Sie schnappte sich ihren Rucksack und stopfte wahllos alles hinein, was sie finden konnte. Dann lief sie ins Bad, nahm ihre Hygienetasche und tat das Gleiche mit ihren Kosmetikartikeln. Ohne es zu wollen, dachte sie an die perfekt geschminkte Susi. Sogar ihre Gummistiefel waren perfekt gewesen. Keine Ahnung, wie es ihr gelang, selbst bei der Stallarbeit so gut auszusehen. Antje blickte sich ein letztes Mal um. Sie hatte alles. Dann lief sie zurück zum Bett, auf das sie ihren Rucksack geworfen hatte, und quetschte noch den Waschbeutel hinein. Fertig.

Sie richtete sich auf und ihr Blick wanderte wie automatisch zum Fenster. Das imposante Bergpanorama, das sich ihr bot, ließ sie aufseufzen. Ja, das mit den Bergen und ihr war ganz klar Liebe auf den ersten Blick gewesen! Ihr Blick schweifte hinunter auf den Hof. Da stand diese Susi. Aber natürlich nicht allein! Michael war bei ihr und die beiden unterhielten sich. Dann schloss er die Arme um die Frau.

Das letzte Fädchen, welches das Band zwischen ihr und Michael noch zusammenhielt, riss in diesem Augenblick entzwei, als sie auf das eng umschlungene Paar hinunterstarrte. Sie war bereit gewesen, diesen Mann zu lieben und ihm alles zu geben, was sie vermochte. Und er? Er strich Susi eine Haarsträhne aus dem Gesicht und lächelte sie an. Es war ein schmerzhafter Stich, ein Pfeil, der sie traf und tief verwundete.

»Michael, warum tust du mir das an?«, sprach sie in den leeren Raum hinein, wohl wissend, dass er ihr die Antwort vermutlich für immer schuldig bleiben würde. Antje wandte sich ab, um ihren Rucksack zu schließen, und schulterte ihn dann. Er kam ihr schwerer vor als bei ihrer Anreise. Vermutlich, weil das ganze Leben sie gerade hinunterzog wie eine Tonnenlast.

Als sie sich wieder umdrehte und noch einmal aus dem Fenster schaute, war das glückliche Paar verschwunden. Antje atmete auf. Immerhin musste sie, wenn sie gleich den Hof verließ, Michaels Anblick kein weiteres Mal ertragen – und das war schon sehr viel wert!

Leise, ganz leise schloss sie die Tür zu seinen beiden Zimmern und schlich sich die Treppe hinunter.

Als sie ebenso geräuschlos die Haustür hinter sich zuzog, war sie erleichtert, Michaels Eltern nicht mehr getroffen zu haben. Besonders seine Mutter hätte vermutlich schadenfroh gelacht. Kein Wunder, dass Frau Huber sich immer so abweisend und spöttisch ihr gegenüber verhalten hatte und auch ihr Mann sich über sie lustig gemacht hatte. Hatten die beiden doch von Anfang an Bescheid gewusst, welchen Stellenwert sie bei ihrem Sohn hatte.

Als Antje auf die Straße hinaustrat und in Richtung der Landstraße ging, warf sie keinen Blick zurück. Ihr Leben war auf Norderney, dort gehörte sie hin und dort würde sie bleiben. Sollte Michael sich seiner Susi und seinen anderen Rindviechern widmen!

* * *

Nachdem Susanne mit ihrem kleinen Twingo vom Hof gefahren war, blieb ein unangenehmes Gefühl bei Michael zurück. Sie tat ihm leid. Er hatte gerade ihre Kleinmädchenträume zerstört und sie war tränenüberströmt ins Auto gestiegen. Ihm war klar, dass es das einzig Richtige gewesen war, sie auf den Boden der Tatsachen zu holen, aber es tat ihm trotzdem weh. Sie kannten sich seit Kindergartenzeiten und er wünschte sich für Susi, dass sie glücklich war, auch wenn er nicht der Mann an ihrer Seite sein wollte.

Michael dachte an seinen Kumpel Joseph. Vielleicht, mit etwas Abstand, wäre es eine Idee, die beiden einmal einander vorzustellen. Gedankenverloren schob er die Schubkarre ganz nach hinten in den Stall, der jetzt wieder gut nach Langstroh und ein wenig nach Kraftfutter roch, obwohl Michael noch nicht damit fertig war, es auszutragen. Noch eine weitere Fuhre, dann hatte er es geschafft! Er würde zu Antje gehen, sie liebevoll wecken und … wer weiß, vielleicht würden sie gleich im Bett bleiben. Michael grinste in sich hinein. Ja, das klang doch nach einem wirklich guten Plan!

KAPITEL 16

Als Michael mit der Stallarbeit fertig war, ging er pfeifend hinüber zum Haus. Fritz, der im Stall auf seiner alten Matratze gelegen hatte, folgte ihm ganz selbstverständlich. Unterwegs machte Michael noch einen Abstecher zu den Hühnern und holte ein paar frische Eier aus den Nestern. Mit Sicherheit würde Antje ein frisches Frühstücksei zu schätzen wissen.

Er dachte an Rühreier mit Tomatenstückchen und Lauchzwiebeln, vielleicht ein wenig Bergkäse darüber gestreut. Sein Magen knurrte laut und vernehmlich.

Michael ging mit den Eiern in die Küche. Sein Vater saß auf der Eckbank und las Zeitung. Raschelnd blätterte er um und schaute über den Rand hinweg zu seinem Sohn hinüber.

»Wo hast du denn das Mädel gelassen?«, fragte er.

»Da schau ich jetzt gleich mal!« Michael strahlte wie ein Junge.

Er nahm immer zwei Stufen auf einmal die Treppe hinauf und fiel förmlich mit der Tür ins Zimmer. Er wollte so dringend zu Antje, so schnell es nur irgend ging, dass er förmlich in den Raum hineinpolterte.

Das Bett war leer, die Decken zerwühlt. Er schaute sich um. Die Badezimmertür war zu, also war sie schon aufgestanden.

»Antje!« Er klopfte gegen die Tür und registrierte, dass sie nur angelehnt war. Der Raum war genauso leer wie das Bett und das Wohnzimmer. Sein Blick saugte sich am Zahnputzbecher fest. Da stand seine Zahnbürste – nur seine blaue Zahnbürste. Er drehte sich um die eigene Achse. Antjes Rucksack war weg! Alles, was ihr gehörte, war weg. Sein Herzschlag hallte in den Ohren wider. Antje! Was war passiert? Michael verstand nicht. Er verstand gar nichts.

Nach einem Moment der Schockstarre drehte er sich um und raste die Treppe wieder hinunter und in die Küche.

»Wo ist Antje?«

Der Vater ließ, wie schon Minuten vorher, die Zeitung sinken. »Ist sie nicht im Stall?«

»Wie, im Stall?«

»Vorhin wollte sie da hin.«

»Nein. Da war nur Susi. Aber – das ist eine lange Geschichte.«

»Ja, die Susi.« Anscheinend hatte der Vater sie auch gesehen. Eine Gesprächspause entstand, der Vater schien nachzudenken. »Dann weiß ich es auch nicht.« Herr Huber hob die Zeitung wieder hoch.

»Ihre Sachen sind weg, Papa. Hast du nichts mitgekriegt?«, insistierte Michael.

»Nein, tut mir leid.« Der Vater zuckte mit den Schultern. »Ich hab hier Zeitung gelesen.«

Michael wusste nicht, was er tun sollte. Er war völlig irritiert und verzweifelt. Warum war Antje weg? Er lief weiter, dieses Mal in Richtung Hof, hinaus ins Freie. Sein Blick schweifte an den Gebäuden entlang, er lief in Richtung Straße und schaute nach links und rechts. Niemand war weit und breit zu sehen. Er nahm jedes Detail wahr, roch das Gras, sah ein rotes Auto, das unten auf der Landstraße vorbeifuhr, hörte ein Insekt, das an ihm vorbeisummte. Aber Antje fand er nicht.

Michael schaute auf die Uhr. Er war vor mehr als zwei Stunden in den Stall gegangen. Antje konnte schon eine halbe Ewigkeit weg sein. Er kramte in der Innentasche seiner Jacke nach dem Handy und schaute auf das Display. Keine Nachricht. Er öffnete WhatsApp und tippte eine Nachricht. Dann versuchte er, sie anzurufen, aber Antjes Telefon war ausgeschaltet.

Was, zur Hölle, war nur geschehen? Warum war sie verschwunden?

Und in diesem Moment offenbarte sich Michael eine schockierende Parallele. Damals, in ihrer Jugend, als sie miteinander geschlafen hatten, in dem Zelt aus Strandkörben, hatte er ihr gesagt, wie verliebt er in sie war. Gestern nun auf dem Berg hatte er ihr sogar seine Liebe gestanden. Und beide Male hatte er keine Antwort bekommen. Das war doch kein Zufall! Michael griff sich mit der Hand in die Haare, ein leiser Fluch entfuhr ihm. Er war zwei Mal auf dieselbe Frau reingefallen, eine, die offensichtlich nicht fähig war, seine Liebe anzunehmen.

»Ich bin so blöd«, entfuhr es ihm.

In diesem Moment hörte er ein leises Jaulen neben sich und spürte, wie sich der warme Körper von Fritz gegen seine Beine drückte.

Kapitel 17

Sie hatte geweint, den ganzen Weg nach Hause waren ihre Tränen nicht versiegt, Tränen über Tränen. Erst der Wind auf der Fähre hatte ihr das Hirn ein wenig freigepustet. Die Fahrt mit dem Zug hatte schier endlos gedauert, es waren die längsten Stunden ihres Lebens gewesen. Einmal hatte sie kurz ihr Handy eingeschaltet und ihre Mutter gebeten, sie am Anleger abzuholen. Dabei hatte sie gesehen, dass Michael sie angerufen hatte – mehrfach. Aber so blöd war sie nicht. Sie hatte die Schnauze gestrichen voll von ihm! Mit ein paar wenigen Einstellungen blockierte sie den Eingang von Michaels Rufnummer. Nie wieder würde sie ein Wort mit ihm wechseln!

Die kühle, windige Luft im Gesicht zu spüren, das Meer zu riechen, in der Ferne die Strandkörbe am Weststrand zu sehen – all das weckte ein tröstliches Heimatgefühl. Hier war sie wenigstens geborgen! Antje zog ihre Softshell-Jacke fester um den Körper und stellte sich in den Wind. Wie dumm von ihr, dass sie sich ein zweites Mal auf Michael eingelassen hatte. Wieder kamen ihr die Tränen, die der Wind ihr jedoch sofort aus dem Gesicht wischte.

Als die Fähre anlegte, stand Antje schon lang unten am Ausgang. Sie wollte so schnell wie möglich zu ihrer Mutter.

Ein wenig schämte sie sich dafür, aber wie bei so vielen Menschen war es auch bei ihr: Die Mutter bedeutete Liebe und Geborgenheit und immer, wenn es ihr schlecht ging, wünschte sie sich genau das.

Als sie endlich ausgestiegen war, rannte sie förmlich zum Parkplatz. Ihre Mutter war natürlich schon da, breitete die Arme aus und Antje ließ sich in die Umarmung fallen. Achtlos ließ sie den Rucksack zu Boden gleiten, sie roch den vertrauten mütterlichen Duft und ein lauter Schluchzer entrang sich ihrer Kehle.

»Lütte, was ist denn los? Komm, komm wir machen uns einen Bünting, ja?« Die Hand ihrer Mutter tätschelte Antjes Rücken. »Na los!«

Tee. Das war die Antwort ihrer Mutter auf viele Fragen des täglichen Lebens. Vermutlich hatte sie auch ein paar Ingwerkekse parat und selbstredend die unverzichtbaren Kluntjes, einen speziellen Kandiszucker, der den Tee neben dem »Wölkchen«, einem winzigen Schuss Sahne, zu dem besonderen Genuss machte, der er für Ostfriesen war.

Als sie endlich im Esszimmer ihrer Eltern saß, eine Teetasse mit beiden Händen umklammernd, fühlte sie sich ein winziges bisschen wohler.

»War es wie damals?« Ihre Mutter hatte sich der Tochter gegenüber auf einen Stuhl gesetzt und musterte sie. Nicht streng, sondern voller Mitgefühl.

Antje stellte die Tasse ab und wischte sich eine Träne vom Nasenrücken – wie auch immer sie dort hingekommen war. Dann nickte sie. Sie konnte noch gar nicht wirklich sprechen, ihr Hals war ganz zu, wenn sie nur an Michael dachte, Michael, wie er seine Susi im Hof zärtlich in die Arme geschlossen hatte. Zögerlich nickte sie. Natürlich traf das nicht den Kern der Geschichte, aber – irgendwie war es doch wie damals. Michael hatte sie etwas glauben gemacht, das nicht der Realität entsprach. Und damit hatte er sich am Ende ganz exakt so verhalten wie beim letzten Mal, nicht wahr?

»Ach, Schätzchen!« Ihre Mutter griff über den Tisch herüber und drückte ihr die Hand. »Das tut mir so leid.«

Wieder nickte Antje. »Mir auch.«

Die beiden Frauen schwiegen und tranken Tee, Antje biss lustlos in einen Ingwerkeks.

»Du weißt, dass ich hier bin, wenn du darüber reden möchtest, ja?«

Antje nickte ein drittes Mal und schniefte.

»Weißt du«, sagte sie schließlich zögerlich, »vielleicht ist es besser so.«

Antjes Mutter blickte sehr überrascht drein. »Wie kommst du darauf?«

»Nun ja. Ich bin hier so fest verwurzelt und Michael hat ja seinen Bauernhof.«

Nachdenklich nahm Frau Visser ihren Teepott und trank einen weiteren Schluck. »Das stimmt natürlich schon, du warst immer sehr mit Norderney verbunden.«

»Ja.«

»Katja ist da anders.« Rosa Visser legte ihren Kopf leicht schräg, noch immer nachdenklich.

Antje dachte an ihre Schwester. »Nun, Katja musste auch auf niemanden Rücksicht nehmen. Ich war ja immer da.«

»Wie meinst du das?« Die Mutter schien schon wieder überrascht zu sein.

»Nun, ich hab ja die Apartments übernommen und mich um alles gekümmert. Sie ist einfach abgehauen und hat uns hier zurückgelassen.« Antje spürte die alte Wut in sich aufflackern. »Sie hat sich nie groß um uns geschert, darum, dass andere in der Familie vielleicht auch Bedürfnisse oder Wünsche haben könnten.«

»Na, das ist ja wohl auch nicht ihre Aufgabe.«

»Wie bitte?« Antje glaubte, nicht richtig zu hören.

»Na, Katjas Aufgabe ist es, dass sie glücklich ist, oder? Und wenn es sie glücklich macht, in Australien irgendwelchen Bullen die Hoden abzuschneiden – na, dann soll es so sein.« Antjes Mutter zuckte mit den Schultern.

»So siehst du das?«

»Ja, wie denn sonst? Jeder muss doch nach seiner eigenen Fasson glücklich werden, nicht wahr? Und wenn das für Katja bedeutet, dass sie reist und sich herumtreibt und irgendwelche Fotos davon im Internet postet – bitte sehr!«

»Aber wo bin denn ich in dem Bild?« Antje konnte nicht glauben, dass ihre Mutter kein bisschen an sie dachte!

»Du?«, fragte Rosa Visser jetzt tatsächlich nach, ohne verstanden zu haben.

»Ja, ich. Ich lebe noch immer hier. Es war immer klar, dass ich es sein würde, die den Betrieb weiterführt.«

»Natürlich.«

»Siehst du! Ich bin euch total egal!« Antje war laut geworden und in ihrer Emotionalität vom Stuhl aufgesprungen. Der Tee in ihrer Tasse schwappte über den Rand und die Untertasse füllte sich mit der milchigbraunen Flüssigkeit.

»Wie kommst du denn auf diese seltsame Idee?«

»Na, weil es immer selbstverständlich für euch war, dass ich euer Lebenswerk fortführe, dass ich hier auf dieser blöden Insel bleibe und alle Verantwortung trage. Für den Betrieb *und* für euch Eltern! Drum wäre eine Beziehung mit Michael sowieso zum Scheitern verurteilt gewesen. Schließlich hat er seinen Bauernhof im Chiemgau, während ich hier an Norderney gebunden bin.«

Antjes Mutter war jetzt ebenfalls aufgestanden. »Wie kommst du nur auf die Idee, dass deine Träume uns Eltern egal sein könnten?«

Es dauerte einen Moment, bis die Worte der Mutter zu Antje durchdrangen. »Nicht?«

»Nein, natürlich nicht. Antje, dein Vater und ich waren uns sicher, dass du die Apartments übernehmen wolltest! Drum haben wir hier alles noch mal renoviert und auf den neusten Stand gebracht. Sonst hätten wir es machen können wie die alte Frau Schütte drüben. Der war immer klar, dass ihr Finn nicht dazu geboren ist, die Pension weiterzubetreiben. Also wird sie den Laden wohl irgendwann schließen oder vermieten, aber sie investiert nicht mehr.«

Antje spürte gar nicht, dass ihr Mund offen stand.

»Wir dachten, du hättest Freude an deinem Beruf! Schließlich konntest du nach dem Studium gar nicht schnell genug wieder auf Ney sein.«

»Ja, aber … Ihr wart doch allein hier.«

»Oh nein!« Frau Visser schüttelte energisch den Kopf. »Ich war mein ganzes Leben lang nie allein. Ich hatte deinen Vater. Wir haben zusammengehalten – wir mögen zwar schon ein wenig tatterig werden, besonders dein Paps, aber wir haben immer alles gemeinsam geschafft! Wir brauchen dafür niemanden.«

Antje starrte ihre Mutter noch immer schweigend an, bis die weitersprach.

»Uns war immer nur wichtig, dass ihr Kinder glücklich seid bei dem, was ihr tut. Wenn dich das hier«, Rosa Visser deutete mit einer unbestimmten Bewegung ins Zimmer, »nicht glücklich macht, dann musst du etwas anderes tun, verstehst du? Dann *möchte* ich gar nicht, dass du hierbleibst!«

Die beiden Frauen schauten einander in die Augen, es war ein sehr intensiver Moment, in dem sie sich ihrer tiefen Verbindung bewusst waren.

»Hast du mich gehört, Antje? Ich will, dass du glücklich bist, sonst nichts!«

»Ja.« Antjes Stimme war kaum mehr als ein Krächzen.

»Weißt du, Katja wusste das immer. Ja, sie ist ein Zugvogel. Aber hast du gesehen, wie ihre Augen strahlen, wenn sie von Kathmandu oder irgendeinem anderen Ort erzählt, an dem sie sonst was erlebt hat?«

Antje zuckte mit den Achseln. »Ja, vermutlich schon.« Aber sie hatte der Schwester ihr Glück nicht wirklich gegönnt, eigentlich sogar überhaupt nicht. Sie hatte nur ihre vermeintliche Last gespürt.

Antjes Mutter war um den Tisch herumgegangen und hatte ihre Tochter bei den Schultern genommen. »Werde glücklich, Antje. Versprich mir das!«

Antje kamen schon wieder die Tränen. In ihrem Kopf war nichts als Verwirrung und Traurigkeit. War sie am Ende gar nicht die Gefangene ihres eigenen Lebens? Hatte sie nur nie mit ihrer Mutter darüber gesprochen, dass es auch für sie Optionen gab und einen großen, weiten Horizont?

Der Gedanke daran bedeutete allerdings im Moment keine Verheißung. Viel lieber wollte sie sich vor der Welt da draußen, die sie gerade so verletzt hatte, verstecken und ihre Wunden lecken.

»Jetzt im Moment ist hier eh der beste Platz für mich. Wo soll ich schon groß hin.«

Sie dachte an Michael, an die Berge, die Tiere und daran, dass nichts von ihrem Leben übrig war als geplatzte Träume. Da konnte sie genauso gut hinter der Rezeption sitzen und Gäste begrüßen wie alles andere.

»Weißt du was? Komm zur Ruhe. Und dann lernst du dich erst mal richtig kennen. Versprichst du mir das?« Rosa lächelte ihre Tochter aufmunternd an.

»Na gut«, antwortete Antje, nicht ohne Widerstreben.

»Wunderbar!« Frau Visser beugte sich vor und küsste ihrer Tochter die Stirn. »Und jetzt nimmst du ein heißes Bad.«

Tatsächlich kam Antje die Idee mit dem Bad gar nicht so verkehrt vor. Wärme von außen würde vielleicht für Wärme innen sorgen. Alles in ihr war kalt und taub. Wieder floss eine Träne über ihre Wange.

»Gute Idee, Mama.«

»Natürlich, ist ja meine.« Die Mutter kicherte wie ein junges Mädchen. »Ab mit dir!«

Ohne eine Antwort der Tochter abzuwarten, begann Rosa Visser, den Tisch abzuräumen. Mit Geschirr bepackt verließ sie einfach den Raum.

Und Antje beschloss, das längste Schaumbad aller Zeiten zu nehmen. Da gab es eine ganze Menge Dinge, über die es nachzudenken galt.

Kapitel 18

Es war Herbst geworden. Mit Antjes Abreise schien es kalt und regnerisch geworden zu sein. Michael hatte gerade zum ersten Mal in diesem Jahr den Kachelofen eingeheizt und Fritz, der sich bei dem strömenden Regen draußen kein Stück freiwillig bewegte, hatte sich in seinen geliebten Hundekorb zurückgezogen, wo er über die Ränder quoll, weil ihm dieser mittlerweile viel zu klein war. Hin und wieder klang ein leises Schnarchen herüber und der Hund drehte seine Schnauze in die andere Richtung.

Michael stand auf, ging um den Ofen herum und warf noch ein paar Holzscheite in die Flammen. Zugegeben, das war möglicherweise ein wenig zu viel des Guten. Aber die Wärme behagte ihm, als er sich mit dem Rücken gegen die Keramikfliesen des Kachelofens lehnte, ein Buch in der Hand.

Doch obwohl er ein begeisterter Leser war, konnte er sich nicht auf den Inhalt konzentrieren. Da war – nichts. Nur verschwimmende Buchstaben vor seinen Augen, die keinen Sinn ergaben.

Michael seufzte und klappte das Buch zu. Es war Sonntag, die Arbeit auf dem Hof war getan und er saß auf der Ofenbank wie ein alter Mann und war damit beschäftigt, sich einsam zu fühlen. Er wünschte, er hätte wenigstens wütend auf Antje sein können. Aber statt Wut war da nur das Gefühl von Verlust, das ihn fest im Griff hatte. Dabei hatte er sich für Antje und sich so viel gewünscht, so viele Erlebnisse, die er mit ihr teilen wollte.

Er dachte an das Dampfschiff, diese herrliche Felsnase, die er ihr gern gezeigt hätte, an die Kletterhalle, wo er sich normalerweise so wohl fühlte, und an die Klettersteige bei der Ottenalm. Bestimmt hätten sie Antje gefallen.

Hätten, wären, gewesen. Alles war plötzlich verschwunden, als wäre mit Antje auch seine Zukunft einfach davongefahren. Und er hasste es, seine Freude verloren zu haben. Wütend klappte er das Buch zu. Dann schloss er die Augen und lehnte sich gegen den Kachelofen.

»Aber so geht es auch nicht.« Die Stimme seiner Mutter klang herein, aber Michael ignorierte sie.

»Ich weiß.« Der ruhige Ton seines Vaters, Beschwichtigung in der Stimme. Er hörte, dass sich die Tür zur Wohnstube öffnete, aber er blieb ruhig sitzen.

»Und die Susi kommt auch nicht mehr.« Michael horchte auf, öffnete die Augen angesichts des aufgebrachten Tons seiner Mutter. »Ich meine, vielleicht sollten wir sie mal anrufen, das bringt den Buben auf andere Gedanken. Der Michi hängt rum wie ein Schluck Wasser in der Kurve. Auf Dauer ist das doch kein Zustand. Ich hab dir noch gesagt, dass wir besser woanders hinfahren sollen, aber du, du warst dir so sicher mit dieser blöden Insel.«

Es war einer der Wortschwalle der Mutter, die Michael gut kannte. Wenn sie sich aufregte, war sie nur schwer zu bremsen.

»Ich dachte …«

»Du dachtest nicht viel. Das ist mir schon klar«, fuhr Gertrud ihrem Mann über den Mund, aber der schwieg nicht wie sonst.

»Ich dachte, diese Antje ist nicht mehr auf der Insel. Wer bleibt denn als junger Mensch an so einem Ort.«

»Offenbar mehr Leute, als man meint. Du bist doch selbst so ein Gewohnheitstier, deshalb mussten wir ja wieder dorthin fahren«, antwortete Michaels Mutter schnippisch. Die Eltern standen wohl noch immer an der Tür. Von dort aus sah man Michael nicht hinterm Ofen sitzen und er war einfach zu energielos, um aufzustehen. Sollten seine Eltern doch reden!

Kurz herrschte Stille. Dann ergriff Frau Huber wieder das Wort. »Wir sollten Susi anrufen, gut verstanden haben die zwei sich ja immer und vielleicht bringt sie ihn auf andere Gedanken.«

Die würde aber nicht kommen. Dafür hatte Michael gesorgt. Er atmete langsam aus, ließ sich von der Wärme des Kamins durchfluten. Egal, es war alles egal. Und er liebte Susanne nun mal nicht. Er liebte Antje. Michael schloss die Augen.

»Die Susi hab ich schon angerufen.«

»Was? Wann denn?«

»Als diese Antje da war«, erklärte der Vater.

Schlagartig setzte Michael sich gerade hin und spitzte die Ohren.

»*Was* hast du?«

»Na, ich dachte, wenn der Michi die sieht mit ihren blonden Locken und der patenten Figur, dann überlegt er es sich schon noch mal. Also hab ich sie angerufen, als der Junge gemistet hat und diese Antje noch im Bett lag.«

Jetzt war Michael aufgesprungen, aber seine Eltern sahen ihn gar nicht. Gertrud hatte sich drohend vor ihrem Mann aufgebaut.

»Bist du eigentlich komplett übergeschnappt?«, fuhr sie ihn an.

»Warum?« Michael senior machte eine fragende Geste.

193

»Meine Güte! Er war verliebt bis über beide Ohren in diese Antje. Hast du das nicht gesehen?«

»Doch, eben drum ja. Was, wenn der Bub den Hof zurückgelassen hätte für sie? Es ist gut so, wie es ist, glaub mir das. Seit Generationen bewirtschaftet unsere Familie den Hof und so soll es auch bleiben – was, wenn der Junge nicht übernimmt? Ich jedenfalls lass das nicht zu.« Für seinen Vater war das eine Rede von geradezu epischem Ausmaß.

Ja, der Hof, die Übernahme. Schon als kleiner Junge hatte Michael gewusst, dass er das wollte – ein Bauer werden, auch wenn das mitunter ein hartes Brot war. Aber er sah sich dennoch als Landwirt, als Mann, der mit Tieren arbeitete und das Land bestellte. Er liebte es, hier zu sein, und fühlte sich dafür bestimmt. Deshalb war ja auch seine eigene Angst gewesen, dass Antje nicht hier leben wollte, hier, wo er so tief verwurzelt war. Aber das alles war seinem Vater ganz offensichtlich nicht klar.

Michael wollte etwas sagen, er wollte schreien, aber sein Mund war wie ausgetrocknet und seine Zunge schien ihm gar nicht zu gehören.

Der Mutter ging es da ganz offenbar anders. Ihr fehlten einfach nie die Worte, egal wie überrascht, wütend oder traurig sie war, die Sprache verschlug es ihr nie!

»Du verstehst wirklich gar nichts, oder? Die Frau hat ihm damals das Herz gebrochen, weil sie ihm nicht geschrieben hat. Und jetzt erlebt er das alles ein weiteres Mal!«

Sein Vater nickte und schaute auf das Familienporträt der Großeltern, das hinter der Mutter an der Wand hing, offenbar verlegen. Gertrud sprach ungerührt weiter.

»Das hier war die Chance, ihm seinen Glauben an das Gute zurückzugeben, und du machst es kaputt für ein paar Mauern und Kühe!«

Michaels Vater schüttelte den Kopf. »Meinst nicht, du übertreibst ein bisserl?«

Gertrud stemmte die Hände in die Hüften. »Nein, eher das Gegenteil. Meine Güte, Michael! Du hast deinen Sohn doch mit eigenen Augen gesehen. Wie kannst du da behaupten, ich übertreibe? Er liebt diese Antje! Und ich sag dir noch was! Dein Sohn verdient eine Entschuldigung von dir!« Sie stach ihm mit dem Zeigefinger gegen die Brust.

So ärgerlich auf den Vater hatte Michael seine Mutter noch nie erlebt.

»Das geht so nicht und wenn du es nicht in Ordnung bringst, werde ich mich darum kümmern!« Gertrud wandte sich ab, raste schier in Richtung Tür und blieb dort plötzlich wie angewurzelt stehen. Sie fuhr auf dem Absatz herum und hastete zum Vater zurück. Michael junior, der das Szenario wie versteinert beobachtete, hatten die Eltern noch immer nicht gesehen.

»Moment mal. Mir fällt da was ein.« Gertrud fixierte den Vater, hielt ihn mit den Augen fest.

Sah es nur so aus oder duckte sich der Vater instinktiv unter den Worten seiner Frau?

»Sag mal … Du warst damals, als wir zurückgekommen sind, doch hinter dem Briefträger her wie der Teufel hinter den armen Seelen. Weil du angeblich auf ein Kraftfutterangebot gewartet hast, jetzt fällt es mir wieder ein.«

Michael senior schaute zu Boden, seine Arme hingen links und rechts an ihm herab, als ob sie nicht zu ihm gehören würden. Dann, ganz unvermittelt, schien er sich einen Ruck zu geben und schaute auf. Er nickte zögerlich.

Es brauchte nicht mehr Worte. Gertrud Hubers Gesicht verzerrte sich vor Empörung und Michael wurde mit einem Schlag alles klar. Die Post kam damals wie heute am Vormittag. Wenn er von der Schule nach Hause gekommen war, sehnsüchtig die Briefe beäugt und sich dann enttäuscht in der Küche an den Tisch gesetzt hatte, war es immer die Mutter gewesen, die ihm die Schulter tätschelte, einen mitfühlenden Blick für ihn gehabt oder ein liebes Wort an ihn gerichtet hatte. Der Vater war nicht dabei gewesen oder hatte nur kurz die Zeitung gesenkt. Was Michael als Desinteresse oder mangelnde Empathie gedeutet hatte, war in Wirklichkeit bestenfalls Verlegenheit und ein schlechtes Gewissen gewesen.

Die Mutter, diese Frau mit der rauen Schale und dem weichen Kern dagegen hatte ihn verstanden, war in seinem Kummer an seiner Seite gewesen und hatte versucht, ihn zu trösten und ihm über die schwere Zeit hinwegzuhelfen.

Die Mutter war es auch gewesen, die dem Vater ausreden wollte, wieder auf die Insel zu fahren. Sie, die er so oft als ruppig und überkritisch empfunden hatte, war in Wahrheit seine Verteidigerin an allen Fronten gewesen. Mit ihrer Kritik an Antje hatte sie versucht, ihn vor neuerlichem Schmerz zu bewahren. Gertrud Huber war die Löwenmutter, die die ganze Zeit über das große Ziel hatte, ihr Junges zu beschützen.

»Danke, Mama!«

Wie vom Donner gerührt fuhren Vater und Mutter herum, mit ganz unterschiedlichen Gefühlen auf ihren Gesichtern. Da war Überraschung bei beiden, Verlegenheit und Angst bei Michael senior, Mitgefühl und Besorgnis bei Gertrud.

»Michael …« Seine Mutter wollte etwas sagen, etwas Tröstliches, er wusste das. Aber er fühlte nichts als blinde Wut.

Zögerlich erst, aber dann sehr entschieden ging Michael die paar Schritte auf die Eltern zu. Nachdem er seine Mutter fest in den Arm genommen hatte, wandte er sich fast mit Abscheu an seinen Vater, trat ganz nah an ihn heran.

»Das verzeih ich dir nicht, hörst du. Ich verzeih es dir niemals!« Er sprach leise und beherrscht, doch voller Hass und Verachtung.

»Michi!« Sein Vater wollte mit ihm reden, hielt ihn am Ärmel fest, aber Michael riss sich los.

»Nix Michi. Und fass mich nicht an, hörst du? Nie wieder. Fass – mich – nie – wieder – an.«

Ohne ihn noch mal anzusehen, ging Michael aus dem Zimmer, wandte sich erst nach rechts, bog dann aber nach links ab. Im Vorbeigehen an der Garderobe riss er seine Jacke vom Haken. Binnen Sekunden verließ er das Haus und schlug die Richtung zu dem einzigen Ort ein, der ihm schon immer eine wohltuende Zuflucht gewesen war. Mit einer schwungvollen Bewegung öffnete er die Tür zum Pferdestall und trat in das warme Innere des Gebäudes. Sunny begrüßte ihn mit einem freudigen Schnauben und Michael wurde in diesem Moment klar, dass man einzig den Tieren wirklich vertrauen konnte.

Er ging zu Sunnys Box. Die Stute legte ihm für einen Moment den Kopf auf die Schulter und blies ihm tröstend ins Ohr, als ob sie genau wüsste, was gerade in ihm vorging.

Kapitel 19

»Oh mein Gott! Wie siehst du denn aus?« Katja sprang auf, als Antje ihre kleine Wohnung unterm Dach betrat.

Ihre Schwester und Nina saßen auf dem Sofa, auf dem Tisch vor ihnen standen zwei leere Cappuccinotassen und die Reste eines vormals üppig bestückten Pralinentellers.

Antje wischte sich den Schweiß von der Stirn. Sie war gerannt, als ob ihr Leben davon abhinge, und bei ihrer aktuellen Gemütslage tat es das vielleicht auch.

Sie, die sonst so gern am Strand entlanglief, durchquerte die Insel jetzt ohne nach links oder rechts zu blicken der Länge nach, lief oft zwanzig Kilometer am Stück, immer am Limit. Ihr rechtes Knie schmerzte vom Rennen auf dem harten Asphalt, aber auf solche Kleinigkeiten konnte sie derzeit keine Rücksicht nehmen. Zumal es ihr ohnehin egal war. Ihr war alles egal. Immer wieder verfolgten sie Bilder von Michael, sowohl aus der Zeit vor fünfzehn Jahren als auch von den letzten Wochen, immer schön im Wechsel, und sie versuchte, irgendwie zu verstehen, wie sie so dumm hatte sein können, zweimal auf ihn reinzufallen. Sie fand dafür einfach keine rationale Erklärung, also rannte sie gegen den Schmerz an, versuchte, nichts zu fühlen, ihr Inneres zu betäuben, indem sie wie eine Verrückte durch die Gegend hetzte.

»Ich seh aus wie immer«, gab sie jetzt verstockt zurück, aber auch Nina war aufgesprungen und bereits in ihre Richtung gehechtet.

»Ehrlich gesagt, siehst du aus wie eine Leiche. Jetzt setz dich erst mal und ruh dich aus.« Sie hakte ihre Freundin unter und führte sie zur Couch wie eine alte Frau.

»Schwesterchen, du bist wirklich total blass«, bestätigte Katja und hielt ihr den Pralinenteller hin. Die aufrichtige Besorgnis rührte Antje. Immerhin war sie nicht allein, auch wenn sie sich in der letzten Woche sehr oft erschreckend allein gefühlt hatte, objektiv entsprach es nicht der Wirklichkeit und dieses Wissen tat gut.

»Hier, iss!« Nina streckte Antje ihre Lieblingspraline entgegen und Antje nahm die Marzipanrose mit Bitterschokolade widerstrebend entgegen. Sie musste etwas essen, das stimmte ja. Seit sie zurückgekommen war, hatte sie schon drei Kilo abgenommen und da sie sehr schlank war, musste sie aufpassen, dass sie nicht abmagerte. Ihr Appetit ließ zu wünschen übrig, nichts schmeckte ihr, alle Speisen wirkten wie Pappe. Sie konnte sich sehr oft nicht überwinden, etwas zu sich zu nehmen, weil das Essen nur Widerwillen in ihr hervorrief.

»Danke.« Folgsam steckte sie die Praline in den Mund und kaute, ohne deren Geschmack zu registrieren.

»Ich hol dir jetzt einen Kaffee.« Nina stand auf und verschwand in der Küche.

Antje begann, in ihrem nassgeschwitzten Oberteil zu frösteln, woraufhin Katja sofort zu einer Decke griff und sie ihr um die Schultern legte. Eine liebevolle Geste, die Antje die Tränen in die Augen trieb. Katja war viel aufmerksamer, als Antje gedacht hatte. Und sie war geblieben. Das rechnete sie ihr sehr hoch an. Als Antje geglaubt hatte, sie werde untergehen und nichts mehr schaffen, hatte Katja ihren Flug verschoben und so gut es ging versucht, die Pension weiterhin zu managen.

In dem Moment, wo Antje den Arm ihrer Schwester um sich herum spürte, brach sie ein. Ihr Kopf fiel auf Katjas Schulter, sie roch deren Räucherstäbchenduft und die Tränen ließen sich nicht mehr aufhalten. Seit Tagen hatte sie es geschafft, nicht mehr zu weinen. Aber jetzt brachen alle Dämme. Katja zog ihre Schwester näher an sich, umarmte sie schweigend und hielt sie fest, während leise Schluchzer sie schüttelten.

»Verdammter Scheißkerl.« Antje hatte ihre ausgeglichene, tolerante Schwester noch nie so wütend gehört. »Ich hasse ihn für das, was er dir angetan hat, Anni!«

Anni. Seit Jahren hatte Katja sie nicht mehr so genannt, zu groß war die Distanz zwischen den Schwestern über die Jahre geworden, als dass für Kosenamen noch Raum gewesen wäre. Antje schluchzte erneut auf. Das war alles ihre Schuld. Ihr Neid und ihre Missgunst hatten sie fast aufgefressen, nur weil Katja sich selbst verwirklichte und mit ihrem Leben glücklich war.

»Es tut mir so leid, Katja.«

Die Schwester schüttelte den Kopf. »So ein Blödsinn. Alles gut.«

»Nein, eben nicht. Ich bin immer davon ausgegangen, dass du mir mein Leben eingebrockt hast, sozusagen. Dabei hast du nur deines gelebt und ich bin ganz selbstverständlich hiergeblieben. Es war nicht richtig, dir das vorzuwerfen.«

»Ich bin sicher, das war keine böse Absicht, hm?« Katja drückte sie noch fester.

»Nein. Aber weißt du, was das Schlimmste ist? Dass ich gar nicht weiß, wo ich hingehöre und ob ich hier sein möchte. Alles, was ich noch habe, ist diese Traurigkeit.«

»Ja.«

Antjes Tränen liefen immer weiter ihre Wangen hinunter, während Katjas Hand tröstend über ihren Rücken strich.

»Du hast eben Liebeskummer, Anni. Das ist immer schwer.«
Antje fühlte sich ihrer Schwester so nah wie lange nicht.

»Vielleicht besuchst du mich ja in Chile, wenn ich dort bin«, schlug Katja schließlich vor. »Das wär doch was, ein Schwesterntrip! Ja genau, dieses Mal schlägst du mir das nicht aus!«

Antje dachte an Katjas erste Reisen, an die vielen Einladungen, wenn Katja sich aus den verschiedensten Ländern gemeldet und immer wieder versucht hatte, Antje dazu zu bewegen, zu ihr zu kommen, sie teilhaben zu lassen an ihrem wilden Reiseleben, sich jedoch eine Abfuhr nach der anderen abgeholt hatte. Bis sie schließlich nicht mehr fragte.

Antje hörte auf zu schluchzen. Sie griff nach einer der Servietten, die auf dem Tisch herumlagen, und putzte sich geräuschvoll die Nase.

»Gibt es da Berge?«, fragte sie schließlich.

»Ja und ob, da wirst du staunen! Aber warum gerade Berge, Schwesterherz?«

Und plötzlich begann Antje zu erzählen. Sie redete vom Rötlwandkopf, von dem Kreuz, der Aussicht, der Landschaft, dem körperlichen Anspruch des Aufstiegs, der sie so gereizt hatte – lauter Dinge, die primär nichts mit Michael zu tun hatten, sondern nur mit einer neu entfachten Leidenschaft.

»Ich hab diese Freiheit so schön gefunden, weißt du. Es ist anders als die Art Freiheit, die ich empfinde, wenn ich das Meer betrachte. Man könnte immer weiter gehen, alle möglichen Gipfel besteigen. Die Landschaft ist so abwechslungsreich und man weiß nie, was sich hinter der nächsten Kurve verbirgt – das ist ganz anders als hier auf der Insel.

Katja lachte. »Offensichtlich bist du im Herzen doch eine Reisemaus.«

Jetzt lächelte auch Antje, deren Tränen endlich versiegt waren. »Ein wenig möglicherweise!«

Sie dachte an den Hochfelln, an die Felsnasen, den Ausblick auf schroffe Gipfel, an das Gefühl, in dieser Landschaft ständig Neues entdecken zu können, und den Wunsch, viele dieser Berge zu erforschen.

»Oder ich mag einfach Berge.« Antje zuckte mit den Schultern. »Aber ich denke, das lässt sich herausfinden.«

Nina kam mit einer riesigen Cappuccinotasse aus der Küche zurück und Antje griff nach einer weiteren Praline. Der Geschmack explodierte in ihrem Mund. Vor Überraschung riss sie die Augen auf. Seit Langem war nichts mehr so gut gewesen wie diese Schokolade.

Sie hatte einen Entschluss gefasst. »Ich komme nach Chile, ganz bestimmt!«

»Hand drauf!« Katja hielt ihr die Hand hin und Antje schlug ein.

»Abgemacht.« Die beiden Schwestern grinsten sich an, endlich wieder verbunden mit dem Gefühl, das sie als Kinder geteilt hatten: Sie waren Verbündete, *partners in crime*, verschworen. Erneut umarmten sie sich, in dem Wissen, dass sie einander gerade wiedergefunden hatten.

»Geht es dir jetzt besser?«, fragte Nina, die auf Antjes anderer Seite auf dem Sofa Platz genommen hatte.

Schlagartig rückte Michael wieder in ihr Bewusstsein, die Enttäuschung, der Schmerz, den er in ihr verursacht hatte.

»Keine Ahnung«, sagte sie ehrlich. »Ich werde wohl eine ganze Weile brauchen, bis ich Michael wirklich verarbeitet habe.«

Nina drückte ihr die Hand. »Ich weiß, wie klischeehaft das jetzt klingt, aber es gibt viele gute Männer da draußen, es muss nicht dieser eine sein.«

»Theoretisch ist mir das klar.« Antje lächelte schwach. Vielleicht war es aber auch besser, einfach allein zu bleiben, wie sie es damals schon beschlossen hatte, als Michael sie das erste

Mal so verletzte. Aber das sagte sie nicht laut. Sowohl Katja, die grundsätzlich an Happy Ends glaubte, als auch Nina, die ihres gerade erlebte, hätten ihr mit Sicherheit widersprochen.

»Ja. Es tut mir so leid, dass du diese Erfahrung machen musstest.« Ein Schatten legte sich auf Ninas Gesicht – sie kannte sich schließlich aus mit Liebeskummer und konnte gut nachvollziehen, was Antje empfand.

»Danke.« Antjes Blick wanderte von Nina zu ihrer Schwester und zurück. »Ich bin froh, euch zu haben.«

Antje saß auf dem Sofa, von den beiden wichtigsten Frauen in ihrem Leben umrahmt, und obwohl sie sich so verletzt fühlte, hatte sie in diesem Augenblick das Gefühl, wirklich geborgen zu sein.

* * *

Michael hängte die Karabiner seines Klettersteigsets in das Seil ein.

»Alles klar bei dir, Sepp?«

Joseph war schon ein Stück vorausgeklettert. »Ja freilich.«

Er drehte sich kurz um und zwinkerte Michael zu. Sein neongelber Helm war topmodern und stand in strengem Kontrast zu seinem Vollbart und dem bayerischen Leinenhemd.

Unweigerlich musste Michael grinsen. »Dein Hut ist einfach eine Wucht.«

Joseph grinste bestätigend und kletterte weiter. Sie stiegen gerade das letzte Stück zum Stripsenkopf hinauf. Michael wollte die E-Stelle klettern, den schwierigsten Teil des kleinen Klettersteiges. Der Felsüberhang bot nur wenige Trittmöglichkeiten und erforderte daher einen besonders hohen Krafteinsatz, doch für ihn war das keine wirkliche Herausforderung. Aber er und auch Sepp fuhren so gern die kleine Mautstraße hinter ins Kaiserbachtal, um die wildromantische Landschaft des Kaisergebirges zu genießen, dass nicht immer der Wunsch nach ultimativer Herausforderung ihr Ziel bestimmte. Die Mischung aus einfachen Klettersteigen und Bergwanderung war es gewesen, die sie beide heute gereizt hatte. Außerdem war es ein wolkenverhangener Tag, an dem erfahrungsgemäß nicht viele Leute unterwegs waren. Das machte die Tour zu einem noch größeren Genuss.

Trotzdem nahm Michael alles wie durch einen Schleier wahr. Die schroffe Schönheit des Lärchecks und das Ellmauer Tor – alles ließ ihn heute eher kalt. Er ertappte sich bei dem Gedanken, wie gern er Antje diese Berge gezeigt hätte und wie gern er ihr beigebracht hätte, Klettersteige zu erklimmen. Der Gedanke gab ihm schlagartig ein Gefühl von Kraftlosigkeit, das er schnell abschüttelte, um seine volle Aufmerksamkeit wieder auf den Fels zu lenken.

Er zog sich mit den Armen ein Stück hinauf, schob die Karabiner mit einer Hand am Seil mit sich, löste sie am Ende des Seilabschnitts und klickte sie gleich wieder in den nächsten ein. Michael war ein guter Kletterer, souverän und geübt. Im vergangenen Jahr hatte er den Pidinger Klettersteig mehrfach bezwungen – trotz dessen epischer Länge, die ein nicht unerhebliches Maß an Kraft und Kondition forderte.

»Ich geh rechts rum!«, rief Michael Joseph zu, der zielsicher nach links abgebogen war.

»Dann treffen wir uns oben. Ich bin heute gemächlich unterwegs.« Sepp war ein guter Bergsteiger und -kletterer, doch trotz langjährigen Trainings machte ihm zeitweise seine Höhenangst zu schaffen – so auch heute. Deshalb ließ er Vernunft walten und entschied sich lieber von vornherein für die einfachere Route, was Michael natürlich respektierte. Sicherheit am Berg ging immer vor Risikofreude, die nicht kalkulierbar war.

Als Michael an die schwierige E-Stelle kam, zog er sich routiniert am Seil nach oben, hängte die Karabiner um und stieg weiter. Plötzlich spürte er, wie brennender Schmerz sich in seinem Rücken ausbreitete. Wie ein Feuer unter der Haut, so fühlte es sich an. Und das genau zwischen zwei Stahlstiften, die das Klettersteigseil am Fels fixierten. Wenn er jetzt fiel, würde er zwei Meter tief stürzen, ehe sein Klettersteigset den Fall abbremsen würde. Er hörte sich keuchen. Wie ein Schraubstock umklammerte seine Hand das Fixseil und er versuchte, mit den Füßen Halt zu finden. Dass der Fels hier überhing, machte es nicht eben leichter. Seine Zehen glitten ab, er rutschte ein kleines Stück abwärts. Seine Finger schmerzten trotz der Kletterhandschuhe, der Rücken fühlte sich an, als ob jemand mit der Kettensäge dort sein Unwesen trieb. Michael mobilisierte seine letzten Kraftreserven und zog sich weiter. Er keuchte vor Anstrengung, heftete seinen Blick an die Stelle, wo er endlich den ersten Karabiner umhängen konnte und sicher war.

Er arbeitete gegen den Schmerz in seinem Rücken an, seine zitternden Finger schafften es, den ersten der beiden Karabiner auszuhängen und weiter oben mit einer fahrigen Bewegung wieder ins Seil zu klicken. Er war in Sicherheit!

»Michael?« Von oben erklang Josephs besorgte Stimme, gleich würde er ihn sehen, allein ihn zu hören verschaffte ihm einen Bruchteil mehr Kraft.

Er hängte den zweiten Karabiner um und setzte sich für einen Moment in den Gurt – wohl wissend, dass er das nicht tun sollte. Aber dieser Steig war so einfach, so unter seinem eigentlichen Niveau, dass er die dafür vorgesehene Rastschlinge nicht einmal mitgenommen hatte.

»Ich komme schon«, antwortete er seinem Freund. Dann zog er sich die letzten paar Meter über den Felsrand. Sein Atem ging in schnellen Stößen, die Angst, die er eben noch gespürt hatte, war zwar überwunden, hatte aber einen kalten Schweißfilm in seinem Gesicht hinterlassen.

»Bist du in Ordnung?« Josephs Blick war besorgt.

»Ja, natürlich.« Michael dachte eine Sekunde nach. »Nein. Ich glaube, ich bin überhaupt nicht okay«, gab er zu. »Um ehrlich zu sein, bin ich mit der Welt ziemlich am Ende, wenn ich es mir genau überlege.«

»Die Frau von der Insel?«

»Ja, Antje.«

So gut sich die beiden Männer verstanden, waren sie es nicht gewohnt, sich über Gefühle auszutauschen. Ihre Themen waren Berge, Rindviecher und Dorfklatsch. In genau dieser Reihenfolge. Und nach wie vor, auch wenn Joseph, seit er von Antjes überstürzter Abreise gehört hatte, sich auf dem Huber-Hof häufiger blicken ließ, als das vorher der Fall war, was unschwer darauf schließen ließ, dass er mit seinem Freund fühlte.

Joseph und Michael setzten sich in das Häuschen, das den Gipfel statt eines Kreuzes krönte und dem Berg von Weitem eine asiatische Note verlieh.

Noch immer zitterten Michaels Beine, als er aus dem Klettergurt schlüpfte. »Genug für heute. Ich wär fast ins Seil gefallen.«

»Wärst du? Ehrlich?« Josephs Gesicht nahm einen besorgten Ausdruck an. »Pass fei auf. Ich mach dir die Kühe nur für Urlaubsreisen, nicht für Krankenhausaufenthalte wegen gebrochener Knochen.«

»Pragmatisch wie immer.« Michael öffnete seinen Rucksack und holte eine Flasche Bier heraus, die er mithilfe einer herausstehenden Schraube aufhebelte.

»Es tut mir leid. Aber es wird höchste Zeit, dass du wieder auf andere Gedanken kommst. Wenn du nicht einmal mehr die E-Stelle klettern kannst, fehlt es weit bei dir.«

Michael wusste das. Er wusste es wirklich. Aber das Wissen half ihm nicht dabei, seine Melancholie, die ihn seit Antjes Abreise beherrschte, zu durchbrechen. Tagsüber verrichtete er, was an Arbeit anstand, nahm wortkarg die Mahlzeiten ausschließlich mit der Mutter ein und schöpfte zumindest ein bisschen Trost aus dem Umgang mit Fritz und den anderen Tieren auf dem Hof. Dazu kamen die schlaflosen Nächte, in denen er sich hin und her wälzte. Antje hatte ihr Schlafshirt vergessen. Anfangs, in den ersten Tagen, hatte es noch nach ihr gerochen und er war mithilfe ihres Dufts eingeschlafen, krank vor Kummer und Enttäuschung über Antjes Flucht, dann auch noch voller Wut über das Verhalten seines Vaters. Die Beziehung zu seinem alten Herrn war ohnehin ein ganz eigenes Thema, mit dem er sich derzeit aber nicht auseinanderzusetzen vermochte.

Michael tat alles, um dem Mann so wenig wie möglich zu begegnen. Er sprach kein Wort mit ihm, stand sogar eine Stunde eher auf, um mit der Stallarbeit fertig zu sein, ehe sein Vater die Stallungen überhaupt betrat. Ansonsten verzog er sich in den Wald, mit dem Vorwand, Holz machen zu müssen, was bedeutete, Bäume zu fällen und Brennholz herzustellen, das sie zum einen selbst für den Winter benötigten, zum anderen verkauften. Der wahre Grund für seine Waldarbeit war jedoch, dass er fürchtete, bei zu großer räumlicher Nähe seinem alten Herrn gegenüber handgreiflich zu werden. Michael hatte das Gefühl, dass sein Vater ihm Schlimmes zugefügt hatte, andererseits verdankte er ihm auch viel. Er war hin- und hergerissen, von der Situation völlig überfordert.

Im Vordergrund stand zweifelsohne, was der Vater im Zusammenhang mit Antje verbrochen hatte – ja, verbrochen, so und nicht anders sah Michael das. Er hatte mutwillig die Liebe seines Lebens zerstört, dafür gesorgt, dass Michael mit seiner Traumfrau nicht einmal mehr sprechen konnte. Jeglicher Versuch, Antje zu kontaktieren, war gescheitert. Ein einziges Mal hatte sie seinen Anruf angenommen, aber nur, um ihm zu sagen: »Verschwinde aus meinem Leben!« Und Michael verstand sie! Selbst wenn er die Möglichkeit bekommen hätte, ihr alles zu erklären, wären da noch immer seine Eltern gewesen, insbesondere sein Vater, der sich vor Antje aufgebaut hatte wie eine ganze feindliche Armee.

Andererseits hatte ihm sein Vater die Liebe zu den Tieren und dem Hof in die Wiege gelegt. Dafür musste Michael ihm wirklich dankbar sein, obgleich ihn diese Leidenschaft auch zu einem Gefangenen machte, denn für ihn gab es kein anderes Leben als das auf dem Hof. Es gab nur diesen Ort mit den Rindern, den Hühnern und allen anderen Viechern, die hierhergehörten und die er zum großen Teil selbst angeschafft hatte, mit denen er in Beziehung stand und die er so sehr als liebenswerte Individuen wahrnahm. Diese Tierliebe hatte Michael Huber senior ihm vermittelt, hatte ihn gelehrt, genau hinzuschauen und sensibel auf alle Lebewesen und ihre Bedürfnisse einzugehen. Ja, er war wie Vater selbst lebenslang an den Hof gebunden, als einziges Kind seiner Eltern dafür bestimmt, das Erbe anzutreten. Nur war Michael absolut nicht klar, wie er mit dem Senior mittelfristig unter einem Dach leben, geschweige denn den alten Herrn täglich sehen und dabei seine Wut im Zaum halten sollte.

Wenn er selbst sich schon nicht mehr wohl in seiner Haut fühlte – wie hätte Antje sich dann auf dem Hof wohlfühlen und hier mit ihm leben können? Außerdem war auch sie an ein »Erbe« gebunden. Vielleicht – nein, ganz sicher – war deshalb ihre Beziehung selbst unter einem guten Stern von vornherein zum Scheitern verurteilt gewesen.

Michael seufzte. Sein Blick wanderte über die schroffen Gipfel. Langsam fühlte er sich wieder kräftiger. Joseph saß stumm neben ihm und leistete ihm Gesellschaft. So ging Männertrost: da sein und die Klappe halten.

Irgendwann raffte Michael sich auf, nahm den letzten Schluck aus der Flasche und begann, seine Klettersteigausrüstung im Rucksack zu verstauen.

»Laufen wir rüber in Richtung Feldberg und dann runter zur Fischbachalm?« Michael klickte die Schnalle seines Rucksacks zu.

»Klingt wunderbar.« Joseph steckte seine Flasche in die seitliche Außentasche seines Rucksacks und die beiden Männer standen auf.

»Wird schon, Michael.«

Michael nickte widerstrebend. Er wusste es nicht. Er wünschte, er hätte Josephs Zuversicht, dass alles wieder gut würde. Aber die fehlte ihm. Für ihn fühlte es sich an, als hätte er für immer ein Stück Boden verloren. Und jetzt irrte er orientierungslos durch sein eigenes Leben, verzweifelt auf der Suche nach etwas zum Festhalten. Der Schmerz, der ihn dabei immer wieder überfiel, raubte ihm jede Kraft – was sich auch auf seine körperliche Leistungsfähigkeit übertrug. Er konnte sich einfach nicht vorstellen, dass er Antje jemals vergessen würde.

Kapitel 20

Michael Huber senior fühlte sich kein bisschen wohl, als er mit dem Koffer in der Hand aus dem Haus trat, aber es gab keine andere Option mehr. Nicht einmal der Hund schien ihm noch wohlgesonnen. Kein Wunder, wo Fritz so sehr an seinem Herrchen hing und dessen Stimmungen mit Sicherheit auch aufnahm.

So konnte es nicht weitergehen. Sein Lebenswerk zerbrach gerade, was wirklich bitter ironisch war, hatte er doch alles unternommen, um genau das zu verhindern. Er seufzte laut auf. Letztendlich hatte er sich als dummer alter Mann erwiesen, stur in seinen Traditionen verhaftet. Er war ein lebendiges Klischee.

Michael senior rückte seinen Hut zurecht.

»Du machst es also wirklich?« Die Stimme seiner Frau ließ ihn sich umdrehen.

»Hab ich doch gesagt?«

Gertrud nickte, die Arme um den Oberkörper geschlungen. Seit Antjes Besuch waren viele Wochen vergangen, aber auch sie war noch immer wütend und entsprechend einsilbig. Die Stimmung zwischen dem Ehepaar war so sehr abgekühlt wie noch nie. Unterm Strich waren sie immer glücklich miteinander gewesen. Diese Krise war die schlimmste, die sie in ihrer gleichförmigen, auf ruhige Art zufriedenstellenden Ehe erlebten. Auch das machte Michael senior sehr zu schaffen.

Die letzten Wochen waren damit, abgesehen von damals, als sein Vater gestorben war, die härteste Zeit seines Lebens gewesen – und jetzt plante er, diesem Zustand ein Ende zu bereiten, wenn es irgendwie im Rahmen seiner Möglichkeiten war.

»Ja, ich wollte es nur noch einmal hören.« Frau Huber nickte. »Gut.«

Mehr sagte sie nicht. Sie wandte sich ab, ging zurück ins Haus und schloss die Tür. Keine liebe Geste, kein Kuss auf die Wange, kein Lächeln. Er seufzte erneut, als er in den alten Lada stieg. Sich von seinem Jungen zu verabschieden, brauchte er erst gar nicht zu probieren. Der war so wütend, dass jeder Versuch, ihn anzusprechen, einfach von ihm abprallte. Es gab zwischen ihnen beiden, die immer durch ihre Liebe zu einander, dem Hof und den Tieren verbunden gewesen waren, keine Worte mehr. Wenn der Vater in den Stall kam, trat der Sohn den Rückzug an, und wenn Michael senior am Esstisch saß, verzichtete der Junior sogar auf die Mahlzeit.

Herr Huber startete den Motor und gab Gas. Es war höchste Zeit, etwas zu ändern. Denn eines hatte er gelernt: Wenn das hier, dieses neue Leben der Preis dafür war, dass er den Bauernhof weiter erhielt, dann konnte er ihm gern gestohlen bleiben. Am Ende zählte nicht der Besitz oder der Erhalt der Traditionen, das hatte Michael Huber senior auf schmerzliche Weise lernen müssen. Was zählte, war das Glück seiner Familie.

Er hatte einen Fehler gemacht, einen schlimmen, massiven Fehler. Jetzt würde er es angehen und herausfinden, ob er eine Chance hatte, sein falsches Handeln wiedergutzumachen.

* * *

»Du bist noch immer so braun. Richtig gut siehst du aus. Du solltest öfter verreisen.« Antjes Mutter tätschelte ihrer Tochter die Hand, als sie gemeinsam am Frühstückstisch saßen. Der Vater nickte bestätigend und biss in sein Brötchen.

»Erzähl ein wenig, ja? Das ist ja doch ein wenig untergegangen«, nuschelte er mit vollem Mund und zwinkerte Antje zu, die unweigerlich lachen musste, als sie den missbilligenden Blick ihrer Mama in Richtung des Vaters sah.

Antje war vor zwei Wochen zurückgekommen. Aber da der Computer in der Pension den Geist aufgegeben hatte und noch dazu eine Reinigungskraft ausgefallen war, waren die vergangenen Wochen sehr turbulent gewesen.

»Also. Ich weiß gar nicht, wo ich anfangen soll.« Katja und Antje waren quer durch Chile gereist, und Antje hatte eine Welt kennengelernt, deren Menschen, Gebräuche und Essen und natürlich die Landschaft so anders waren, als sie es aus Deutschland kannte, dass sie glaubte, kaum vermitteln zu können, was das Land ausmachte. Dazu musste man da gewesen sein, gerochen, geschmeckt und gespürt haben. Es reichte nicht, über andere Länder zu lesen oder zu hören. Sie würde den Eltern also einfach ihre Highlights nennen.

»Ich habe den Acotango bestiegen. Der ist über sechstausend Meter hoch.« Allein die Erinnerung! Was für ein gewaltiger Moment, oben auf dem Berg zu stehen und rundum zu schauen. Wie ihr Atem sich ganz von allein beschleunigt hatte in der großen Höhe und wie ihre Bewegungen immer langsamer geworden waren, wie kleine Distanzen plötzlich weit wurden, weil die Luft so dünn war, das zu erleben und es am Ende zu schaffen, den Gipfel zu erreichen, war ein unglaublich erhebendes Gefühl gewesen. Tatsächlich hatte es zahlreiche Momente gegeben, in denen Antje alles vergaß und ganz im Augenblick war.

Sie versuchte, ihren Eltern zu beschreiben, wie sie, mit den Steigeisen an den Füßen, die Gipfelflanke erklommen hatte, aber natürlich konnten die beiden sich nicht vorstellen, wie es sich anfühlte, dem Himmel so nah zu sein.

»Und mit Katja lief es auch gut?«

Antje nickte. »Sehr gut, ja. Die Reise hat uns einander sehr viel nähergebracht. Ich verstehe jetzt, warum es sie so stark hinaus in die Welt treibt. Nicht, dass ich so wie sie leben wollte, so ohne Zuhause und ohne Familie, aber ihre Reiselust und Unbeständigkeit kann ich jetzt sehr gut nachvollziehen.«

»Dann bist du ihr nicht mehr böse?«, fragte der Vater nach.

»Ich glaube, ich war ihr nie so richtig böse.« Antje dachte kurz nach. »Ich war wohl eher neidisch, weil ich das Gefühl hatte, sie ist frei und ich nicht. Ich dachte, sie lebt ihre Freiheit auf meinen Schultern aus und ich muss die Last tragen.«

Die Miene von Antjes Mutter verdunkelte sich. »So siehst du das? Das ist ja furchtbar!«

»Oh, nicht mehr. Erinnerst du dich an unser Gespräch, als ich aus Bayern zurückkam?« Die Erinnerung verfinsterte Antjes Stimmung wie eine düstere Gewitterwolke. Schnell schob sie den Gedanken an Michael beiseite.

Die Mutter nickte.

»Seither wurde mir immer klarer, dass ich selbst mir den Schuh angezogen habe und hiergeblieben bin. Ihr habt mich nicht darum gebeten. Ich bin davon ausgegangen, dass es euer Wunsch ist.«

Antjes Vater grummelte vor sich hin. »Heißt das, du möchtest jetzt auch um die Welt reisen?«

Allein bei der Idee musste Antje lachen. »Oh nein. Ich mag es, vertraute Gesichter um mich zu haben. Menschen, die mich lieben, wisst ihr? Es tut gut, nicht allein zu sein. Als ich bei Michael weggefahren bin, hatte ich solche Sehnsucht nach euch. Katja ist da anders. Sie schafft es, ihre Sorgen und Nöte mit sich selbst auszumachen. Ich brauche dafür Leute.«

Antje dachte an Nina und die vielen guten Gespräche mit ihr vor der Chile-Reise. Die Freundin hatte ihr sehr geholfen, das Kapitel Michael ein Stück weit zu verarbeiten. Vermutlich, weil Nina vor gar nicht so langer Zeit selbst Erfahrung mit Liebeskummer gemacht hatte, waren ihre Tipps Gold wert gewesen. Die »Shitlist« zum Beispiel – eine Liste, in der Antje alle negativen Eigenschaften aufgeschrieben hatte, die ihr je an Michael aufgefallen waren – hatte sie noch immer im Handy gespeichert und las sie sich regelmäßig durch.

Jetzt, nach Antjes Rückkehr aus dem fernen Land, waren die Freundinnen wieder zu ihren Traditionen zurückgekehrt. Seit Nina auf der Insel wohnte, tranken sie regelmäßig ihren Sundowner an der Milchbar und trafen sich jede Woche einmal zum Frühstücken in Ninas Wohnung.

Langsam, aber sicher kehrte wieder Alltag ein und Antje war sehr froh, dass sie es schaffte, Michael in ihrem Bewusstsein so weit nach hinten zu drängen, dass er ihre Gedanken nicht mehr ständig dominierte.

»Das Reisen gefällt mir jedenfalls sehr gut, ich versteh Katja jetzt schon besser. Ich werde sicher losziehen und Katja in Timbuktu besuchen«, verkündete Antje jetzt, nachdem sie mit ihren Ausführungen über Chile fertig war. Sie lachte und die Eltern stimmten ein.

»Großartige Idee.« Antjes Mutter drückte die Hand der Tochter wie so oft und schenkte ihr ein warmes Lächeln. »Ich finde, das klingt sehr gut.«

Antje zuckte mit den Schultern. »Ich schätze, mein Leben hier geht jetzt einfach so weiter, daher muss ich die Zeit nutzen und öfter mal verreisen.« Sie horchte in sich hinein. Ja, sie spürte noch immer das Pochen ihrer Wunde, die Zeit des Liebeskummers war noch nicht ganz vorbei. Aber sie wusste jetzt, dass sie Michael Huber überleben würde. Es gab immer mehr fröhliche Stunden in ihrem Leben und Antje hatte gelernt, jeden Augenblick zu genießen, selbst wenn Schatten darauf fielen.

»Mag noch wer einen Kaffee?« Die Mutter stand auf.

»Sehr gern.« Antje strahlte ihre Mama an.

Immer noch zehrte sie von der Reise nach Chile, schwelgte bei vielen Gelegenheiten in der Erinnerung an Empanadas und Humitas, die Antje so lecker gefunden hatte, erzählte vom Strand in Antofagasta, wo die Küste steil ins Meer abbrach und man die einzelnen Gesteinsschichten sah, oder von Santiago de Chile, dem Widerspruch zwischen Stadt und Bergen, und während sie darüber sprach, war es für sie fast so, als wäre sie noch einmal dort.

»In Santiago hatte ich auch diese Chorrillana, das sind Pommes mit Fleisch und Ei obendrauf. Ei, könnt ihr euch das vorstellen? Es ist aber wirklich unglaublich lecker.« Sie dachte kurz an Michael, der kein Fleisch aß. Sie selbst hatte es genau deshalb mit einem gewissen Trotz gegessen – obwohl sie seinen Standpunkt *eigentlich* verstand, besonders, weil er täglich mit seinen Tieren zu tun hatte, die er so gut kannte, als gehörten sie zur Familie. Ganz bewusst hatte sie in dem Streetfood-Stall in Chile den Gedanken an Michael verdrängt und mit ihrer Schwester so richtig reingehauen. Seit dieser Reise kommunizierten sie fast täglich miteinander. Und ihre Mutter war in der Zeit von Antjes Abwesenheit schier über sich hinausgewachsen. Der Umgang mit dem PC, zuvor ein böhmisches Dorf, war ihr jetzt schon viel geläufiger und sie übertrug die handschriftlichen Notizen des Vaters bereitwillig in die dafür vorgesehene Datei. Der Computer war auch nicht alles, das hatte sie seit dem Crash gemerkt. Und dass ihre Eltern noch viel fitter waren, als sie es ihnen zugetraut hatte.

215

Antje hingegen war also gar nicht so unverzichtbar für den elterlichen Betrieb, wie sie es befürchtet hatte.

Gerade als Antjes Mutter ihr eine weitere Tasse Kaffee eingoss, klingelte es an der Tür. Die Eltern und Antje wechselten irritierte Blicke. Das war nun nicht die typische Tageszeit für Besucher.

»Erwarten wir jemanden?« Antjes Vater hob in seiner typischen Art eine Augenbraue.

»Nein.« Die Mutter schenkte ungerührt weiter Kaffee ein.

»Ich schau nach, wer das ist.« Entschlossen stand Antje auf. Vielleicht war es ein Tourist, der spontan eine Wohnung suchte, oder ein Gast hatte den Schlüssel zum Haus vergessen oder verloren – das war alles schon vorgekommen.

* * *

»Wo ist der Vater?« Michael kam aus dem Stall direkt in die Küche. Es war halb zehn und entgegen seiner sonstigen Gewohnheit war der Vater heute nicht aufgetaucht, um seine Hilfe anzubieten. Hilfe, ha! Als ob Michael die wollte, geschweige denn brauchte. Er wollte nichts, aber auch gar nichts von dem alten Mann, nach wie vor.

Ja, er hatte wohl registriert, dass der Vater seit Wochen versuchte, die Beziehung zu seinem Sohn wiederzubeleben, aber Michael konnte ihm nicht verzeihen und verspürte auch nicht die geringste Lust darauf. Sein Zorn war ungebrochen. Deshalb galt die Frage nach dem Verbleib des Vaters auch eher dem Zweck, sich im Zweifel ans entgegengesetzte Ende des Hofes zu bewegen, wenn die Gefahr bestünde, dass sein alter Herr gleich auftauchen würde.

Dünn war Michael geworden und seine Hose hing ihm auf den Hüften, schlackerte förmlich um seinen Körper herum. Die

Mutter stand am Herd und rührte in einem Topf. Sie kochte schon fürs Mittagessen.

Michael nahm sich eine Flasche Spezi und trank gierig. Er hatte ordentlich geschwitzt.

»Der Vater ist auf die Alm. Der Winter steht bevor.« Vor dem ersten Schnee mussten die Fensterläden geschlossen und das Wasser abgestellt werden. Es waren Kleinigkeiten. Aber der Vater mochte die Berge genauso wie sein Sohn und genoss es, sich in der Natur aufzuhalten.

»Ich kümmere mich eh selber um alles hier. Da braucht er nichts tun.« Michaels Worte schossen schroff aus seinem Mund wie eine Gewehrsalve.

Die Mutter legte den Kochlöffel quer über den Topf und drehte sich um. »Du kannst nicht alles allein machen. Der Hof ist kein Einmannbetrieb und du weißt das!«

Michael stand am Küchentresen und leerte seine Flasche ganz. »Ich kann aber sehr viel schaffen.« Er hörte selbst den Trotz in seiner Stimme, die Wut zwischen den Worten.

»Aber nicht alles. Du brauchst den Vater – und mich. Solang du allein bist, erst recht.«

Michael wusste das natürlich. Er konnte es nicht schaffen, Haus und Hof zu bewirtschaften und auch noch gut für die Tiere zu sorgen.

Widerstrebend nickte er.

»Und auf ewig können wir hier auch nicht so zusammenleben. Ich habe es satt, die Pufferzone zwischen meinen Männern zu sein.« Gertrud drehte sich wieder zum Herd und rührte energisch in ihrem Topf. Dann hob sie den Kochlöffel an den Mund und pustete.

»Du musst dir was überlegen, mein Junge. Dein Vater liebt dich. Er hat einen Fehler gemacht, das ja. Aber er hat nicht aus böser Absicht gehandelt und wenigstens das könntest du ihm zugutehalten.« Die Mutter probierte. »Ich brauch noch Salz«, stellte sie fest. »Und Majoran.«

Sie hantierte im Küchenschrank herum.

»Ich versteh nach wie vor nicht, warum er …« Michael brach seinen Satz ab.

»Weil er für den Hof gelebt hat, sein Leben lang. Ist das denn so schwer zu verstehen? Kennst du deinen Vater so schlecht?« Eine tiefe Falte bildete sich auf der Stirn der Mutter, während sie sprach und das Salz mit einer schwungvollen Bewegung in den Topf gab. Man sah ihrer Geste ihren Ärger an.

»Jetzt bist *du* sauer, weil ich wegen Papa Antje verloren habe?«

»Oh nein. So ist es ganz und gar nicht. Ich habe mit dem Vater mein Hühnchen sehr wohl gerupft. Er hat einen massiven Fehler gemacht – und ich glaube, das weiß er mittlerweile auch. Aber er hat es getan, um sein Lebenswerk zu retten, jahrzehntelange Arbeit, ach, was sag ich, die Arbeit von Generationen.«

Michael fuhr auf. »Aber dann kennt er mich mindestens genauso schlecht wie ich ihn, verdammt! Ich liebe meinen Job hier. Wie kann er denken, dass ich den Hof jemals aufgeben würde? Du weißt, wie ich zu den Tieren stehe!« Unweigerlich war Michael laut geworden, lauter als er beabsichtigt hatte. Aber er wollte seiner Aussage den nötigen Nachdruck verleihen. Michael griff erneut nach seiner Speziflasche, setzte an und wollte trinken. Aber er bekam gerade mal einen Tropfen in den Mund, weil er bereits leer getrunken hatte. Peinlich berührt schaute er zu seiner Mutter, die ihn unverhohlen musterte.

Ihre Blicke saugten sich aneinander fest. Der Blickkontakt war intensiv und keiner der beiden brach ihn. Dann, ohne Vorwarnung, begannen die Mundwinkel der Mutter zu zucken und ein Lachen brach aus Gertrud hervor. Michael konnte nicht anders. Er fiel in das Lachen seiner Mutter ein. Vorsichtig stellte er die Flasche auf den Küchentresen.

Sie lachten, bis ihnen die Tränen kamen und ohne recht zu wissen, warum. Es tat einfach gut, Dampf abzulassen. So befreit hatte Michael sich seit Wochen nicht mehr gefühlt.

Schließlich ebbte das Lachen doch ab.

»Versprich mir einfach, wenigstens mit deinem Vater zu reden, wenn er wieder da ist. Er kommt in drei Tagen zurück.«

Michael runzelte die Stirn. »So lange ist er weg?«

»Ja. So lange.«

»Was macht er denn da oben so lange? Wartet er auf den ersten Schnee?«

»Nein.« Die Mutter drehte sich wieder in Richtung ihres Topfes. »Vielleicht versucht er einfach nur, ein wenig Abstand zu finden.«

Die beiden schwiegen einen Moment, dann sprach die Mutter erneut. »Bitte, versprich es mir. Ihr habt mehr gemeinsam als die meisten Menschen, die ich kenne.«

Michael nickte widerstrebend. Es stimmte ja. Der Vater und er waren sich in vielem ähnlich, nicht nur in der Liebe zu den Tieren und der Natur, das stand fraglos fest. Überhaupt hatte die Mutter mit allem recht, was sie gesagt hatte. Dazu kam, dass er Antje zwar geliebt hatte, ja, sogar noch immer liebte, wenn er ehrlich zu sich selbst war, dass sie diese Gefühle aber nicht erwiderte. Sonst hätte sie doch mehr Vertrauen in ihn aufbringen müssen und erst mit ihm über Susi geredet. Außerdem war sie bereits verschwunden, *bevor* er ihr von der Sabotage durch den Vater etwas hatte sagen können.

»Gut. Ein Gespräch.«

Gertrud ging die zwei Schritte auf ihren Sohn zu und drückte ihm einen Schmatzer auf die Wange. »Danke.«

* * *

Michael Huber senior fühlte sich wie ein Schuljunge, als er den Damenpfad entlangging. Es war windig – natürlich war es das, diese Insel schien Tag und Nacht von Wind gebeutelt zu sein. Trotzdem: Das letzte Mal mit Gertrud und seinem Sohn war er hier glücklich gewesen, vielleicht gerade wegen des Windes. Aber da war es auch noch Sommer gewesen. Heute musste er seinen Hut festhalten und da er sich auch ohne Wind schon völlig gebeutelt fühlte, empfand er die Witterung als belastend. Er machte den Reißverschluss seiner Winterjacke vollständig zu, sodass ihm der Kragen bis über den Mund reichte. Das war besser.

Ein kleines Stück weiter vorne sah er das Haus schon. Allein sein Anblick weckte viele Erinnerungen in ihm. Er dachte an seinen neunzehnjährigen Sohn, daran, wie er sich hier das erste Mal verliebt hatte, und an das Leid, das er ihm daraufhin zugefügt hatte. Aber wie hätte er das ahnen können, dass ein so junger Mensch sich so unsterblich verliebte und daher am Ende so litt? Er hatte es dem Jungen doch nur leichter machen wollen. Eine Liebe auf Norderney, tausend Kilometer vom Chiemgau entfernt, das war doch pure Utopie! Es hatte sich damals richtig angefühlt, der Sache ein Ende zu machen, bevor sie sich weiterentwickelte. Ihm war es gut und recht vorgekommen, den Weg des Sohnes in die vermeintlich passende Richtung zu lenken. Er hatte doch nicht ahnen können, wie weitreichend die Konsequenzen waren!

Und als sie wieder anlässlich ihres Hochzeitstags verreisen wollten, hatte er sich daran erinnert, wie gut es Gertrud damals gefallen hatte – wenn er sich doch nicht so sicher gewesen wäre, dass dieses Mädel nicht mehr auf der Insel war. Aber nein, ganz offensichtlich war er zu überzeugt davon gewesen, dass er damit richtig lag ... Dabei hatte er sogar Gertrud von dieser Reise überzeugen müssen!

Und jetzt stand er schon wieder an dieser Tür.

Meine Güte, hoffentlich erlitt er vor lauter Aufregung keinen Herzinfarkt. Das schwere Pochen in der Brust verhieß nichts Gutes. Er konnte ohnehin nur hoffen, dass Antje ihn anhörte, ihm eine Stunde ihrer Zeit schenkte. Ohne langes Nachdenken drückte er den Klingelknopf.

Als die Tür schwungvoll aufgerissen wurde, trat er instinktiv einen Schritt zurück und duckte sich ein wenig, wie ein getretener Hund. Antje!

Ihre Augen weiteten sich bei seinem Anblick, dann zogen sie sich zu zwei Schlitzen zusammen.

»Sie?«

»Ja. Grüß Gott!« Wie automatisch griff sich Herr Huber an den Hut, um die Hand dann schnell wieder sinken zu lassen. Er kam sich albern und altmodisch vor in seiner Verlegenheit.

»Was kann ich für Sie tun?« Sie war wie aus Eis, eine einzige Wand. Allein dieser eine, emotionslose Satz sorgte bei Michael Huber senior für eine gewisse Mutlosigkeit. Aber so leicht konnte und wollte er nicht aufgeben. Er war gekommen, um zu versuchen, sein Leben und das seines Sohnes wieder ins Lot zu bringen. Das durfte ruhig einen Preis haben!

»Um ehrlich zu sein, ziemlich viel.« Er versuchte ein Lächeln und spürte nicht, ob es ihm gelang. Sein Gesicht fühlte sich taub und fremd an.

Antje wartete auf mehr. Das drückte sie mit ihrer stolzen Körperhaltung aus. Sie erinnerte ihn an Gertrud in diesem Moment, seine stolze, willensstarke Frau, und ein Gefühl der Zuneigung durchfloss ihn wie warme Butter. Jetzt war er sich sicher, dass sein Lächeln echt aussah, denn plötzlich bekam er eine Ahnung davon, warum Michael genau diese Frau liebte.

»Fürs Erste würde ich Sie gern auf ein Getränk einladen.«

»Nein, danke.« Antje stand da, wie erstarrt. Eine Antwort wie ein Magenschlag. Nein, das konnte Herr Huber nicht hinnehmen, das durfte er nicht. Seine Brust zog sich schmerzhaft zusammen.

»Bitte. Für Michael.«

Über ihr Gesicht huschte eine ganze Reihe nicht zu definierender Emotionen. Michael senior wünschte, er würde diese Frau besser kennen, sie deuten können. So blieb ihm nur zu hoffen, dass sie ihm die Haustür nicht einfach ins Gesicht schlug – eine Handlung, die er durchaus verstanden hätte.

»Bitte«, insistierte er erneut. »Ich komme aus Bayern.« Als ob sie das nicht gewusst hätte! Michael senior kam sich blöd vor und sehr ungelenk. Er beobachtete Antje und konnte sehen, wie zwei Seelen in ihr kämpften. Ihr ging es nicht anders als ihm. Es war einfach eine besondere Situation.

Wieder lächelte er unsicher und wartete. Eine Windböe ergriff genau in diesem Moment seinen Hut. Er fluchte. Aber es war schon zu spät. Der Wind hatte sich die Kopfbedeckung geschnappt und führte mit ihr einen wilden Tanz auf. Bevor Herr Huber reagieren konnte, war Antje dem Hut hinterhergesprungen, hatte sich gebückt und ihn aufgehoben.

»Hier.« Sie hielt ihm das leicht angestaubte Stück entgegen.

»Danke.«

Die zwei standen einander gegenüber, keiner sprach. Schließlich war es Antje, die das Wort ergriff.

»Milchbar. Neunzehn Uhr?«

Michael Huber senior spürte, wie der Druck auf seiner Brust schlagartig nachließ. Er atmete tief ein, sog die klare Luft in seine Lungen.

»Es ist mir eine Freude. Ich werde Sie erwarten.«

Antje nickte nur. »Hören Sie. Ich mache das nur, weil Sie die weite Strecke gefahren sind. Aber machen Sie sich sonst keine Hoffnungen. Ich weiß, wer Ihr Sohn ist. Dass das klar ist.«

Michael Huber senior schüttelte den Kopf. Er wollte noch etwas sagen, nicht bis zum Abend damit warten, nein, lieber doch gleich zwischen Tür und Angel, es war schließlich eigentlich ganz egal, nicht wahr? Aber bevor er ansetzen konnte, hatte Antje bereits die Tür geschlossen und er stand alleine auf der Straße.

Na, das konnte ja wirklich heiter werden.

Kapitel 21

»Ich kann noch umkehren.« Antje hielt ihr Handy ans Ohr. Sie war unsicher. Es war ihr so gut gegangen seit der Reise mit Katja, aber im selben Moment, als Herr Huber plötzlich vor der Tür stand, waren die Erinnerungen an Michael wieder lebendig wie eh und je. Und sie wusste nicht, ob sie sich noch mehr davon blenden lassen wollte oder dieses unschöne Licht nicht doch lieber wieder ausschaltete.

»Einen Teufel wirst du tun!« Nina klang dominant. »Du hörst dir an, was der Mann zu sagen hat.«

»Mag sein, immerhin ist er extra wegen mir gekommen. Das ist mehr, als man von seinem Sohn behaupten kann!« Antje sah vor ihrem inneren Auge, wie Michael die Arme um die blonde Schönheit schloss, sah ihn, wie er am Gipfel des Rötlwandkopfes verlegen zu Boden schaute, sah, wie er sich von ihr abgewandt hatte, als sie die vermeintlich an sie gerichtete Liebesbotschaft las. Und ja, es tat noch immer weh.

Weiter vorne tauchte bereits die Milchbar auf. Antje war noch ein Stück auf dem Deich spazieren gegangen, um sich zu sortieren und mit Nina zu sprechen. Jetzt war sie schon ein wenig spät dran. Antje blieb stehen.

»Ich weiß nicht.«

»Bitte, Süße. Und wenn alles schiefgeht, kommst du danach zu mir. Ich schmeiße Finn raus und der Abend gehört dir.« Das war es, was Antje an Nina so liebte: Im Zweifel hielten die Freundinnen zusammen wie Pech und Schwefel, da konnte einfach kein Mann dazwischenkommen.

»Danke.«

»Sehr gern. Und jetzt hörst du dir an, was der Mann zu sagen hat, ja?«

»Ja.«

Die Freundinnen legten auf. Antje ging auf die Milchbar zu. Die Innenbeleuchtung war schon an – es war eindeutig Herbst geworden. Sicher war Herr Huber schon da und wartete. Er hatte so eine Entschlossenheit ausgestrahlt und zugleich seltsam hilflos gewirkt. Obwohl sie während ihres Aufenthalts auf dem Hof und auch hier auf der Insel kaum ein Wort mit ihm gewechselt hatte, hatte sie ihn schon wegen seiner Art, die sie rührte, nicht zurückweisen können, als er ihr gegenüberstand und der Wind nach seinem Hut griff.

Sie steckte ihr Handy weg und betrat das Lokal. An der Theke standen wie immer Leute an, die sich einen Snack oder Getränke holen wollten. Das Wetter war zum Glück nicht so gut, da blieb der Andrang zumindest auf einem Niveau, das man aushalten konnte.

Der bayerische Hut fiel Antje sofort ins Auge. Er hatte eine Art Wedel an der Seite und war hier auf Norderney mit Sicherheit einzigartig.

»Hallo, Herr Huber.«

»Servus! Ach, ich freu mich!« Ein immer noch unsicheres, aber zugleich strahlendes Lächeln breitete sich auf dem Gesicht des Mannes aus und schon in diesem Moment war Antje sicher, die richtige Entscheidung getroffen zu haben.

»Ich hab einen Tee für Sie bestellt, damit Sie nicht anstehen müssen. Aber ich fürchte, dass er inzwischen etwas abgekühlt ist, also, wenn Sie wollen, dann …«

Antje schüttelte energisch den Kopf. Sie musste angesichts seiner sichtlichen Bemühungen grinsen. »Nein, nein. Da bin ich nicht empfindlich. Vielen Dank!«

Sie setzte sich und schlüpfte aus ihrer Jacke. »Vielleicht erzählen Sie mir stattdessen, was Sie hierherführt.«

Herr Huber nahm seinen Hut ab und legte ihn auf den noch freien Stuhl neben sich. Dann sortierte er mit der Hand sein schütteres Haar, bevor er anfing, zu sprechen. »Na, ein bisschen können Sie es sich wohl denken, nicht wahr?«

Antje nickte widerstrebend. »Schon. Aber ich glaube kaum, dass es da noch Klärungsbedarf gibt.«

Herr Huber machte eine abwiegelnde Geste. »Vielleicht doch.«

Er wirkte schon wieder so zerknirscht wie am Morgen vor dem Haus von Antjes Familie.

»Ich … ach, ich glaube, ich habe Mist gebaut. Sagt man hier nicht auch so?« Vor Herrn Huber stand eine unberührte Tasse Schwarztee.

»Sie?« Antje war überrascht.

»Nun ja, ich habe Sie nicht eben mit offenen Armen willkommen geheißen.«

»Da waren Sie nicht alleine.« Antje dachte an den herben Ton von Gertrud Huber und deren abweisende Haltung ihr gegenüber.

»Nun ja. Meine Frau – sie liebt unseren Michi sehr und wollte nur das Beste für ihn. Ich übrigens auch«, verteidigte sich Michaels Vater mit leiser Stimme. »Allerdings bin ich da wohl sehr gescheitert«, räumte er ein.

»Inwiefern?« Antje stützte ihre Ellbogen auf dem Tisch auf.

»Nun, am besten erzähle ich Ihnen die Geschichte von Anfang an.«

Und dann begann Herr Huber zu erzählen. Er holte weit aus, erzählte von seinem eigenen Vater, seinem Großvater, rollte Generationen von Landwirten auf und redete immer weiter, ohne seinen Sohn zu erwähnen. Michael Huber senior erzählte ein Familienepos auf die Art, wie Männer seiner Generation eben oft erzählten: sachlich, informativ, wenig emotional.

»Sie wollen mir zu verstehen geben, dass der Hof Ihnen sehr am Herzen liegt«, fasste Antje seine Ausführungen schließlich zusammen.

Der Bauer nickte dankbar. »Ja. Richtig. Der Hof und mein Junge auch.«

Jetzt zögerte Huber, doch dann redete er weiter, den Blick auf die Tasse vor sich geheftet. Und als er dieses Mal fertig war, blieb Antje stumm. Er hatte ihr erzählt, dass er den Brief von ihr aus der Post abgefangen hatte. »Er liegt noch immer in meiner Nachttischschublade. Seit all den Jahren liegt er da.« Der alte Mann saß gebeugt, wie in sich zusammengesunken, und sah zehn Jahre älter aus, als er war.

»Wenn ich meinen Bub anschau, dann weiß ich jetzt, wie wichtig ihr einander seid. Aber – na, vielleicht ist es dafür einfach zu spät.«

Antje schluckte. »Sie waren das also.« Wut flammte in ihr auf, aber zugleich spürte sie eine gewisse Gleichgültigkeit.

»Ja, ich war das. Und es tut mir so leid.«

»Weiß Michael das alles?«

Der alte Herr nickte und seufzte auf. »Ja. Er hat mir offen ins Gesicht gesagt, dass er mir das niemals verzeihen wird, und so wie es aussieht, tut er das auch. Die letzten Wochen waren sehr schwierig.«

Das war die gerechte Strafe für diesen ... Menschen! Antje rückte ihren Stuhl demonstrativ ein Stück von dem Mann weg.

Andererseits war da noch immer die Blondine. Vielleicht hatte Herr Huber ihr damals schon, ohne es zu wissen, einen Gefallen getan. Der Gedanke stimmte Antje gleich wieder versöhnlicher.

»Wissen Sie«, sprach Huber senior jetzt weiter, »ich kann Ihnen gar nicht sagen, wie leid mir alles tut. Auch das mit Susi.«

»Susi?« Antje dämmerte es sofort. »Das ist die Blondine, oder?«

Herr Huber nickte. »Ja. Genau. Wir haben ... also, meine Frau und ich haben ein Auge auf sie geworfen und dachten, sie wäre eine gute Wahl für unseren Sohn.«

»Gute Wahl?«

»Ja. Nun, sie ist gelernte Hauswirtschafterin, kennt sich mit dem Hofgeschehen aus, weil sie selbst auf einem Bauernhof aufgewachsen ist, und mag unseren Michi.«

»Mag?« Das klang armselig, fand Antje.

»Na ja. Sie sind Sandkastenfreunde und kennen sich schon seit Kindertagen. Da hängt der Himmel nicht voller Geigen, wenn Sie darauf hinauswollen.« Michael Huber senior hatte sich ein wenig aufgerichtet. »Bei meiner Frau und mir war das nicht anders und wir sind glücklich miteinander – bis zum heutigen Tag.« Er sagte das mit Nachdruck, voller Überzeugung. Antje spürte einen kleinen Funken Neid. Das war es, was sie sich mit Michael gewünscht hatte, ein ruhiges, unaufgeregtes Stück vom Glück, das lange andauerte.

»Und das wollten Sie für Michael auch.« Antje dachte an die Szene im Flur, wo Herr Huber ihre Ahnungslosigkeit, was die Stallarbeit anging, so sehr hervorgehoben hatte, dachte an die gepunkteten, perfekten Gummistiefel dieser Susi und ihre eigenen Turnschuhe, die sie in Ermangelung geeigneten Schuhwerks zur Stallarbeit angezogen hatte. Hatte der alte Herr etwa recht? War sie schon wegen ihrer Ahnungslosigkeit im landwirtschaftlichen Bereich gar nicht für Michael geeignet gewesen?

Huber nickte. »Ja, wir wollten das auch, dass unser Junge glücklich wird. Aber …«

Er konnte nicht weitersprechen, denn Antje fiel ihm ins Wort. »Na, das haben Sie geschafft, glaube ich. Ich habe gesehen, wie er diese Susi umarmt hat.«

Schon wieder eine schmerzhafte Erinnerung, die geweckt wurde! Es kostete Antje alle Willenskraft, nicht einfach loszuheulen, hier, mitten in der Milchbar.

Huber winkte ab und schüttelte den Kopf. »Auf keinen Fall. Auch dieser Schuss ist gewaltig nach hinten losgegangen.«

»Warum?«

Der alte Mann druckste herum, gab erst keine Antwort, rutschte auf seinem Stuhl hin und her, bevor er schließlich doch sprach.

»Ich habe Susanne seit deiner Abreise nicht mehr auf dem Hof gesehen.«

Antje begriff. Erst in diesem Moment begriff sie – dafür im gesamten Ausmaß. »Dann hatten Sie da auch Ihre Finger im Spiel?«

Huber nickte.

»Ich hatte sie eingeladen. Ich habe behauptet, ich sei krank und Michi würde sich freuen, wenn sie käme, um ihm zu helfen. Das ist zwar ungewöhnlich, aber so ungewöhnlich nun auch nicht. Und – na, ich weiß, dass Susanne immer gern in Michis Nähe kam, egal unter welchem Vorwand.«

»Das kann ich mir vorstellen.« Warum nur konnte sie die Bitternis in ihrer Stimme nicht unterdrücken?

»Ich habe also als Vater einfach alles falsch gemacht, was man falsch machen kann«, fasste Huber zusammen.

»Scheint so.« Warum hätte Antje ihn freisprechen sollen? Er war der Grund für die tiefste Traurigkeit ihres bisherigen Lebens.

»Ja. Und du darfst mir glauben, dass ich mich schrecklich fühle deswegen.«

Das geschah ihm recht! Antje spürte eine gewisse Befriedigung darüber.

»Jedenfalls versuche ich gerade, meine Fehler wiedergutzumachen.«

»Wiedergutzumachen?«

»Ja, drum bin ich hier. Ich hatte gehofft, wenn ich dir die ganze Geschichte erzähle, würdest du vielleicht mit mir zurück nach Bayern reisen und …«

»Stop! Halt! Warten Sie einen Moment! Das haben Sie sich ja ganz schön einfach vorgestellt. Sie kommen hierher, reißen mich aus meinem Leben und dann ist Ihres wieder gut?« Antje dachte an die letzten Wochen, in denen es ihr gelungen war, ihren Schmerz an den Rand ihres Bewusstseins zu schieben und sich wieder lebendig zu fühlen.

Ja, sie war sich gar nicht mehr sicher, ob sie das Risiko der emotionalen Berg- und Talfahrten samt ihrer Angst vor seelischer Verwundung überhaupt noch einmal eingehen wollte, oder ob sie stattdessen nicht lieber bei jeder sich bietenden Gelegenheit einen anderen Teil der Erdkugel mit Katja erkunden sollte.

»Nein, nein. Bitte, reg dich nicht auf, ja? Ich meine nur, ich dachte …« Huber stockte. »Ich habe gehofft, du würdest Michael noch lieben.«

Diesen Satz laut zu hören, traf Antje wie eine Gewehrkugel. Innerlich taumelte sie unter dem Schmerz, fiel zu Boden und blieb mit einer blutigen Wunde liegen, die mehr wehtat, als je etwas wehgetan hatte. Natürlich liebte sie Michael! Genau deshalb schmerzte es ja auch so sehr!

Antje stand auf. Sie hatte einen schnellen Entschluss gefasst. »Vergessen Sie es einfach. Ich kann das nicht. Und ich will auch gar nicht mehr. Fahren Sie zurück zu Ihren Kühen und versuchen Sie selbst, Ihr Leben zu retten. Ich kümmere mich hier um meines.«

Ohne eine weitere Antwort von Huber abzuwarten, drehte Antje sich um und stürmte aus der Milchbar. Erst jetzt weinte sie. *Ich habe gehofft, du würdest Michael noch lieben*, hatte Huber gesagt. Und Antje wünschte sich von ganzem Herzen, sie würde genau das nicht tun, denn dann wäre alles einfacher gewesen, als sie es gerade empfand.

* * *

»Ich bin so verwirrt.« Antje saß mit Nina in einem Strandkorb und schaute über den Weststrand. Sie hatte ihre Freundin angerufen – und statt sich in einer ihrer Wohnungen mit ihr zu treffen, war Nina sofort aufs Fahrrad gesprungen und der Freundin entgegengefahren.

»Die frische Luft tut dir gut«, hatte sie einfach entschieden. Selbstverständlich hatte die beste beste Freundin der Welt auch an Decken gedacht. Jetzt saß Antje, bis zum Hals in eine dicke Decke gewickelt, dem Wind abgewandt am Meer und trotzte der abendlichen Kälte, während es schnell finster geworden war und immer weniger Menschen am Strand entlangspazierten.

Gerade hatte sie Nina alle Neuigkeiten erzählt.

»Weißt du, ich habe Michael wirklich geliebt, auch wenn das seltsam klingt, weil wir uns nur so eine kurze Zeit kannten«, fügte sie noch hinzu.

Nina nickte. »Du liebst ihn auch jetzt noch. Komm mir nicht mit Vergangenheitsformen, nur um dich selbst zu schützen.«

»Ich weiß.« Antje hatte ganz leise gesprochen. Natürlich liebte sie ihn, daran gab es gar keinen Zweifel.

»Aber?«

»Aber ich habe Angst. Ich halte diesen Schmerz nicht noch mal aus. Was, wenn ich wieder verletzt werde? Das schaffe ich kein drittes Mal.« Antje wischte sich über die Augen.

»Ja. Grundsätzlich verstehe ich dich schon. Andererseits …« Nina hielt mitten im Satz inne.

»Was meinst du?«

»Na, denkst du nicht, dass man für sein Glück auch kämpfen sollte? Gerade jetzt, wo du weißt, dass Michael gar nichts dafür kann und selbst Opfer der väterlichen Machenschaften ist? Und noch dazu, wenn du mal in deine Entscheidung einbeziehst, dass du es warst, die einfach abgehauen ist?« Ninas Ehrlichkeit war eine ihrer bezeichnendsten Eigenschaften. Aber sie war manchmal auch schwer zu ertragen.

»Na, da redet ja die Richtige!«, brauste Antje auf. Schließlich war Nina aus Liebeskummer wegen Finn auch von der Insel weggegangen – wenn auch nur für einige Tage, um den Kopf klarzukriegen.

»Eben. Drum kann ich dir aus eigener Erfahrung sagen, dass es Sinn hat, mit dem Menschen zu reden, den man liebt. Gerade dann, wenn man nichts mehr zu verlieren hat – so wie du.«

»Aber …«

»Nein, ich glaube, da gibt es gar kein Aber. Du hast Angst, ja. Aber ehrlich? Mehr als es dir schon wehgetan hat, kann es nicht mehr schmerzen, richtig? Und du liebst Michael. Es kann nicht schlimmer werden, als es gerade ist. Ich meine, willst du für immer im Haus bleiben, nur weil du Angst hast, dass es draußen regnen könnte, rein metaphorisch gesprochen? Willst du dich die nächsten Jahre fragen, wie es weitergegangen wäre, wenn du nicht so stur gewesen wärst?«

»Nina!«

»Ist doch wahr.«

»Außerdem, erinnere dich mal, als du wegen Michaels Brief zu mir kamst. Als ihr dann am Nacktstrand draußen wart. Weißt du das noch?«

Antje nickte.

»Da hab ich auch schon zu dir gesagt, dass du im Moment leben sollst. Und wenn du jetzt zurückdenkst, würdest du den Tag denn gern aus deiner Erinnerung streichen?«

»Nein.« Die Antwort kam ohne eine Sekunde des Nachdenkens. Der Abend war so wunderschön gewesen, die Erinnerung an die Sauna, das Bad im Meer, das Strandkorbzelt ...

»Siehst du!« Nina sprach weiter. »Du weißt, ich liebe Norderney und ich liebe dich. Aber du«, die Freundin schmunzelte, »ich glaube, du bist gar nicht so anders als Katja. Du brauchst mehr Platz.«

In dem Moment, wo Nina das sagte, wusste Antje, dass sie recht hatte. Sie brauchte mehr Raum, mehr Landschaft, hatte sich in die Berge verliebt, nicht nur in Bayern. Auch in Chile hatte sie gespürt, dass sie schroffe Landschaften, Hügel, Erhebungen, die das Auge in Beschlag nahmen, es ihr angetan hatten und ihr ein erfüllendes Gefühl gaben, das die Nordsee allein ihr nicht zu geben vermochte. Nina hatte es nun in Worte gefasst. Antje brauchte mehr Platz, mehr Möglichkeiten. Die Worte ihrer Freundin waren wie eine Offenbarung.

»Und du brauchst Liebe, wie jeder andere Mensch auch«, fuhr Nina noch mit aller Bestimmtheit fort. Sie zupfte ihre

233

Decke zurecht und legte ihren Kopf auf die Schulter von Antje. »Du solltest einfach nicht vor dem Leben weglaufen.«

Im Anschluss an Ninas Ansprache schwiegen die Freundinnen. Sie schwiegen lange und starrten in der Dunkelheit in Richtung Wasser, wo die Nordsee Welle für Welle ans Ufer trug. Längst war kein Muschelsucher mehr zu sehen, die Finsternis hatte das Meer verschluckt. Alles, was Nina gesagt hatte, entsprach der Wahrheit. Antje dachte nach. Wenn man das Haus verließ und nass wurde, wie Nina gesagt hatte, dann trocknete man schließlich auch wieder, nicht wahr? Es gab nichts zu verlieren, wenn man es mal genauer betrachtete.

Nach einer langen Weile sprach Antje einen einzigen Satz, der sie nicht wenig Überwindung kostete. »Du hast recht.«

Nina lachte. »Ich weiß, Schatz.«

Die beiden Frauen blieben sitzen, ohne sich anzusehen, die eine den Kopf an der Schulter der anderen, und lauschten weiter dem Meer, ließen ihre Gedanken mit dem Geräusch der sich brechenden Wellen treiben und Antje beschloss, genau das zu tun, was Nina ihr geraten hatte: Sie würde dem Leben und der Liebe noch eine Chance geben!

* * *

Michaels Vater fühlte sich unendlich müde, als er endlich zu Hause im Chiemgau ankam. Er fuhr auf den Hof, erleichtert, wieder daheim zu sein.

Als er das Wohngebäude betrat, rechnete er mit Fritz und dessen stürmischer Begrüßung, aber der Hund war weit und breit nicht zu sehen.

Dafür kam ihm Gertrud entgegen, wischte sich die Hände an der Schürze ab und umarmte ihn fest. »Gut, dass du daheim bist.«

Er ließ sich in ihre Umarmung fallen, genoss die Nähe, roch ihren vertrauten Geruch, der sich mit dem Duft angebratener Zwiebeln vermischte.

»Und?« Gertrud, ungeduldig wie immer, löste sich und schaute ihn prüfend an.

Michael senior schüttelte den Kopf. »Sie war sehr aufgebracht. Aber wer könnte es Antje verübeln?«

Gertrud nickte. »Das habe ich befürchtet.«

»Ja. Aber sie ist eine wirklich nette Frau, weißt du. Ich mochte sie. Sie hat mich an dich erinnert, so stolz und so stark.«

Täuschte es Michael, oder errötete seine Frau tatsächlich?

»Jetzt weiß ich noch mehr, was für einen Fehler ich gemacht habe. Das ist das Schlimmste. Ich hätte wissen müssen, dass unser Junge sich keine falsche Frau aussucht.«

Michael senior schaute auf die Uhr. Er fühlte sich bleiern müde, dabei war es gerade mal acht Uhr abends. »Ich glaube, ich leg mich einfach ins Bett. Meine Kraft ist für heute verbraucht.«

Gertrud nickte. Sie drückte seine Schulter. »Leg dich hin. Ich bring dir noch einen Tee.«

Während sie ihm den Rücken zuwandte, hörte er sie ganz leise murmeln. »Es wäre auch zu einfach gewesen.«

Es brach ihm fast das Herz, ihre Enttäuschung so deutlich nachzuempfinden.

Bedrückt wandte Michael Huber senior sich der Treppe zu. Jede Stufe erschien ihm wie ein ganzer Berg, den es zu bezwingen galt.

Als er fast oben war, hörte er die Haustür und wandte sich um.

»Michi.« Er kam einfach nicht umhin, sich zu freuen, seinen Sohn zu sehen.

Aber der Junge reagierte wie immer in der letzten Zeit, natürlich. Er nickte nur kurz und abgehackt, nahm Fritz, der wie wild wedelte, als er den Senior sah, fest am Halsband und zog den Hund mit sich in die Küche.

Michael Huber senior lauschte dem Gemurmel, hörte ein leises Lachen und dann, wie sich Mutter und Sohn rege unterhielten. Das also war aus ihm geworden: ein Fremder im eigenen Haus. Er war so traurig und verloren, wie ein kleines Kind allein in einem riesigen, dunklen Wald.

KAPITEL 22

Antje saß im Zug nach Rosenheim. Es war schon relativ spät. Sie war am Vorabend noch bis Mitternacht mit Nina im Strandkorb gesessen. Irgendwann war Antje sogar eingenickt, getragen vom Rauschen der Wellen und der kuscheligen Wärme, die sie umgab.

Sie liebte Strandkörbe – man fühlte sich so geborgen darin.

Als sie schließlich nach Hause gingen, hatte Antje ihren Entschluss gefasst. Und wenn einmal eine Entscheidung getroffen war, konnte man sie genauso gut gleich umsetzen. Jetzt fuhr ihr der Zug gar nicht schnell genug, sie konnte die Ankunft kaum abwarten. Sie dachte an die nette alte Dame, mit der sie auf der letzten Fahrt hierher gesprochen hatte. Wie hatten noch mal genau ihre Worte gelautet? Dass man die Liebe genießen sollte, egal, wie lang sie dauert? Es war etwas in der Art gewesen. Antje konnte sich nicht exakt daran erinnern, weil sie immer wieder auf ihr Handy gestarrt hatte, vor Angst, Michael könnte nicht am Bahnsteig sein. Heute war das Telefon tief in ihrem Rucksack verstaut. Die Eltern kamen mit der Pension klar, das stand außer Frage. Dass die Dinge nicht so erledigt wurden, wie Antje sie erledigte, war zwar Fakt – aber deswegen wurden sie noch lange nicht schlechter erledigt!

Sie versuchte, sich auf ihrem Sitz zu entspannen, noch mal kurz die Augen zu schließen, bevor der Zug in den Bahnhof einfuhr. Es wollte ihr nicht recht gelingen. Sie war viel zu aufgeregt.

Antje rutschte auf ihrem Platz hin und her wie ein fünfjähriges Mädchen.

»Nächster Halt – Rosenheim«, knisterte die Lautsprecherstimme über ihrem Kopf und leierte gleich noch die möglichen Anschlusszüge herunter. Antje würde ein Taxi nehmen, hatte sie entschieden. Besondere Situationen erforderten besondere Maßnahmen.

Quietschend kam der Zug im Bahnhof zum Stehen. Automatisch drängte sich Antje die Begegnung mit Huber senior in der Unterführung in den Sinn, die Enttäuschung, weil Michael nicht gekommen war, und dann, auf dem Hof, das Fohlen, das Antjes Herz im Sturm eroberte, fast so sehr wie Michael, dessen liebevoller Umgang mit dem Tier sie tief berührt hatte.

Heute würde keiner da sein, um sie abzuholen. Antje stieg aus, ging auf dem Bahnsteig ein paar Schritte zu einem ruhigeren Fleckchen und beobachtete das Getümmel der Menschen, die wie sie gerade angekommen waren oder mehr oder weniger gehetzt in den Zug einstiegen, und solcher wie sie, die unschlüssig herumstanden. In das drängende Gefühl, mit Michael sprechen zu müssen, und die Zuversicht, dass auch er das wollte, mischten sich jetzt doch noch Zweifel. Was, wenn er sie abwies? Was, wenn Susanne doch mehr war als nur eine Kindergartenfreundin? Antje schluckte. Sie nahm all ihren Mut zusammen und schob ihre skeptischen Gedanken weit, weit weg. Dann schulterte sie ihren Rucksack mit einer entschlossenen Bewegung und ging die Treppe hinunter. Sie brauchte jetzt ein Taxi. Sonst erst mal gar nichts.

* * *

238

Michael saß in der Küche, seine Mutter war gerade rausgegangen, um Milch zu holen. Wie Michael sie kannte, würde sie dabei einen Abstecher zu den Katzenkindern machen und sie schamlos verwöhnen.

Den Vater zu sehen, war überraschend gewesen, er hatte erst einen Tag später mit dessen Rückkehr gerechnet. Jetzt saß Michael am Tisch, die Käsespätzle auf dem Teller vor ihm rochen köstlich, aber er war nicht in der Lage, davon zu essen, sondern versuchte stattdessen, die Worte zu finden, die er morgen früh zu seinem Vater sagen wollte. Schließlich hatte er seiner Mutter versprochen, mit ihm zu reden und ihm zumindest etwas mehr als blankes Schweigen entgegenzubringen, ihn anzuhören und ihm eine Chance zu geben.

Aber jetzt, wo er den ersten Schritt wirklich machen wollte, merkte er, dass ihm das gar nicht so leichtfiel. Michael dachte an Leonardo, Sunny und das Fohlen, das schon eine beachtliche Größe erreicht hatte. Bei den Tieren schienen die sozialen Angelegenheiten immer so einfach zu sein, ja, auch gesteuert von einfachen Trieben, aber ohne die Zwischentöne, die den Umgang unter Menschen so schwierig machten. Vielleicht wäre es wirklich besser, auch Menschen würden uneingeschränkt ihren Trieben den Vorrang geben. Er grinste und stellte sich eine Welt vor, in der die Gefühle die Oberhand hätten. Gar nicht so schlecht, dachte er bei sich.

Michael stand auf und trug seinen fast unberührten Teller zum Herd. Fritz, der auf ein paar Spätzle hoffte, war aufgestanden und wedelte wild mit dem Schwanz, so wild, dass Michael die Stirn runzelte. »Bist du nicht satt, mein Freund?«, wandte er sich an den Hund, der sich immer toller gebärdete. Plötzlich machte der Hund einen Satz und sprang gegen die Küchentür.

Michael stutzte. »Fritz, aus!«, rief er den Neufundländer zurück und griff ihn am Halsband. Dann hatte der Vater also doch noch Hunger bekommen.

Die Küchentür öffnete sich ganz langsam und Michael trat vor Überraschung einen Schritt zurück, während Fritz aufjaulte. Sie stand da wie eine Erscheinung, als das Licht aus der Küche ihr Gesicht traf.

»Antje!«

»Hallo, Michael.«

»Wo kommst du denn her?« Er trat noch einen Schritt zurück und starrte sie an wie eine Erscheinung.

»Von Norderney natürlich!« Sie lachte ihn an, tatsächlich, da war keine Wut in ihrem Blick, kein Groll. Und Michael verstand überhaupt nicht, was da gerade passierte, während Fritz, den er vor lauter Überraschung losgelassen hatte, in der ihm eigenen Art vor Freude halb verrückt um Antje herumsprang, bellte, winselte, sich auf den Rücken warf, um am Bauch gekrault zu werden, nicht die nötige Beachtung fand und wieder aufsprang. In dem wilden Wirrwarr aus Emotionen, das Michael empfand, hätte er am liebsten genau das Gleiche wie der Hund gemacht. Er wollte sich hinsetzen, weil seine Knie plötzlich aus Pudding waren, und er wollte unruhig auf und ab gehen, weil er nicht stehen bleiben konnte, aber gleichzeitig stand er da wie angewurzelt, konnte sich nicht bewegen, nicht atmen, nicht sprechen. Sein Herz wollte explodieren, seine Beine nachgeben, er schwitzte und er fror.

»Vielleicht möchtest du mich ja auch begrüßen.« Ein scheues Lächeln legte sich auf Antjes Gesicht und verriet, dass es ihr wahrscheinlich gar nicht so anders ging als ihm.

»Ja, möchte ich.« Michael lauschte seinen eigenen Worten nach. Meine Güte! »Also wenn ich weiterhin so wahnsinnig eloquent bin, drehst du dich vermutlich gleich um und gehst wieder – und das möchte ich definitiv nicht.«

Jetzt musste Antje grinsen. Sie stand inzwischen mitten in der Küche und Michael ans Fensterbrett gelehnt, auf dem die Kräutertöpfchen ihren Platz hatten und dufteten.

»Hallo, Antje. Schön, dass du da bist.« Michael meinte jedes Wort. »Wie geht es dir?«

»Jetzt gut«, sagte sie und blickte ihm in die Augen. Sie machte einen weiteren Schritt auf ihn zu. Gleich wäre die Distanz zwischen ihnen so gering, dass er sie über den intensiven Kräuterduft hinweg würde riechen können. Und dann war der Moment da. Michael roch Antje. Ihr Körpergeruch, unverwechselbar, aber nicht mit Worten zu beschreiben, ein wenig intensiver als sonst von der Reise. Ihre Haare, ein wenig wuscheliger als in seiner Erinnerung, und das kleine Muttermal rechts neben dem Mund. In diesem Moment spürte er körperlich, wie sehr er sie vermisst hatte und noch immer vermisste, obwohl sie ihm gegenüberstand. Er wollte sie berühren, wollte die Arme ausstrecken und sie zu sich heranziehen, aber er wagte es nicht, er hatte Angst, sie abzuschrecken. Mit aller Willenskraft hielt er sich zurück, wartete, ewige Sekunden lang, wartete ganze Ewigkeiten lang.

Er liebte sie so sehr. Jede Faser seines Körpers liebte, bis in die Haarspitzen. Er liebte Antje so sehr, so unauslöschbar, dass er eine Entscheidung traf, die unwiderruflich war und die, das spürte er in aller Deutlichkeit, ab hier und für immer feststand.

»Dein Vater war bei mir. Hast du ihn geschickt?« Sie schaute ernst drein, als ob sie Angst hätte.

»Ich?« Michaels Gedanken überschlugen sich.

»Also nicht. Dann ist es ja gut.« Erleichterung zeichnete sich auf ihrem Gesicht ab.

»Was wollte er?«

»Sagen wir so: Er hat ein Geständnis abgelegt.«

Michael ging ein Licht auf. »Er ist extra zu dir hochgefahren?« Von wegen *auf die Alm*!

Antje nickte. »Ja. Er wollte, dass ich uns noch eine Chance gebe, und hat mir gestanden, dass er uns schon damals einen Strich durch die Rechnung gemacht hat, indem er meinen Brief abgefangen hat. Der ist übrigens in seinem Nachttisch, falls du ihn lesen willst.« Der verschwörerische Ton, in dem Antje sprach, ließ Michael tatsächlich kurz auflachen.

Das war auch typisch für seinen Vater, dass er sich von dem Corpus Delicti dann nicht trennen konnte.

»Ich habe deinem Vater übrigens einen Korb gegeben und ihm gesagt, dass ich nicht mitkomme.«

»Nicht?« Jetzt verstand Michael nichts mehr.

»Nein.« Antje schüttelte den Kopf. »Aber dann habe ich mit Nina gesprochen. Die meinte, ich soll nicht so feige sein.«

Eine kurze Gesprächspause entstand.

»Nina hat leider fast immer recht. Und sie meinte, ich bräuchte Liebe.«

Michael wusste genau, was Nina meinte. Er spürte es überdeutlich, noch immer.

Antje ging noch einen Schritt auf ihn zu und Michael kam ihr entgegen. Sie trafen sich in der Mitte. Plötzlich war da keine Distanz mehr, nur noch Nähe. Michael spürte Antjes Wärme auf seiner Haut. Alle Dämme brachen, er zog Antje zu sich heran und küsste sie voller Leidenschaft, legte all sein Gefühl in diesen Kuss.

Als sie sich voneinander lösten, zeichnete Antje mit ihren Fingern seine Gesichtszüge nach, strich ihm über die Wange, das Kinn und den Hals. Ihr intensiver Blick traf Michael bis ins Mark.

Sie setzte an, wollte etwas sagen, aber verstummte, ihre Lippen zitterten, ganz leicht nur, fast unsichtbar. Michael versiegelte sie erneut mit einem Kuss und lächelte Antje aufmunternd an. Er hätte nicht zu sagen vermocht, ob es der Kuss war oder sein aufmunterndes Lächeln, aber Antje stellte sich auf die Zehenspitzen, beugte sich leicht vor, bis ihre Lippen fast sein Ohr berührten. Michael fühlte ihren Atem in seiner Ohrmuschel.

»Ich liebe dich.«

Ihre Worte durchfuhren ihn mit einem Ruck. Er spürte sie körperlich. Es fühlte sich an wie ein Schock – nur »in glücklich«. Ohne nachzudenken, schloss er Antje erneut in die Arme, drückte sie an sich. Er würde sie nie wieder gehen lassen, nie, nie wieder.

»Ich liebe dich auch.« Michael sprach laut. Die Worte flossen einfach aus seinem Mund.

»Gott sei Dank!«, hörte man da zwei Stimmen unisono.

Das Paar schoss auseinander. In der Tür standen Michaels Eltern. Der Vater hatte den Arm um die Mutter gelegt. Der Senior sah überhaupt nicht mehr müde aus, im Gegenteil. Sein Gesichtsausdruck zeigte pure Erleichterung. Fritz, der das Ganze sehr diskret beobachtet hatte, stand neben Herrn Huber und wedelte jetzt wie verrückt mit dem Schwanz. Gertrud hatte ihren Kopf gegen die Schulter ihres Mannes gelehnt. Es war ein Bild von Einigkeit und Frieden.

Michael langte nach Antje und ergriff ihre Hand, drückte sie kurz. *Ich liebe dich.* Das hatte sie gesagt. Er konnte sein Glück noch immer nicht fassen.

»Danke, Papa.« Michael wusste, dass es seinen alten Herrn etwas gekostet hatte, seine traditionalistischen Ansichten über Bord und sogar seinen Hof mit in die Waagschale zu werfen.

Sein Vater nickte. »Ich muss mich entschuldigen, mein Junge.« Tiefe Sorgenfalten bildeten sich im Gesicht des Vaters. »Ich habe mich sehr dumm und engstirnig benommen.«

Michaels Mutter hob den Kopf und küsste ihrem Mann die Wange, eine fast schon unerhörte Intimität im Universum seiner Eltern. Michael senior hielt seinem Sohn die Hand hin. Der jedoch ignorierte die Geste, trat zu seinem Vater, umarmte ihn und klopfte ihm fest auf den Rücken, eine Männerumarmung.

Aus dem Augenwinkel sah Michael, dass Gertrud und Antje sich verschwörerisch zublinzelten. Er zog seinen Vater ein weiteres Mal an sich. Dann lösten sich die beiden Männer voneinander.

»Noch mal brauchst du so was nicht machen«, sagte Michael noch mit rügendem Ton.

»Darauf kannst du dich verlassen. Ich muss noch schnell rüber zum – äh – zu den – du weißt schon.« Der Vater wandte sich schnell ab, aber Michael sah es dennoch: Die Augen von Michael Huber senior waren verdächtig wässrig geworden. Und niemand wusste, wohin er so spät am Abend noch wollte.

Gertrud schaute von einem zum anderen. »Der Michi und du habt euch sicher viel zu erzählen. Ich lass euch mal allein und schau nach meinem Mann.« Sie zwinkerte dem Paar zu, dessen Hände sich wie selbstverständlich wieder ineinander verschlungen hatten.

»Käsespätzle sind auch noch da.«

Wie auf Kommando begann Michaels Magen zu knurren. Zum ersten Mal seit Wochen hatte er richtig Kohldampf.

»Hast du Hunger?«, fragte er Antje.

»Und wie!«

Fritz war längst wieder an ihrer Seite und drückte seine Flanke gegen das Paar. Michael spürte die Wärme des Hundekörpers an seinem Bein und kraulte seinem Gefährten den Kopf. Der Hund würde gleich nachher einen seiner Lieblingshundeknochen bekommen, nahm Michael sich vor.

Denn wer weiß, was alles *nicht* passiert wäre, wenn Fritz sich nicht so unsterblich in Antje verliebt hätte, dass er sie am Strand einfach umgerannt hatte? Michael war froh, das nie herauszufinden zu müssen.

Kapitel 23

Zwei Monate später

»Und dieses Mal bleibst du?« Gertrud Huber stand mit Antje, die gerade angekommen war, im Hof. Es war Winter geworden und die Landschaft tief verschneit. Die Anreise war so anstrengend gewesen, dass Antje sich selbst dazu beglückwünschte, von nun an nicht mehr so oft den weiten Weg Norderney–Chiemgau antreten zu müssen. Aber bei dem Schneechaos war es kein Wunder, dass die Züge Verspätung hatten. Michael war, wie Gertrud sagte, noch mal losgezogen, um die Vorräte an Streusalz und Kieseln aufzustocken. Die Zufahrtsstraße zu räumen, war Aufgabe der Hofeigentümer.

Wie immer freute Antje sich so sehr auf Michael, dass sie es kaum erwarten konnte, ihn zu sehen. Sie wollte jedes kleine Detail von ihm entdecken, seine guten und schlechten Seiten, seine Persönlichkeit in ihrer Gesamtheit. Noch immer fand sie neue Details an ihm, die ihr bis dahin verborgen geblieben waren.

Außerdem hatten sie entschieden, im Austragshäuschen ein paar Ferienwohnungen einzurichten und damit etwas mehr von der Lage in der Tourismusregion zu profitieren. Sie würde also alle Hände voll zu tun haben. Als Fachfrau konnte sie ihre ganzen Ideen einbringen und das neue Projekt auf Vordermann bringen.

»Ganz recht, dieses Mal bleibe ich«, antwortete Antje endlich auf Gertruds Frage. Sie lauschte ihren eigenen Worten. Ja, das klang richtig.

»Sehr schön. Und weiße Weihnachten hast du auch gleich mitgebracht, wunderbar!« Gertrud Huber lachte. Antje war wieder einmal überrascht. Diese Frau hatte gar nichts mehr von der Härte, die sie eingangs gezeigt hatte.

»Komm rein, Mädel, sonst erkältest du dich noch.« Michael Huber senior war im Eingang des Wohnhauses erschienen. »Der Michi ist gleich wieder da, der holt nur Semmeln.«

»Ich dachte Streusalz?«

»Ähm … das auch, ja.«

»Ich hab gedacht, wir machen einen Leberkäse, drum die Semmeln«, fügte Gertrud hinzu.

»Ganz genau.« Der Vater rieb sich die Hände, offensichtlich der Kälte ausgeliefert, ohne warme Winterkleidung. »Jetzt aber rein mit dir!«

Alle drei traten ins Haus und schlossen die Tür hinter sich. Es roch nach Zimt und Anis. Sofort fühlte Antje sich daheim. Bei jedem ihrer Besuche hatte sie ein paar Gegenstände in Michaels Räumlichkeiten zurückgelassen. Ein paar Socken, eine Zahnbürste, einen Pulli.

Bei diesem Besuch würden ihre Eltern eine ganze Reihe Umzugskisten mit dem Familienauto hinterherbringen. Sie waren eingeladen, die Feiertage hier zu verbringen, und Nina hatte sich bereit erklärt, für vier Tage die Ferienwohnungen zu hüten. So würden sich die Eltern von Michael und Antje jetzt endlich richtig kennenlernen, worauf sich alle Beteiligten ehrlich freuten.

Frau Visser hatte ihre Tochter tatsächlich gern gehen lassen, zumal sie untrüglich erkannt hatte, wie glücklich Antje plötzlich war. So war der Abschied zwar schon schmerzlich, aber doch auch wohlwollend und herzlich ausgefallen.

»Jetzt trinken wir mal einen Punsch«, beschloss Vater Huber. »Ich hab ihn schon aufgesetzt.«

Draußen begann es zu dämmern, als Michael senior sie in die Wohnstube geleitete. Der Raum war festlich geschmückt, über den Bildern waren Tannenzweige gesteckt und auf dem Couchtisch thronte ein großer Adventskranz, an dem bereits drei Kerzen brannten. In den Fenstern hingen Strohsterne, und kleine, mit Honigkerzen bestückte Laternen zierten die Fensterbretter.

»Wow, Gertrud. Du verstehst was von Deko!«

»Danke für die Blumen. Aber bei uns macht das immer der Michael.«

»Mein Michael?« Antje war bass erstaunt. Schon wieder eine neue Entdeckung. Doch Gertrud verneinte.

»Nein, meiner.« Sie lachte. »Aber eigentlich ist das ein Familiengeheimnis.« Herr Huber senior fiel in ihr Lachen ein.

»Na, ich glaube, das dürfte in diesem Fall kein Problem sein. Unsere Antje gehört ja wirklich dazu mittlerweile.« Herr Huber legte einen Arm um Antjes Schultern.

Wie immer fühlte sie sich sofort willkommen und aufgenommen.

Gertrud schenkte den Punsch ein. »Plätzchen?« Sie zeigte auf eine riesige Dose.

»Danke.« Antje griff gern zu. Dann fiel ihr etwas ein. »Oh, ich hab noch Weihnachtspralinen von meiner Freundin Nina dabei.« Sie griff in ihren Rucksack und erwischte die kleine Schachtel auf Anhieb, denn sie hatte das Mitbringsel bewusst obenauf gepackt, um es gleich überreichen zu können.

Gertrud Huber hatte eine Schwäche für die Süßigkeiten aus Ninas Confiserie *Süße Träume*.

»Köstlich!«, rief sie jetzt auch und nahm Antje erfreut die mitgebrachte rosa Schachtel ab. »Jetzt musst du aber mal erzählen, wie die Reise war.«

Antje verdrehte die Augen. »Du kannst dir gar nicht vorstellen, was da los war. Ein Verkehrschaos auf Schienen, sozusagen. Als ich …«

Sie wollte gerade von der Verspätung des ICE Bremen–München berichten, als Michael hereinplatzte. In seinen Haaren hatten sich Schneeflocken verfangen, die Wangen waren rot von der Kälte und auch auf seinen Schultern lag weißer Flaum. »Ah, du bist schon da, wie schön!«

Wie immer, wenn Antje Michael sah, machte ihr Herz einen Extrahüpfer. Er kam auf sie zu und küsste sie, Schnee rieselte auf Antje herunter und sie kicherte.

»Komm mit, ich muss dir was zeigen.«

Ohne seine Eltern weiter zu beachten, zog er Antje vom Stuhl hoch. Sie wollte ihnen eine Entschuldigung zurufen, aber eine Geste von Gertrud brachte sie dazu, schweigend hinter Michael herzudackeln. Schnell schlüpfte sie in Boots und Jacke, die sie vorher achtlos an der Garderobe ausgezogen hatte.

Es war ganz finster draußen. »Wohin gehen wir?«

»Zum Austragshaus rüber.«

Der Innenhof war zwar geräumt worden, trotzdem bedeckte schon wieder eine zentimeterdicke Schicht Schnee den Boden.

Eine einzelne Fußspur führte vom Zuhäusl herüber zum Hof und genau diesen Fußabdrücken folgten sie jetzt. Links und rechts des Hauseingangs standen kleine Laternen, die den Hauseingang flackernd beleuchteten. Beim Näherkommen sah Antje, dass eine ganze Reihe Lichter einen Weg um das Haus herum wies.

»Das sieht ja schön aus!«

»Danke. Ich hab nämlich eine kleine Überraschung für dich! Darf ich dir die Augen verbinden? Für den Effekt!« Michael lachte leise.

»Okay?«

Michael nahm den Schal, den er trug, ab. Angenehme Wärme legte sich über Antjes Augen, als er ihn ihr umband. Beim Weitergehen knirschte der Schnee unter ihren Schuhsohlen. Wie im Bilderbuch schwebten leise und gleichmäßig dicke Schneeflocken herab. Sie spürte die kühlen Punkte auf Mund und Wangen.

Michael führte sie so sicher, dass sie sich ihm ganz überließ. Obgleich sie keine Mütze trug, war ihr erstaunlich warm.

»Gleich sind wir da.« Er dirigierte sie um eine Kurve.

»So, jetzt warte noch einen Moment.« Michael nahm ihr die Augenbinde ab.

Antje konnte nicht fassen, was sie da sah. Die überdachte Terrasse des kleinen Hauses war über und über mit Teelichtern beleuchtet. In der Mitte standen zwei Strandkörbe, über die dicke Decken geworfen waren. Zwei große Heizpilze spendeten Wärme.

Ohne nachzudenken, lief Antje auf die Terrasse und auf die Körbe zu.

»Das sieht ja wunderschön aus!«, rief sie.

Michael kam langsam hinter ihr her. »Ich dachte, du sollst dich hier daheim fühlen. Was wäre da stimmiger als ein eigener Strandkorb? Oder zwei?« Michael lachte leise und auch ein wenig verlegen. »Ich will, dass du hier glücklich bist.«

»Oh, danke! Das sieht alles so wunderschön aus.«

»Das freut mich, wenn es dir gefällt. Ich hatte ein wenig Angst, du würdest es kitschig finden.«

»Nein, es ist ganz besonders. Danke, Michael!«

»Ich hab uns Glühwein in einer Thermoskanne ins Zelt gestellt – und Plätzchen von Mama. Bitteschön, ich lass dir den Vortritt.« Er hob eine der Decken etwas an und Antje schlüpfte hinein. Eine Lichterkette sorgte für gedimmte Beleuchtung. Dieser Raum strahlte pure Gemütlichkeit aus. Eine Höhle, nur für sie und Michael. Das schien langsam zu einem Ritual zu werden.

Michael kam nach ihr in den engen Innenraum, den er so liebevoll gestaltet hatte.

»Ich seh uns im Sommer hier sitzen, mit Blick auf die Berge. Wenn im Mai die Apfelbäume blühen, liebe ich diesen Garten besonders. Dann machen wir die Höhle aber auf.« Er grinste. Antje konnte es sich lebhaft vorstellen. Ein Glas Sekt, ein Eis vielleicht und Michael und sie, die gemeinsam von hier aus die Berge betrachteten, während die Bienen in den Obstbäumen um die Blüten herumsummten. Herrlich!

Michael schraubte den Deckel von der Thermoskanne und schenkte die dampfende Flüssigkeit ein. »Hier.«

Auch im Strandkorbzelt roch es jetzt herrlich nach Zimt, wie vorher im Haus. Sie trank einen Schluck des aromatischen Getränks und stellte den Becher auf das ausklappbare Tischchen am Rand.

»Nimm dir ein Plätzchen!« Michael reichte ihr die Dose, die mit glitzernden silbernen Sternen verziert war.

»Eigentlich hab ich drin schon ganz schön zugelangt.« Hier auf dem Bauernhof wurde sie immer so gut gefüttert, dass sie tatsächlich begonnen hatte, auf ihre Linie zu achten, wann immer sie hier war.

»Das hier ist aber eine besondere Sorte. Die musst du unbedingt probieren.«

»Na gut. Bevor ich mich schlagen lasse. Hast mich schon überredet.« Gertruds Plätzchen waren einfach die besten. Da brauchte es leider auch nicht besonders viel, um Antje davon zu überzeugen, ein weiteres Mal über die Stränge zu schlagen. Man lebte schließlich nur einmal.

Antje nahm die Dose. Sie war erstaunlich leicht. Als Antje den Deckel anhob, warf sie einen Blick zu Michael hinüber, der begonnen hatte, seine Hände zu kneten. Schon wieder eine Geste an ihm, die sie noch nicht kannte.

In der Dose befand sich ein Kästchen. Und erst in diesem Moment realisierte Antje, was das hier war. Sie schluckte.

Michael griff herüber und nahm ihre Hand in seine. Wie immer verschränkten sich ihre Finger ganz selbstverständlich ineinander. Er entnahm der Dose die Schatulle und klappte sie auf.

Der Ring, der sich im Inneren auf rotem Samt liegend befand, hatte nur einen kleinen Schmuckstein, mehr nicht. Genau richtig für Antje.

»Antje. Du bist seit so langer Zeit die Frau in meinem Leben. Ich habe nie eine andere Frau mehr geliebt als dich.«

Sie spürte, dass Tränen über ihr Gesicht flossen. Antje war überwältigt, konnte ihre Emotionen nicht sortieren, wusste nur, dass sie fühlte, dass sie so verdammt viel spürte. Michael. Es gab nur ihn, sonst nichts. Er war der Mensch, zu dem sie gehörte, ihr bester Freund, ihr Liebhaber, derjenige, der sie verstand und bei dem sie zu Hause war.

»Willst du mich heiraten?«

Antje entnahm der Schmuckschachtel den Ring und steckte ihn an ihren Finger. Er war wie für ihre Hand gemacht und schmiegte sich perfekt an ihre Haut.

Dann blickte sie auf, schaute in Michaels Dschungelaugen, die so klar und sicher auf ihr ruhten. Antje nickte. »Ja.« Ihre Stimme war nur ein Flüstern. »Ja, natürlich.«

Als Michael sich zu ihr beugte und sie einander küssten, wussten sie beide, dass das hier kein Happy End war. Nein, das hier war erst der wunderschöne Anfang einer großen Liebe.

Zeitfracht Medien GmbH
Ferdinand-Jühlke-Straße 7
99095 Erfurt, Deutschland
produktsicherheit@kolibri360.de

Druck:
CPI Druckdienstleistungen GmbH
im Auftrag der
Zeitfracht Medien GmbH
Ein Unternehmen der Zeitfracht - Gruppe
Ferdinand-Jühlke-Str. 7
99095 Erfurt